Sur ordre de la reine

TERRI BRISBIN

Sur ordre de la reine

HARLEQUIN

LES HISTORIQUES

Si vous achetez ce livre privé de tout ou partie de sa couverture, nous vous signalons qu'il est en vente irrégulière. Il est considéré comme « invendu » et l'éditeur comme l'auteur n'ont reçu aucun paiement pour ce livre « détérioré ».

Cet ouvrage a été publié en langue anglaise
sous le titre :
THE DUMONT BRIDE

Traduction française de
JACQUES CÉZANNE

83-85, boulevard Vincent-Auriol, 75013 PARIS — Tél. : 01 42 16 63 63
Service Lectrices — Tél. : 01 45 82 47 47
ISBN 2-280-17506-1 — ISSN 1159-5981

À cette époque...

L'une des héroïnes de ce roman est la reine Aliénor d'Aquitaine, qui mourut à quatre-vingt deux ans au terme d'une vie bien remplie où elle fut successivement reine de France et d'Angleterre... A quinze ans, l'adolescente hérite du comté de Poitiers et des duchés d'Aquitaine et de Bourgogne. La même année, elle épouse l'héritier de la Couronne de France, Louis le Jeune. Quelques jours après la cérémonie, son beau-père décède... La voilà reine ! Dix ans et deux enfants plus tard, elle participe à la deuxième Croisade, traversant l'Europe et l'Anatolie à cheval, la Méditerranée en bateau. On la soupçonne, durant ce périple, de n'avoir pas été indifférente à quelques seigneurs plus enjoués que son royal époux. De retour en France, elle obtient le divorce sous le vague prétexte d'une parenté trop proche (cousinage au 9ème degré !) et se remarie très vite avec le fougueux Henri Plantagenêt, de dix ans son cadet, qui est bientôt appelé à la tête du royaume d'Angleterre. C'est ainsi que, peu après, tous deux se retrouvent souverains de l'Angleterre et de l'Ouest de la France, de Calais à Bordeaux. Mais les choses se gâtent quand Henri a le front de tromper son épouse avec des courtisanes dont la plus célèbre, la belle Rosamonde, meurt mystérieusement empoisonnée. Aliénor, furieuse, se retire à Poitiers où, non contente d'entretenir un cercle brillant de troubadours et d'artistes, elle soulève ses quatre fils contre leur père... qui, pour se venger, la fait enlever alors qu'elle voyage sous un déguisement de page ! Aliénor est alors reléguée dans un couvent de Winchester jusqu'à la mort d'Henri en 1189. De nouveau libre, elle se démène encore pour sauver le nouveau roi, son fils Richard Cœur de Lion, quand ce dernier est fait prisonnier à la suite d'un complot fomenté par son propre frère Jean (qui apparaît dans le roman) pour lui voler le trône. Après ces épreuves, Aliénor pourra enfin finir sa vie dans la plénitude de ses fonctions de reine mère.

1.

Greystone Castle
Lincolnshire, Angleterre
Mai 1194

Aliénor Plantagenêt, reine d'Angleterre par le courroux de Dieu, observait sa jeune pupille toute roide de fierté et de rage. On avait abusé de cette enfant, elle en était presque sûre, et elle aurait bien voulu hurler sa colère et son chagrin, mais c'était là un luxe qu'elle ne saurait s'autoriser. Elle seule pouvait, en passant à l'action, sauver à la fois le royaume et la vie de cette jeune fille. Et puisque c'était son propre fils qui avait causé tant de dégâts et que ce même fils n'aurait de cesse que la petite ne cède à ses avances, elle seule pouvait s'interposer et déjouer ses plans.

— Emalie, pria-t-elle, pour la dernière fois, donnez-moi le nom de celui qui vous a déshonorée !

— J'ignore de quoi vous parlez, madame, répondit celle-ci sans croiser le regard de la reine.

— Pardieu ! Vous vous moquez ! dit Aliénor d'un ton sec, cherchant à briser la calme assurance d'Emalie pour lui faire dire enfin la vérité.

Les mains de la jeune fille tremblèrent légèrement, mais sa détermination ne faiblit pas.

Comme Aliénor s'approchait d'elle pour l'interroger de nouveau, on entendit un grand vacarme de l'autre côté de la porte de la chambre et le lourd vantail s'ouvrit violemment au milieu des éclats de voix tandis que les gardes de la reine tentaient farouchement d'empêcher son fils d'entrer. Sur un geste de leur maîtresse, ils cessèrent toute résistance et reprirent place de chaque côté de la porte.

— Madame, dit Jean avec arrogance, je suis bien aise de vous trouver si belle mine en ce jour !

Il posa sur sa joue un baiser glacial. Elle maîtrisa un frisson ; le ton de sa voix et la lueur mauvaise dans ses yeux lui faisaient peur. En de pareils moments, elle se demandait toujours comment elle avait pu donner le jour à une telle vipère.

— J'ai donné l'ordre qu'on ne me dérange point, afin de pouvoir parler seule à seule avec cette enfant.

Elle se dressa devant son fils et affronta son regard.

— Je voulais être sûre que vous resteriez dehors jusqu'à ce que je vous autorise à entrer.

— Ah ! dit-il en saisissant les doigts d'Emalie. Lady Montgomery, la blonde Emalie...

Il se pencha vers sa main et y pressa ses lèvres, cachant soigneusement au regard d'Aliénor qu'il y pointait également la langue. Emalie n'était point aussi experte que la reine dans l'art de feindre l'indifférence face à la grossièreté du prince : elle retira sa main avec un geste de dégoût et la tint fermement contre elle. Elle blêmit en le voyant lui sourire de toutes ses dents, d'un sourire onctueux qui ne cachait rien de ses intentions.

— Quand une telle beauté m'attend, ma chère mère, deux escouades de vos gardes ne suffiraient pas à me retenir au-dehors.

Aliénor ignorait si la jeune fille était consciente de se rapprocher d'elle, comme pour se protéger de Jean, mais celui-ci s'en aperçut bien vite et vint se mettre en travers de son chemin.

— Il suffit, Jean ! s'interposa alors la reine, ulcérée. Cessez d'importuner cette jeune personne et dites-moi la raison de cette intrusion.

Elle s'assit dans l'un des hauts fauteuils près de la fenêtre et fit signe à Emalie d'en faire autant, la suivant doucement du regard tandis qu'elle prenait place. Cette petite, de toute évidence, n'avait aucune expérience des hommes.

— Je suis ici au nom de mon ami William de Séverin, dit-t-il en s'approchant de la fenêtre, affectant de regarder au-dehors d'un air indifférent.

Tout cela, songea la reine, ne présageait décidément rien de bon.

— En quoi donc les affaires de ce chevalier concernent-elles lady Emalie ?

— Il regrette fort de s'être montré par trop empressé à votre égard, chère Emalie, dit-il en regardant Aliénor.

Il reporta son attention sur celle qu'il voulait atteindre puis ajouta :

— Il désire ardemment demander votre main et vous sauver ainsi du déshonneur.

— Votre Grâce, je n'ai nul besoin d'être sauvée de quoi que ce soit, affirma Emalie d'une voix douce.

— Allons donc, milady, tous ici dans ce château et au village savent bien de quoi il retourne !

Aliénor ne pouvait laisser la situation lui échapper. Elle devait agir avant qu'il ne soit trop tard.

— Je ne vois point non plus de quoi sir William pourrait sauver Emalie, déclara-t-elle d'un ton assuré.

— Mère, comme je vous l'ai dit dans le message que je vous ai adressé pour vous mander ici, William a avoué avoir commis le péché de chair avec la comtesse. Il est prêt à l'épouser pour lui éviter le déshonneur.

— Et moi, je vous répète que je ne vois aucune nécessité à ce mariage.

— Ses gens savent…

— Ses gens ont juré sur leur âme immortelle qu'elle est innocente.

— Eh bien, ils ont menti ! Je…

— Vous *quoi,* Jean ? Auriez-vous cherché à déshonorer la comtesse de Harbridge ? C'est une vilenie qui me surprendrait, même venant de vous. Votre frère a toujours tenu le père de cette enfant en très haute estime et sa mort prématurée l'avait beaucoup affecté. Comment avez-vous pu… ?

Les yeux d'Aliénor croisèrent le regard de son fils et ce qu'elle y lut la glaça : William avait été sa marionnette. En déshonorant Emalie, il permettait à Jean de la tenir à sa merci.

Elle attendit quelques instants puis contempla Emalie. La malheureuse avait le souffle court, le teint blême. Elle allait s'évanouir. A l'idée de cette machination, Aliénor avait le cœur au bord des lèvres.

— J'ai parlé à chacune des personnes que vous m'avez indiquées et toutes, sans exception, de ses femmes de chambres aux ribaudes du village, n'ont eu pour leur maîtresse que les mots les plus élogieux. Pas une seule d'entre elles n'a corroboré vos accusations. Je n'ai donc d'autre choix que de refuser la main d'Emalie à sir William.

— A votre place, j'y réfléchirais à deux fois, madame, dit Jean doucement, et ses mots étaient plus lourds de menace que s'il eût perdu son calme et crié sa colère.

— Richard est redevenu roi, et il ne vous laissera pas vous emparer impudemment de cette enfant ! Maintenant, je crois que vous et votre meute devriez chercher fortune ailleurs, car nous en avons terminé !

La reine fit un geste en direction de ses gardes.

— Escortez lady Emalie jusqu'à sa chambre et ne laissez quiconque vous retarder.

De la tête, elle enjoignit à la jeune fille de suivre les soldats. Celle-ci se leva, encore toute tremblante, et fit une révérence maladroite. Elle faillit quitter la pièce comme une biche traquée, mais, se remémorant son rang, elle se ressaisit à la dernière seconde et, le menton pointé, sortit fièrement.

Jean la regarda passer près de lui avec des yeux pleins de concupiscence. Aliénor se dit que les choses n'en resteraient pas là et, comme pour confirmer ses craintes, il lança :

— Je suis fort marri que vous veniez vous mettre en travers de mon chemin, madame. Cela me fait beaucoup de peine.

— Que cela vous plaise ou non, je suis ici à votre demande, mon fils, et je compte bien y rester jusqu'à ce qu'Emalie soit en sécurité.

— A moins, madame, qu'une autre affaire ne requière votre présence en un autre lieu.

Il s'approcha d'elle et se pencha pour l'embrasser. La tenant dans ses bras, il murmura à son oreille ces mots alarmants :

— Occupez-vous donc de Richard, Madame, et laissez-moi m'occuper de l'Angleterre !

Aliénor resta assise sans bouger jusqu'à ce que son gredin de fils eût quitté la pièce et que la porte se fût refermée sur lui. Alors, et alors seulement, Aliénor Plantagenêt, reine d'Angleterre, laissa peser un instant sur ses épaules le poids de ses soixante-douze années. Une immense lassitude s'abattit sur elle, en même temps qu'une écrasante certitude :

Il fallait qu'elle trouve une solution à ce dilemme !

2.

Province d'Anjou, France
Juin 1194

Christian Dumont grinçait des dents. Cela lui permettait au moins d'oublier un peu le bruit des rats qui couraient sur le sol humide du cachot. Ces mois d'enfermement lui avaient appris à ignorer le grouillement des rongeurs, les hurlements des hommes et même les gargouillis de son ventre affamé. Ce qu'il lui était impossible de ne pas entendre en revanche, bien qu'elles soient de jour en jour plus faibles, c'étaient les quintes de toux de son frère.

Il se précipita vers Geoffroi et l'aida à se redresser. Son corps amaigri fut secoué d'un spasme. Christian lui tapota le dos, ce qui sembla le calmer un peu. Les crises se faisaient de plus en plus fréquentes. Il resta blotti contre le pauvre corps tremblant de son frère, attendant qu'il reprenne son souffle.

— C'est fini, Christian, ça va mieux maintenant, soupira celui-ci en le repoussant doucement.

A l'aide d'une écuelle immonde, Christian tira d'un petit seau un peu de l'eau qui leur restait. Les réserves s'épuisaient. Ses yeux s'embrumèrent de voir son jeune frère accepter l'écuelle qu'il lui tendait avec une humilité abjecte.

— Combien en reste-t-il ? souffla Geoffroi en détournant les yeux.

— De quoi tenir encore un jour ou deux, mentit Christian, qui savait bien qu'il n'aurait pas la force d'aller vérifier par lui-même.

A quoi bon inquiéter le malheureux ? Cela ne ferait que l'affaiblir un peu plus.

Il remonta la couverture sur les épaules du garçon et l'aida à s'allonger de nouveau.

Cela faisait déjà quinze jours qu'ils n'avaient plus un liard, et qu'il n'y avait donc plus rien à attendre de leurs geôliers. Seule la vue de l'or les avait incités à se montrer serviables, et de l'or, les deux prisonniers n'en avaient plus. Christian avait dû se départir au fil des jours de tout ce qu'il possédait pour assurer un peu d'eau et de nourriture à son frère. Il n'avait gardé que le sceau de son père.

Tournant le dos au garçon étendu sur le châlit, il effleura l'anneau qui pendait à son cou. C'était là tout ce qui lui restait de son père, c'était leur héritage, toute leur richesse... Il fut secoué d'un rire amer. Quelle déchéance ! Voilà à quoi se voyait réduite la noble et puissante famille des Dumont ! Et tout cela parce que son père s'était obstiné à soutenir le mauvais prétendant au trône d'Angleterre !

Lorsqu'il avait hérité du trône de son père, Richard Cœur de Lion avait magnanimement pardonné aux nobles qui avaient intrigué contre lui, comme il sied à un monarque victorieux. Mais maintenant que, sa rançon ayant été payée, il avait enfin recouvré sa liberté et se trouvait en butte aux manigances de son frère, il voyait les choses sous un jour nouveau.

Pendant des années, Jean sans Terre avait resserré sa mainmise sur le royaume d'Angleterre et avait perdu l'essentiel des terres de France appartenant aux Plantagenêt. Richard avait décidé de reprendre les choses en main, et l'une de ses premières cibles avait été la famille Dumont.

Christian se prit la tête entre les mains et poussa un long soupir. Il ne savait plus que faire. Ils n'avaient plus rien. Avant peu, ce serait le temps qui viendrait à manquer.

Au matin, il fut réveillé par les cris du gardien. Il se tourna vers son frère endormi et surveilla un instant les mouvements de sa poitrine. Il se leva et s'étira un peu, cherchant à insuffler un peu de vie dans ses muscles raidis par l'inaction. A l'appel de son nom, il se retourna. Des pas approchaient…

— Toi, Dumont ! Suis-nous ! aboya le geôlier, flanqué de deux soldats.

Un autre garde se tenait près de la porte du donjon, ce qui fit sourire amèrement Christian. Il fallait donc quatre hommes pour s'occuper de lui ! En d'autres temps, cela aurait été vrai, mais maintenant… Le manque d'exercice, la fatigue et les privations avaient fait de lui une loque. Il jeta un regard vers Geoffroi, se demandant s'il devrait se lever lui aussi. Avant même qu'il ouvre la bouche, le garde hurla :

— Ton vaurien de frère reste ici ! On nous a demandé de venir chercher l'aîné des fils du traître.

Christian blêmit sous l'insulte. Ainsi donc, voilà ce qu'il était devenu : un traître. Son père, par sa trahison, avait déshonoré tous ceux — passés et à venir — qui portaient le nom de Dumont. Comme l'un des gardes allait le prendre par le bras pour l'emmener, Christian se dégagea violemment. Les deux autres l'empoignèrent derechef et le tirèrent sans ménagement hors de la cellule.

La petite troupe traversa les sous-sols humides du château et grimpa deux volées d'escaliers. Sur son passage, des cris d'encouragement et des insultes fusèrent des cachots alentour. Christian luttait pour suivre le pas de son escorte, mais il ne voulait pas qu'on l'aide à marcher. Il voulait affronter son destin, quel qu'il soit, comme un homme, comme le soldat qu'il était. En dépit des erreurs de son père, il tiendrait son rang et saurait faire honneur à son nom !

Inondant la pièce à travers les hautes fenêtres, la lumière crue du jour mettait ses yeux à la torture. L'obscurité du donjon l'avait rendu incapable d'en supporter l'éclat et il voulut lever la main devant ses yeux pour se protéger mais les gardes le tenaient fermement. Ils avancèrent dans l'immense salle qui résonnait du bruit de leurs pas.

Arrivés devant le dais qui ornait le fond de la pièce, les soldats s'arrêtèrent et jetèrent leur prisonnier sur le sol. Incapable de garder son équilibre, celui-ci s'étala de tout son long sur la pierre froide, à bout de souffle, hébété. Autour de lui résonna l'écho de rires étouffés et de chuchotements. Encore aveuglé par la lumière, il chercha cependant à voir d'où venaient ces voix. De la main, il écarta ses cheveux emmêlés et, se frottant les yeux, tenta de se dresser sur ses jambes tremblantes.

Une main s'abattit lourdement sur son épaule et le força à se mettre à genoux. Christian leva les yeux vers le dais et comprit pourquoi on le forçait à s'incliner ainsi : il était devant le roi. La gorge nouée, il baissa la tête et se prépara à entendre la sentence. Il était l'aîné. Il pouvait accepter de mourir — non sans se défendre toutefois — mais il ne pouvait se permettre de laisser la situation lui échapper. Il fallait absolument qu'il évite à son frère de subir le même sort.

— Ah, le comte de Langier !... quoiqu'il me semble que ce titre vous échappe un peu ces derniers temps...

Le roi se mit à rire et les autres l'imitèrent. Christian chercha un visage ami dans l'assistance et n'en vit aucun. Personne ne viendrait dire un mot en sa faveur...

— Relevez-vous, Dumont, je veux voir votre visage quand vous parlerez.

Christian se redressa avec peine, cherchant à remettre de l'ordre dans ses pauvres hardes. Devant lui, le roi était somptueusement vêtu, et le jeune homme eut honte pour la première fois de sa vie. Jamais auparavant il ne s'était soucié de la qualité ou du dessin d'un tissu mais ces mois de captivité l'avaient forcé à prêter une attention nouvelle à des choses très simples. Désormais, il se prenait à rêver de vêtements propres et bien coupés, de plats délicieux, d'eau fraîche, de soleil et d'air pur !

Il fit face à Richard et s'aperçut que le roi et ses commensaux étaient occupés à manger autour d'une grande table. Il sentit les effluves enivrants des quartiers de bœuf, des miches de pain et des fromages qu'on y avait placés et l'eau lui vint à la bouche. Hagard, il passa la langue sur ses lèvres sèches et inspira profondément.

— Prenez place parmi nous, Dumont ! Je suis sûr que les mets qu'on vous sert dans votre cachot ne sont pas de votre goût.

Il savait bien que Richard se moquait mais l'odeur de la viande et du pain chaud était irrésistible. Il se traîna jusqu'à la place que lui avait indiquée le roi et s'affala sur le banc. Bien qu'il fût assis en bout de table, plusieurs personnes s'écartèrent en pinçant le nez, des grimaces de dégoût tordant leur visage. Seule la présence du roi l'empêcha de déguerpir.

Un serviteur remplit sa coupe de vin, plaça devant lui un plat couvert de nourriture et s'esquiva précipitamment, écœuré par l'odeur suffocante. Christian n'en avait cure. C'était la première fois depuis plus de deux mois qu'il mangeait autre chose que du pain moisi couvert de vermine. Personne ici ne l'empêcherait d'en profiter, et tant pis si cela gênait leurs narines délicates. Un jeune homme surgit à son côté et Christian sursauta. Il resta interdit puis s'aperçut que le garçon lui tendait une vasque remplie d'eau.

Il n'y avait pas de place pour les bonnes manières dans le donjon, et Dumont en avait perdu l'habitude. Il hésita un instant puis trempa ses mains dans l'eau parfumée et prit un linge pour s'essuyer. Humilié de voir que l'eau et le linge étaient affreusement souillés, il reporta son attention sur les mets qui s'étalaient devant lui. Avant même d'en avaler une bouchée, il chercha dans ses vêtements une cachette pour en soustraire quelque peu pour Geoffroi. Un peu de fromage et de pain pourrait leur durer un bon moment, surtout s'il mangeait beaucoup maintenant. Il n'aurait pas besoin de partager ce qu'il apporterait.

Le désespoir l'envahit et ses mains se mirent à trembler. Prenant le pain, il en arracha un morceau qu'il porta à sa bouche. Il ferma les yeux et savoura longuement le croustillant de la croûte et le moelleux de la mie. Il y avait longtemps, bien trop longtemps qu'il n'avait mangé du pain de cette qualité.

— Je n'avais jusqu'ici jamais vu manger du pain avec tant de ferveur, sauf à la messe, bien sûr ! Qu'en dis-tu, Ely ? railla Richard.

L'évêque d'Ely, chancelier du roi, murmura quelques mots que Christian ne pouvait ni ne voulait entendre et les autres convives s'esclaffèrent bruyamment. Le jeune homme détourna les yeux et tenta d'avaler son pain mais sa gorge nouée refusait tout service. Il fallait boire. Il tendit la main vers sa coupe.

La douleur qu'il ressentait au creux de son ventre ne venait pas seulement de son long jeûne. Il se rendait compte que, quelques mois auparavant, il aurait lui-même avec joie pris part à ce jeu cruel et n'aurait eu ni honte ni scrupule à humilier comme tous les autres le malheureux qui aurait perdu la faveur du prince. Il avait appris d'amères leçons dans son cachot.

Quand il prit un second morceau de pain, ses mains étaient plus assurées. Il mâcha longuement, soucieux à la fois d'en apprécier pleinement toute la saveur et de ne pas brusquer son estomac en mangeant trop vite. Il luttait contre l'envie d'engloutir tout le pain qu'il pouvait aussi vite que possible. Conscient que, s'il se comportait comme l'abject prisonnier qu'il était devenu, il donnerait à ceux qui l'entouraient une bonne raison de se moquer de lui, il faisait des efforts surhumains pour se contenir et se forçait à prendre les bouchées une à une. Il leur montrerait ce qu'était un Dumont de Langier !

Quelques minutes plus tard, Richard ordonna la fin du repas et renvoya les convives d'un geste de la main.

Affolé de n'avoir pas pu cacher de nourriture pour son frère, Christian chercha désespérément dans ses haillons une poche ou un repli où serrer un peu de pain et de fromage.

— Guillaume ! Puisque nous avons mandé le comte un peu tard à notre table, assurez-vous que tout cela lui soit porté dans sa cellule, tout de suite.

Le jeune homme qui se tenait au côté de Christian s'avança et, soulevant le plateau, y empila tout ce que celui-ci n'avait pu finir.

— Et que personne n'y touche ! ajouta Richard qui ne pouvait s'empêcher de railler.

S'il fallait se jeter aux pieds du roi et lui baiser les mains pour que Geoffroi puisse manger, eh bien soit ! Christian était prêt à tout.

Le jeune serviteur couvrit le plateau avec un grand linge et quitta la pièce. Ils étaient maintenant seul à seul. Il allait enfin savoir pourquoi on l'avait fait venir mais il se doutait que ce n'était pas par bonté d'âme.

Richard se leva et marcha vers lui, lui intimant de rester assis. Il vida sa coupe d'un trait pour tenter de calmer la peur qui montait en lui. Il resta interdit lorsque le roi se saisit d'une cruche et remplit sa coupe de nouveau avant de s'asseoir sur un banc à côté du sien.

— Votre père est mort, vos terres, votre fortune sont entre mes mains, déclara Richard, vous et votre frère êtes tout ce qu'il reste des Dumont, et il me suffit de laisser faire le temps pour que votre famille s'éteigne bientôt à jamais.

Christian ne put qu'acquiescer de la tête. Il savait combien sa situation et celle de Geoffroi étaient précaires. Richard ne faisait que lui rappeler qui était le maître.

— Il se trouve que j'ai besoin d'un service que vous êtes le seul à pouvoir me rendre.

— Un service, sire ?

Christian luttait pour éviter de trouver dans ces mots une lueur d'espoir.

— Oui. Ma mère m'a demandé de vous envoyer auprès d'elle en Angleterre. Elle veut que vous vous laviez des péchés de votre père.

— En Angleterre ? Ne puis-je vous prouver ma loyauté ici même ou au château d'Azure ?

Il voulait tant revoir la terre de ses ancêtres où il était né.

— N'ayez crainte, on s'est bien occupé de vos domaines durant votre emprisonnement, tout le monde ne peut en dire autant.

L'allusion au viol du royaume par Jean Sans Terre n'échappa pas à Christian.

— Que dois-je faire en Angleterre ? demanda-t-il, impatient de savoir où tout cela allait le mener et pourquoi le roi semblait vouloir lui laisser la vie sauve.

— Ma mère m'a simplement demandé de vous envoyer auprès d'elle, et, comme à son habitude, elle a refusé de me donner la moindre explication, ricana Richard, il y a bien longtemps que je sais qu'elle n'en donne jamais que si elle le veut bien. Mon père se plaignait très souvent de ce travers.

Il se leva, traversa la salle jusqu'à une porte dérobée et fit signe à quelqu'un d'entrer. Un prêtre, les bras lourdement chargés de parchemins le suivit jusqu'à la table sur laquelle il rangea les documents en plusieurs piles. Quand il en eut terminé, il croisa les bras dans les manches de sa robe de bure et attendit le bon vouloir de son souverain. Christian l'imita.

— Voici vos titres de propriété pour vos terres en Poitou ainsi qu'un état de vos biens. Et ceci, dit le roi en prenant un parchemin qu'il présenta à Christian, ceci est un décret royal qui vous restitue votre titre de comte de Langier ainsi qu'à tous vos descendants. Tous ces documents n'attendent que ma signature, si vous voulez bien rendre à ma mère le service — quel qu'il soit — qu'elle vous demandera à votre arrivée en Angleterre.

Christian était abasourdi. Tout en lui, ou presque, le poussait à accepter l'offre et à recouvrer ainsi son titre, son honneur, ses terres, ses biens. Pourtant...

— Et de quel service s'agit-il ?

La main de Richard s'abattit avec violence sur la table et les parchemins volèrent dans tous les sens. Sans doute habitué aux colères du roi, le prêtre cligna légèrement les yeux à plusieurs reprises.

— Morbleu ! Je vous offre de vous rendre tout ce que vous chérissez et vous osez discuter mes ordres ? Je pourrais vous faire jeter dans les oubliettes de ce château et plus personne, jamais, n'entendrait parler de vous. Est-ce cela que vous voulez ? Voulez-vous mourir comme le fils d'un traître ? Comme *les* fils d'un traître ?

Cherchant à se dégager de l'étreinte mortelle de la terreur qui l'avait envahi en entendant le roi évoquer les terribles conséquences d'un refus de sa part, Christian, la gorge nouée, se leva et courba la tête devant Richard.

— Non, sire.

— Alors donnez-moi votre parole et je tiendrai la mienne, je vous rendrai vos titres et vos biens, je lave-

rai votre nom de la souillure de la trahison, et je ferai libérer votre frère.

Le jeune homme n'hésita qu'un court instant avant de promettre au roi ce qu'il voulait. Il avait tant rêvé de cet instant ! Jour et nuit il avait prié pour échapper à son funeste sort et voilà que le roi lui offrait précisément cela ! Il ne pouvait laisser échapper l'occasion de recouvrer son honneur, et de sauver son frère.

— Comptez sur moi, sire, dit-il en s'agenouillant, tendant les mains vers son souverain en signe d'allégeance.

Celui-ci les saisit puis posa la sienne sur la tête du jeune homme et dit :

— Je vous rends ici votre titre de comte de Langier et vous fais mon vassal. Vos terres et vos biens vous sont désormais rendus ; ils seront toutefois administrés par la Couronne jusqu'à ce que vous ayez accompli votre tâche.

Christian leva les yeux vers le roi. Que voulait-il dire ?

— Vous devrez traverser la Manche dans une semaine. Mettez ce temps à profit. Vous pouvez emmener votre jeune frère au château d'Azure. Présentez-vous ici mardi prochain.

Christian se redressa et fit un pas en arrière. Sauvé ! Son frère allait vivre ! Et il allait recouvrer son honneur. Et tout cela pour un service rendu à la reine Aliénor.

Un service rendu… Une ombre passa dans son esprit. Et si le prix à payer était exorbitant ? Et s'il ne pouvait accomplir sa mystérieuse tâche ? Non, non ! Il ne pouvait échouer ! Il ne pouvait se le permettre ! La famille des Dumont, tous ceux qui avaient porté ou porteraient un

jour ce nom, et par-dessus tout son frère, tous comptaient sur lui.

Richard se pencha sur les documents et y apposa plusieurs fois sa signature. Sur les indications du prêtre, Christian y ajouta la sienne. Une fois qu'il eut donné au moine de nouvelles instructions, le roi se dirigea vers la porte, et fit un signe de la tête en direction du comte de Langier. Au moment de sortir, il se retourna :

— Langier, dit-il, revenez me rendre compte de votre mission quand vous l'aurez accomplie. Je suis sûr que vous allez trouver la marque de mon frère dans cette affaire. Je sens son odeur de putois par-delà l'océan, bien qu'il jure de son innocence !

Christian approuva de la tête.

— A moi et à personne d'autre.

Sur ce, le roi sortit sans attendre sa réponse, l'abandonnant à sa perplexité.

3.

La lumière inondait la pièce à travers les hautes fenêtres que son père avait jadis fait décorer à grands frais pour plaire à sa femme. Emalie essaya en vain de trouver une position confortable sur son siège. Elle s'écarta un peu de devant son métier à tisser et regarda les femmes assises autour d'elle. Toutes semblaient heureuses, qui de tisser, qui de broder jusqu'à la tombée du jour. Pas elle. Jamais depuis la mort de sa mère elle n'avait passé autant d'heures dans la chambre haute.

Incapable de rester en place, Emalie, que l'idée de ne pas profiter de la chaleur de l'été rendait folle, rassembla les plis de sa robe et se leva, repoussant le petit banc sur lequel elle était assise. Le silence se fit dans la pièce.

— Milady, avez-vous besoin de quelque chose ? demanda sa femme de chambre en posant là son ouvrage.

— Non, Alyce. Vous pouvez rester. J'ai juste besoin d'un peu d'air. Je reviens à l'instant.

Elle était persuadée que personne dans la petite assemblée ne s'offusquerait de sa sortie mais l'air de reproche acerbe qu'elle vit sur le visage de lady Hélène la surprit. C'était l'une des suivantes d'Aliénor et elle avait passé le plus clair de la semaine à marcher sur ses pas et à rendre compte à la reine — Emalie le savait — de ses faits et gestes. Tout ce qu'elle faisait ou disait était surveillé, et elle trouvait insupportable, après tous ces mois passés à s'occuper seule du domaine familial, de se voir reléguée à ce rôle d'hôtesse.

Aliénor avait chassé Jean et ses sous-fifres dès son arrivée, sauvant ainsi le domaine d'un désastre imminent. Elle avait placé ses gens partout et c'étaient eux qui tenaient désormais les rênes. Emalie passait depuis lors ses journées à tisser et à broder dans la chambre haute ou à prier dans la chapelle. Les idées de la reine concernant les bienfaits de la prière sur les jeunes âmes avaient reçu confirmation dès le deuxième jour : un nouveau chapelain était arrivé à Greystone et avait proposé de dire la messe chaque matin. Aliénor avait insisté pour qu'Emalie s'y rende ponctuellement.

Un nouveau capitaine de la garde avait été adjoint à celui d'Emalie, un nouveau cuisinier était en train de prendre la haute main sur les cuisines et certaines de ses servantes avaient même été remplacées. Aliénor ne laissait rien au hasard quand il s'agissait de découvrir la vérité. Là où Jean avait été retors et dangereux, la reine était obstinée, irrésistible.

Emalie ignora tout autant le regard effronté de lady Hélène que ses manœuvres pour la suivre hors de la pièce. Elle fit un signe à sa chambrière et sortit rapidement, franchit le couloir et s'élança dans les escaliers qui menaient au sommet du donjon. Sans ralentir, elle poussa la porte d'un geste ferme et se trouva enfin sur la terrasse. Une rafale que le soleil de juin rendait torride s'engouffra dans sa chevelure et ses vêtements. Secouant la tête, elle ferma les yeux et s'en remit au souffle du vent pour calmer ses pauvres nerfs.

Elle s'appuya contre la pierre du créneau et tenta, comme elle le faisait depuis des semaines, de contenir ses larmes. Sa vie lui échappait entièrement. Bien sûr, elle savait qu'en tant que femme son pouvoir ne pouvait être que très limité, mais son père l'avait encouragée à penser qu'elle dirigeait le domaine. Oh ! comme elle aurait voulu être encore au temps où c'étaient les Montgomery et eux seuls qui régnaient en maîtres à Greystone ! Au temps où ses parents étaient encore en vie et s'aimaient, au temps où elle rêvait d'un mari qui l'aimerait et la protègerait.

Maintenant, ses rêves étaient brisés et sa vie ne lui appartenait plus, tout cela à cause de l'insatiable avidité de Jean sans Terre et de ses complices. Elle avait beau avoir réussi à déjouer sa dernière fourberie, elle savait qu'un jour ou l'autre ses biens tomberaient entre ses griffes, comme tant d'autres avant eux. En dépit du retour de Richard, Jean continuait à prétendre au trône d'Angleterre et Greystone l'intéressait au plus haut point.

Ce qui l'avait surprise, en revanche, c'était qu'il s'intéressât à *elle*. Ce genre de circonstances lui rappelait à quel point sa mère lui manquait. Auprès d'elle, au moins, elle aurait pu s'épancher... Elle connaissait les choses de la vie : on ne pouvait pas grandir dans un château, au milieu des villageois, et ignorer les réalités de l'existence. Elle était sans doute insouciante mais pas stupide pour autant.

Elle savait, bien sûr, qu'Aliénor était en train de lui chercher un mari. C'était sans doute le meilleur, et le seul moyen de tenir Jean à distance, et d'empêcher William de la persuader — c'était ainsi qu'il disait — de s'unir à lui. Et en cette période difficile, le soutien de sa mère lui eût été précieux... Les larmes lui vinrent aux yeux au souvenir de conversations anciennes. Tournant la tête, Emalie rejeta sa longue chevelure en arrière et la replaça dans la résille qui était censée la contenir.

Il ne servait à rien d'espérer que le passé revienne, ni que l'avenir soit radieux. Elle n'avait d'autre choix que d'affronter dignement tout ce qui pourrait advenir, comme ses parents le lui avaient enseigné depuis sa plus tendre enfance.

Rassemblant les plis de sa robe, elle se prépara à retourner vers la chambre haute. Ces quelques minutes passées à respirer en toute liberté l'air vivifiant au sommet du donjon avaient parfaitement rempli leur office. Elle se sentait prête à retourner dans le quartier des femmes avec un calme et une assurance tout neufs. Elle n'était pas encore tout à fait prête à faire face à son destin, mais elle pouvait certainement affronter le mécontentement de lady Hélène.

Comme elle posait la main sur la poignée de la porte, celle-ci s'ouvrit violemment et Emalie perdit l'équilibre et fut projetée contre le mur. Elle était en train de reprendre son souffle lorsque le coupable apparut devant elle.

— Milady !

Sir Walter, le capitaine de la garde, celui à qui Emalie avait confié le soin de veiller sur elle, lui saisit les mains et l'aida à se redresser.

— Je vous demande pardon, milady, je ne savais pas que vous étiez derrière la porte.

Emalie frotta ses coudes endoloris.

— Tout va bien, sir Walter, je vous assure. Etiez-vous à ma recherche ou en train de faire votre ronde ?

Le visage rougeaud du colosse vira au rouge vif. Il passa une main énorme dans ses cheveux roux et répondit en bégayant, évitant le regard d'Emalie :

— La reine vous demande dans la grande salle, milady.

— C'est à moi de vous demander pardon, sir Walter, dit la jeune fille en posant sa main sur le bras du soldat. Vous devriez donner les ordres dans ce château, au lieu de délivrer des messages. Vous avez servi à Greystone avec bien trop de dévouement pour qu'on vous traite de la sorte.

Emalie était ulcérée à l'idée de ne pouvoir promettre à son fidèle serviteur de lui rendre la place qu'il méritait à Greystone. Jusqu'à ce que la reine règle les détails du mariage, il n'était pas question qu'elle ait son mot à dire dans les affaires du domaine. Elle soupira. D'ailleurs quand elle serait mariée, elle aurait encore moins voix au chapitre. Maintenant, c'était elle qui évitait de croiser le regard de sir Walter.

— M'accompagnez-vous ou bien avez-vous d'autres tâches ?

— Je serai très honoré de vous escorter jusqu'à la grande salle, milady.

Il tendit le bras et elle y posa sa main. Il se retourna et lui tint la porte ouverte puis la guida vers l'escalier. Ils se tinrent cois jusqu'à la porte. D'ici, les gardes de la reine ne pouvaient encore les entendre.

— Milady, souvenez-vous que j'ai promis à votre père de défendre votre vie avant tout. Quoi qu'il advienne, je serai toujours là pour vous protéger, dit-il d'un ton bourru.

— Je n'oublierai jamais, jamais, répondit Emalie, la gorge serrée à force de retenir ses larmes.

— Milady, nous savons tous..., commença-t-il.

— Alors n'en parlons plus, l'interrompit-elle.

Il lui était absolument impossible de parler de ce qui s'était passé.

Un garde ouvrit la porte de la grande salle et Walter s'inclina devant Emalie, s'écartant pour la laisser passer. Elle allait entrer dans la fosse aux lions sans son fidèle protecteur. Celui qu'on avait éloigné cette nuit-là...

Elle inspira profondément et s'avança fièrement dans la pièce où l'attendait la reine. Surprise de la trouver seule, la jeune fille ferma la porte derrière elle et s'approcha de sa marraine.

— Si ma mémoire est bonne, commença Aliénor, il est assez beau. Son visage est plaisant et il a un corps de guerrier. Sa famille possède le château d'Azure en Poitou depuis des générations.

Elle se tenait près de la fenêtre, le regard tourné vers l'horizon, évitant soigneusement de regarder Emalie tandis qu'elle parlait. Ses mots troublèrent la jeune fille. Elle avait parlé d'un jeune homme inconnu, mais quelque chose dans le ton de sa voix l'avait fait frissonner. Un sourd pressentiment l'étreignait.

— De qui parlez-vous, madame ? demanda Emalie, effrayée par le tremblement de sa voix.

— De Christian Dumont, comte de Langier. Fils de l'un de mes cousins les plus chers. Votre promis, chère enfant.

La jeune fille en eut le souffle coupé. Son cœur, sa poitrine, son visage étaient en feu et les mots de la reine la transperçaient comme du plomb en fusion. Elle s'était crue à l'abri à Greystone. Elle avait cru que le départ de Jean ferait d'elle de nouveau la maîtresse des lieux. Elle avait cru pouvoir échapper au mariage.

Promise à Christian Dumont ? Comment une telle chose était-elle possible ? Jusqu'à cet instant funeste, Aliénor n'avait soufflé mot de ses projets à personne et Emalie ne s'était absolument doutée de rien.

— Mais je n'ai nul désir de prendre époux, Votre Grâce ! Comme je l'ai déjà dit à votre fils, je n'ai aucune raison de me marier.

La pauvre enfant cherchait désespérément à se maîtriser pour essayer de convaincre la reine.

— Emalie, venez vous asseoir près de moi je vous prie, nous avons des choses à nous dire.

La reine prit place dans l'un des fauteuils à large dossier et attendit. Obéissant à son ordre, la jeune fille s'assit à son côté. Lorsqu'elle eut retrouvé son calme, elle leva les yeux vers Aliénor.

— J'ai été l'épouse de deux rois, et la mère d'au moins un autre, commença celle-ci.

Elle avait les yeux fixés sur la jeune femme et cette dernière cherchait à soutenir son regard.

— Ces dernières années, j'ai beaucoup intrigué, j'ai mené de sombres complots, j'ai tenu les rênes du royaume. Je connais mes fils et sais ce dont ils sont capables. S'il y a bien une chose qui m'est familière, ce sont les hommes de pouvoir et leurs manigances.

Ces mots alarmèrent Emalie qui se tint prête à entendre sous peu la vraie raison de ce discours.

— Ce que mes fils ignorent totalement, c'est que j'ai les moyens d'être informée de tout et de connaître la vérité en toutes circonstances. Je suis sûre que vous savez déjà ce que j'ai découvert ici, à Greystone.

Emalie chercha désespérément un moyen de sortir de ce piège, un mot, n'importe quoi... En vain.

— William de Séverin a fait de vous sa maîtresse, et c'est Jean qui a manigancé toute l'affaire. Vous avez perdu votre virginité avec lui, et votre honneur.

A ces mots, la pauvre enfant fut saisie d'une pâleur mortelle. Ses mains se mirent à trembler et son corps eut un spasme violent. Ainsi, son secret avait été découvert ! Qui avait pu être assez faible pour parler et la vouer ainsi à l'enfer ?

— Seul un mariage rapide et discret peut vous sauver, Emalie. Vous et le nom que vous portez.

Et, comme la jeune fille allait répondre, la reine ajouta :

— Et vos gens.

Vaincue, elle ferma les yeux. Quand Richard était parti pour la croisade puis pendant sa captivité, elle et son père avaient tout fait pour protéger leurs villageois de la rapacité de Jean. Ceux-ci s'étaient trouvés prospères et bien portants alors que la plupart des autres étaient décimés par la maladie et la misère. Lorsqu'à la mort de sa mère, son père avait perdu tout intérêt pour les affaires de ce monde, elle avait poursuivi seule ses efforts.

Ses gens la protègeraient. Jean n'était pas parvenu à briser leur attachement pour la jeune fille et tous et toutes avaient soutenu leur maîtresse devant les allégations de William de Séverin, quoi qu'il puisse leur en coûter si Jean devenait un jour seigneur de Greystone.

— Comment avez-vous découvert la vérité ? demanda Emalie sans même chercher à nier.

D'un geste de la main, la reine lui fit comprendre qu'il était inutile de poser cette question.

— Ce qui importe, ce n'est pas comment je l'ai découverte, mais plutôt que je la connaisse maintenant et que je sache quel danger plane sur vous en ces lieux. William de Séverin a tenté de vous revoir, n'est-ce pas ? N'en doutons pas, vos biens excitent la convoitise de Jean et il fera tout pour les obtenir. Avant longtemps, ils tenteront une nouvelle manœuvre pour s'emparer, lui de Greystone et William... de vous.

— Et vous me proposez d'épouser ce Christian Dumont ? soupira Emalie.

Elle voyait bien qu'on ne pouvait rien cacher à sa marraine. Elle avait pourtant cru — naïve qu'elle était — qu'Aliénor ne saurait rien des vains efforts de William pour — comment dire — lui rendre visite de nouveau.

La reine se redressa dans son fauteuil et, d'un ton hautain, prononça ces mots :

— Je ne vous propose rien, Emalie. En tant qu'émissaire du roi, j'ai tout loisir de vous imposer de le faire.

Elle tendit le bras vers la table qui se trouvait auprès d'elle et souleva quelques parchemins qu'elle tendit à la jeune femme. Celle-ci s'aperçut qu'elle la regardait maintenant avec plus de douceur et, d'une main tremblante, prit les documents qui allaient changer sa vie. Elle savait le latin, mais ses larmes brouillaient sa vue. Elle avait beau cligner les yeux, rien n'y faisait. La reine glissa un mouchoir dans sa main.

— Le comte de Langier est célèbre pour ses prouesses guerrières, c'est aussi un jouteur renommé. Il est d'une

lignée aussi noble que la vôtre et son titre de comte n'est pas le seul qu'il possède. Il n'a pas besoin de vous épouser pour devenir riche et puissant, ce qui n'est pas le cas de tout le monde.

Les paroles d'Aliénor ajoutaient encore au trouble d'Emalie. Certaines questions restaient sans réponse concernant ce jeune homme qu'on lui proposait, ou plutôt, qu'on lui imposait d'épouser.

— Tout ce que vous me dites à propos du comte me semble bel et bon, Votre Altesse, pourtant je ne peux m'empêcher de penser que vous me cachez quelque chose. S'il vous plaît, n'en faites rien, cela m'évitera des surprises.

Emalie essuya de nouveau ses larmes avec le mouchoir puis le glissa dans sa manche. Elle se demandait quelle raison pouvait bien pousser un noble Poitevin de bon lignage à traverser la Manche pour s'abaisser ainsi en épousant une Anglaise, fût-elle noble et riche. Elle avait souvent rencontré des chevaliers venant des provinces françaises du royaume, et les avait toujours trouvés vaniteux et méprisants à l'égard des gens de sa race.

Aliénor ne répondit pas mais se leva et traversa la grande salle en direction de la porte. La jeune fille l'imita, comme l'imposait l'étiquette. Pour repousser la panique qui l'envahissait et maîtriser ses tremblements, elle serra les poings et s'efforça de respirer profondément.

Arrivée à la porte, la reine se tourna vers sa filleule. L'air sincèrement inquiète, elle répondit enfin à la requête d'Emalie :

— Je ne vous dirai rien de plus. Dans la corbeille de la mariée, il y a toujours des secrets. Le comte de Langier

a les siens. Vous avez les vôtres. Il vous appartiendra de vous en accommoder l'un et l'autre.

Elle posa la main sur la poignée et ouvrit toute grande la porte, ajoutant d'une voix forte afin que tous l'entendent :

— Emalie, le comte de Langier arrive aujourd'hui. Le roi, qui est votre tuteur, a déjà signé le décret autorisant ce mariage.

De là où elle se trouvait, la jeune fille entendit les cris de stupeur de la maisonnée. Tous ses serviteurs devaient être consternés. Alyce apparut à la porte, le visage ravagé par l'inquiétude.

— La cérémonie aura lieu demain, ajouta la reine. En ce moment même, notre chanoine met la dernière main aux préparatifs dans la chapelle.

Le murmure s'amplifiait dans les couloirs du château. Emalie comprit que ses gens ne savaient pas s'ils devaient se réjouir de cette nouvelle ou protester. Elle sentit la fierté des Montgomery monter en elle. L'amour de ses parents la protégeait comme une armure. Elle était comtesse de Harbridge après tout, et elle leur montrerait bien ce que cela voulait dire ! Consciente que ses moindres faits et gestes seraient épiés et rapportés dans tout Greystone, Emalie s'approcha de la reine et s'agenouilla humblement devant elle.

— Soyez remerciée pour votre bonté, madame. Nous vous sommes tous reconnaissants de vous préoccuper tant du sort de Greystone.

Levant les yeux, elle vit une lueur amusée dans les yeux de sa marraine. Celle-ci avait bien compris son geste : c'était un moyen pour Emalie de s'assurer que ses gens se plieraient au décret royal. Et même qu'ils l'accepteraient de bonne grâce.

— Je vais faire à l'instant préparer un banquet pour célébrer l'arrivée du comte, et nos fiançailles.

Emalie se releva lentement et suivit la reine hors de la grande salle. Sur les visages de ses serviteurs, elle pouvait lire à la fois l'incrédulité, la colère, la résignation. Elle éprouvait les mêmes sentiments, mais ne pouvait se permettre de les exprimer. Aliénor appela ses suivantes et s'éloigna avec elles.

Il n'était plus temps de se poser des questions sur ce mariage. Il fallait faire les préparatifs pour l'arrivée du fiancé.

— Venez, Alyce, je veux que le comte de Langier voie Greystone sous son plus beau jour.

Greystone, ce n'était pas seulement un château, ni des villageois, c'était aussi elle-même, Emalie. Quand elle prit conscience de cela, un sourire amusé passa sur ses lèvres.

4.

Il ne put s'empêcher d'être saisi d'admiration à la vue de Greystone. Peut-être parce que le château était beaucoup plus grand que le sien. Peut-être aussi parce que la disposition et l'entretien des lieux et du village donnaient au visiteur une impression d'harmonie. Quoi qu'il en soit, et bien que situé au beau milieu de la triste campagne anglaise, ce domaine ne laissait pas d'impressionner Christian.

Piquant des deux, il s'élança vers Greystone et sa mystérieuse mission. Il savait que l'un des membres de son escorte portait une missive pour la reine mais le messager n'avait pas le droit — ou pas envie — de parler des ordres qu'il avait reçus. Chaque fois que Christian l'avait interrogé, il n'avait émis que quelques vagues grognements en guise de réponse.

Chaque minute qui passait le rapprochait de son destin et il sentait son ventre se nouer. Que se passerait-il s'il ne pouvait faire ce que le roi exigeait de lui ? Et s'il fallait pour cela mettre en danger le salut de son âme ? Ou son honneur ? Sentant la nervosité de son cavalier, sa monture se mit à piaffer nerveusement sous lui, mais il reprit vite le contrôle de la situation en relâchant un peu les rênes.

Son cheval lui manquait, bien qu'il fût conscient que, dans l'état de délabrement physique où il se trouvait, son lourd destrier aurait eu tôt fait de le désarçonner. Le roi lui avait conseillé — amicalement — de rester quelque temps à Greystone et de laisser ses chevaux au château d'Azure. Mais dès qu'il aurait accompli ce qu'on voulait de lui, il retournerait sur ses terres et reprendrait le dressage de ses pur-sang. Et il veillerait sur Geoffroi.

Bien sûr, tout cela dépendait de ce qui l'attendait, et de sa capacité à y survivre. L'incertitude pesait lourdement sur ses épaules. S'il ne s'était agi que de lui, il n'aurait pas été aussi inquiet. Mais s'il échouait, qu'adviendrait-il de son frère ?

Son escorte s'avança jusqu'au pied des remparts et Christian força sa monture à suivre l'allure. Essayant de maîtriser les battements de son cœur, il alla chercher au plus profond de son être la fierté orgueilleuse des Dumont et s'élança hardiment vers son destin.

Personne ne vint inspecter la petite troupe lorsqu'elle franchit les remparts, ce qui inquiéta Christian. Des hommes en armes patrouillaient sur le chemin de ronde et la porte principale était surveillée à la fois par eux et par plusieurs gardes qui se tenaient de chaque côté. Nul doute, ils étaient attendus. Il lui sembla même qu'ils étaient les bienvenus. L'avait-on envoyé ici pour prendre le domaine sous sa coupe ? Etait-il possible que Richard l'ait jugé capable de défendre Greystone contre d'éventuelles menaces ?

Il lui semblait inconcevable qu'un domaine d'une telle taille et apparemment si bien administré puisse survivre sans protection. Qui était son suzerain ? Crispé et inquiet, Christian, suivi de son escorte, fendit la foule des villageois éberlués. Hommes et femmes les regardèrent, interdits, chevaucher jusqu'au pied du donjon. « Enfin nous y sommes », pensa le comte en tendant les rênes à un jeune palefrenier. Celui-ci était si jeune qu'il se demanda si sa monture n'était pas trop grande pour lui, mais le garçon fit preuve de tant d'habileté que ses doutes furent vite dissipés.

Chassant de ses vêtements la poussière du voyage, il attendit au pied des marches qu'on vienne l'accueillir. Son attente fut de courte durée : la porte s'ouvrit et un géant apparut. Il fit un signe de la tête. Le messager du roi s'avança vers lui et se présenta. Les deux hommes parlèrent à voix basse quelques instants et le messager pénétra dans le château. L'autre s'adressa à la petite troupe dans un anglais guttural.

— Je suis Walter, anciennement capitaine de la garde à Greystone. Au nom de la comtesse de Harbridge et de Sa Majesté Aliénor, reine d'Angleterre, qui est également parmi nous, je vous souhaite la bienvenue en ce château. Entrez, messires, vous allez pouvoir vous reposer des fatigues de votre voyage.

Le colosse fit demi-tour et les invita à le suivre. Seule la perspective de pouvoir enfin s'abriter de la grisaille anglaise et de boire un peu de vin incita Christian à s'exécuter. Après tout, si la reine était là, il y avait de grandes chances que la chère et les vins soient de bonne qualité. Aliénor n'était pas femme à se passer du luxe auquel elle était habituée.

En entrant dans la grande salle, il inspecta les lieux et ceux qui s'y trouvaient. Tous étaient occupés à des tâches diverses : les uns lavaient les dalles, d'autres préparaient la paille qu'ils allaient jeter sur le sol, d'autres encore accrochaient de lourdes tentures au mur devant lequel se dressait le dais. C'était bien la preuve que ce domaine était prospère et bien mené, pensa Christian. Un homme se détacha d'un petit groupe en pleine discussion et s'approcha de Walter.

— Messire, permettez-moi d'accompagner nos hôtes jusqu'à leur table.

Le capitaine hocha la tête et leur fit signe de suivre le nouveau venu. Il était soulagé qu'on vienne enfin le relever de cette tâche indigne.

— Je suis Fitzhugh, l'intendant du château. Permettez-moi de vous offrir à boire et à manger. Vous devez être fourbus. Par ici, je vous prie.

Il prit un escalier et les guida jusqu'à une salle où l'on avait dressé une table. Il frappa dans ses mains et, en un instant, on leur apporta des plateaux de victuailles ainsi que des cruches de vin et de bière. Des servantes s'affairèrent autour d'eux jusqu'à ce que tous fussent servis abondamment.

Christian porta sa coupe à ses lèvres et but une longue gorgée. La poussière des chemins avait asséché sa gorge et le vin en calma quelque peu la brûlure. Il pensa avec regret au nectar de ses vignes et à son domaine. Le château d'Azure était réputé pour la qualité de ses vins et il aurait donné cher pour en avoir un flacon à la place de ce tord-boyaux.

— Ce vin n'est-il point de votre goût, milord ?

Il n'était pas mécontent que Fitzhugh soit si observateur, cela augurait bien de ses compétences, mais il se doutait bien aussi que son humeur et le confort de son ventre n'étaient pas sa première préoccupation.

— Il est buvable, répondit-il en avalant la dernière gorgée et en reposant la coupe sur la table. J'ai peur d'être un peu fatigué, voilà tout.

— Ni la reine ni la comtesse ne peuvent venir vous saluer à cette heure, aussi ai-je reçu l'ordre de vous mener à vos appartements afin que vous puissiez vous y reposer et vous préparer pour le banquet de ce soir, dès que vous en aurez terminé avec ce repas bien sûr, dit-il d'un ton aimable.

Il était beaucoup plus jeune que Christian ne l'avait pensé de prime abord. Ce dernier fut tenté de demander pourquoi il ne pouvait voir la reine tout de suite mais sa fatigue était trop grande. Il prit un morceau de pain et du fromage et mâcha longuement chaque bouchée, puis continua à manger tout ce qui se trouvait devant lui, méthodiquement. Le souvenir de la faim qui l'avait torturé dans son cachot le hantait et bien qu'il en soit maintenant sorti, il ne pouvait s'empêcher d'engloutir tout ce qui passait à sa portée. Seules sa volonté et la peur d'être découvert l'empêchaient de cacher de la nourriture dans les poches de sa tunique.

Lorsque tous ses compagnons de route eurent terminé leur repas et vidé leur gobelet, il épousseta les miettes de pain qui étaient tombées sur sa poitrine et s'essuya les lèvres. Il quitta la table et suivit l'intendant à travers les couloirs, essayant du mieux qu'il pouvait de s'imprégner de la disposition des lieux. Il eut la désagréable sensation qu'on l'observait comme s'il avait été un ennemi potentiel plutôt qu'un aimable visiteur. Personne ne croisait son regard, et tous faisaient mine de s'affairer.

Arrivés derrière la grande salle, l'intendant lui fit signe de le suivre tandis qu'il indiquait aux autres la direction de leurs chambres. Ils grimpèrent seuls trois volées d'escalier et, lorsqu'ils arrivèrent au sommet du donjon, l'intendant s'engagea, à sa grande surprise, dans un autre escalier qui les mena encore plus haut, dans une petite tour d'angle. Quelle ne fut pas sa stupéfaction quand Fitzhugh poussa la porte, révélant une pièce qui ne pouvait être que la chambre du maître des lieux !

— Vous vous trompez sans doute, dit-il, ce sont là les appartements du seigneur de Greystone, et je doute qu'ils me soient destinés.

— Je ne me trompe point, milord, la reine m'a donné des ordres très clairs. Voici votre chambre.

L'intendant s'effaça et Christian entra dans la pièce où l'attendaient un grand nombre de serviteurs. Les meubles étaient somptueux et d'immenses tapisseries étaient accrochées aux murs. D'épais tapis jonchaient le sol. Bien qu'on fût en été, on avait allumé un feu dans la cheminée pour réchauffer un peu l'air. Devant l'âtre se dressait une baignoire fumante, bien plus grande que toutes celles qu'il avait pu voir jusqu'à ce jour.

Une jeune servante se précipita pour lui tendre une coupe. Une autre s'affairait à ouvrir ses maigres bagages. Une matrone se tenait près de la baignoire. Christian s'éclaircit la gorge et toutes se figèrent, attendant ses ordres.

— Le comte a besoin d'être seul, mesdames, vous finirez votre travail plus tard.

Quittant la pièce, l'intendant congédia d'un geste les servantes et toutes sortirent dans un grand tourbillon de robes. Toutes, sauf une…

Le jeune homme trempa négligemment ses lèvres dans le vin car toute son attention se portait sur la baignoire. Il traversa la pièce et s'assit sur une chaise pour ôter ses hauts-de-chausses et ses bottes.

— Voulez-vous que je vous laisse seul, milord, ou préférez-vous que je vous aide à faire votre toilette ?

La voix était bien plus douce et légère qu'il ne l'avait imaginé, contrastant avec la taille de cette femme. Elle avait un côté mélodieux qui lui rappelait celle de sa mère.

— Comment vous appelez-vous ?

— Alyce, milord, répondit la servante en baissant la tête avec déférence.

— Vous m'aideriez en plaçant tout ce dont j'ai besoin près de la baignoire. Ensuite, vous pourrez vous retirer.

Il ne pouvait supporter l'idée que quiconque, fût-ce la plus humble servante, puisse voir les marques que des mois d'emprisonnement avaient infligées à son corps. S'il ne pouvait en cacher la maigreur effrayante, il refusait de montrer les plaies affreuses qui le ravageaient.

— Très bien, milord.

Alyce fit preuve d'une efficacité et d'une dextérité étonnantes, plaçant en quelques instants un bol de savon, des linges et quelques seaux supplémentaires d'eau froide et chaude, exactement comme il le lui avait demandé. Elle vint vers lui et, tendant les bras, lui dit :

— Si vous voulez bien me passer vos vêtements, milord, je vais les donner à laver.

Il fut tenté de refuser, mais se ravisa promptement. Il n'avait pris avec lui que très peu de bagages et ne possédait que peu de tenues de rechange. Il acquiesça de la tête et se retourna pour se déshabiller. Lorsqu'il porta son regard vers elle, il vit qu'Alyce avait les yeux pudiquement fixés sur la porte.

Rassuré par sa discrétion, il se défit rapidement de sa ceinture, de sa tunique et de sa chemise. Il fit glisser ses bas et les retira de ses pieds souillés par la poussière, puis les roula en boule avec une grimace et les tendit à Alyce qui s'en saisit sans un mot ni un regard et se dirigea vers la porte. Sans bouger, il attendit quelques instants qu'elle s'éloigne pour pouvoir entrer enfin dans la baignoire.

— Milord ! dit-elle depuis le seuil de la chambre.

— *Oui ?* répondit-il en français sans réfléchir.

— Ma maîtresse possède un onguent qui pourrait soigner vos blessures.

Il fut submergé de honte à l'idée qu'elle avait quand même réussi à voir son corps. Savait-elle d'où venaient ce qu'elle appelait ses blessures ? Mon Dieu, faites qu'elle ne sache rien ! Pourvu que la reine n'ait rien divulgué autour d'elle de sa disgrâce, de son déshonneur ! Il ne put répondre tant sa gorge était nouée, et pourtant il aurait donné n'importe quoi pour trouver un remède à la douleur que lui causaient ses plaies.

— Je vous en apporte tout de suite, vous pourrez l'essayer si vous voulez, lança-t-elle sans attendre sa réponse.

Il se demanda si elle se rendait compte qu'il était sans voix et se racla la gorge à plusieurs reprises pour pouvoir parler.

— Alyce ?

— Oui, milord ? répondit-elle sans bouger.

— Laissez la porte ouverte.

— Plaît-il, milord ?

Elle allait se retourner, mais se retint.

— Laissez la porte ouverte, je vous prie.

— Bien, milord, soupira-t-elle du ton de quelqu'un qui connaissait bien les nobles et leurs caprices.

Elle sortit en laissant la porte ouverte. Christian se sentait mieux. Il avait du mal à respirer dans une pièce sans fenêtre, cela le rendait nerveux. Il se leva de sa chaise et s'approcha de la baignoire pour tâter l'eau de la main, puis il enjamba le rebord, attendit quelques instants que ses jambes s'habituent à la chaleur et se laissa glisser jusqu'aux épaules dans l'eau fumante, voluptueusement.

Il se plongea entièrement dans l'eau pour se mouiller les cheveux et, prenant un peu de savon dans le bol qu'Alyce avait placé à sa portée, se frotta la tête avec vigueur. Il lui faudrait plus d'un bain pour se laver de la crasse infecte que des mois sans eau avaient laissée sur son corps. Ou pour en effacer à tout le moins le souvenir. Après s'être lavé et rincé la tête plusieurs fois, il s'étendit de nouveau dans l'eau encore fumante pour apaiser la tension de ses muscles.

Il se saisit d'un linge et, sans quitter la baignoire, en drapa son corps pour garder la chaleur de l'eau contre lui. Bien vite, il sentit le sommeil le gagner.

— Et vous dites qu'il vous a demandé de laisser la porte ouverte ?

— Exactement, milady. J'allais sortir et il m'a rappelée pour ça.

Emalie faisait confiance à sa femme de chambre, mais elle ne comprenait pas l'étrange requête du comte. On ne pouvait être vraiment tranquille que dans les appartements seigneuriaux, pour la bonne raison qu'ils étaient protégés par une lourde porte. La laisser ouverte, c'était comme inviter les intrus à vous déranger... ou peut-être inviter quelqu'un à...

— Etait-il dans son bain quand vous l'avez quitté ? demanda la jeune comtesse. Alyce hocha la tête.

— Seul ?

— Oui, milady, Fitzhugh connaît Lyssa et il sait de quoi elle est capable. Il lui a demandé de sortir avant que le comte se déshabille.

Avait-il laissé la porte ouverte pour que la femme de chambre puisse le rejoindre ? Etait-il déjà en train de prendre son plaisir dans le donjon avant même qu'il lui appartienne ? Le seigneur de Greystone allait bien vite en besogne !

— Je vais lui porter l'onguent moi-même !

Emalie décida d'aller voir de ses yeux de quoi il retournait. Si son futur mari devait la tromper au vu et au su de tous, autant en avoir le cœur net tout de suite.

— Mais, milady, je lui ai dit que j'allais le faire. Peut-être devriez-vous attendre de le voir ce soir, comme l'a suggéré la reine ?

La servante, ulcérée, tint fermement le pot d'onguent que sa maîtresse essayait de lui prendre. A la fin, celle-ci lâcha prise et tendit la main d'un air farouche. Alyce y déposa le pot en poussant un soupir. Emalie se saisit d'un autre flacon et, rassemblant les plis de sa robe, quitta la pièce en direction de la chambre seigneuriale. Alyce lui emboîta le pas en ahanant. Arrivée devant la porte, la jeune comtesse se pencha un peu et jeta un regard furtif à l'intérieur de la pièce.

— Pas un bruit, milady !

Elle était furieuse à son tour.

— Alyce, de quel droit... ?

— C'est que, milady, le pauvre garçon semblait si épuisé que j'ai cru qu'il allait s'évanouir, je vous assure.

— Ce pauvre garçon, comme vous dites, est le *comte de Langier,* dit-elle dans son meilleur français. Le plus beau fleuron de la noblesse poitevine et un soldat magnifique, si j'en veux croire ce qu'en dit la reine.

— Il m'a plutôt semblé que la vie l'avait fort malmené, milady, rétorqua la servante d'un air renfrogné. Marchez sur la pointe des pieds et évitez de le déranger s'il dort.

Emalie tourna les yeux vers sa femme de chambre, éberluée. Sa douceur à l'égard de ce jeune homme lui semblait comme une menace pour elle. Si Alyce le défendait, alors qui resterait pour la soutenir, elle ? Elle décida qu'il était grand temps de faire enfin la connaissance de ce pauvre bougre et, poussant la porte, elle pénétra dans la pièce. Des volutes d'air humide virevoltèrent autour d'elle tandis qu'elle s'avançait vers l'âtre. Lorsqu'elle s'approcha de la baignoire, l'homme qui s'y trouvait ne bougea pas.

Sa tête était légèrement penchée sur le côté et il semblait plongé dans un profond sommeil. Elle pensa à son père, et à l'air innocent qu'il avait quand il dormait. Le visage de Dumont était calme et nul souci ne venait plisser son front. Ses cheveux paraissaient noirs, mais c'était difficile à dire car l'eau pouvait en assombrir la teinte. Les yeux d'Emalie glissèrent sur le corps endormi, du visage au cou puis du cou aux épaules. Le reste était caché par le drap de lin.

Les os saillaient sous sa peau. Il devait être très maigre ou peut-être avait-il été gravement malade ; en ce cas, il avait dû perdre beaucoup de poids. Etait-ce à cela qu'Alyce avait voulu faire allusion ? Sur ses bras et ses épaules, ses yeux entraînés remarquèrent la présence de plaies déjà anciennes mais non encore guéries. Elle se doutait qu'il devait y en avoir d'autres sur les parties de son corps qu'elle ne pouvait voir. Il y avait là une énigme qui la laissait perplexe.

Elle se demanda quelques instants s'il serait avisé de se présenter à lui mais décida en fin de compte de le laisser dormir encore. Débouchant la bouteille qu'elle avait apportée, elle en versa quelques gouttes dans l'eau du bain et, se penchant au-dessus de la baignoire, l'agita délicatement du bout des doigts pour mélanger l'élixir, en prenant soin de ne pas effleurer le corps du jeune homme assoupi.

Elle sortit en replaçant la porte dans la position où elle l'avait trouvée. Ce soir. Ce soir, quand elle rencontrerait le comte, elle aurait enfin les réponses à ses questions.

Bizarrement, à ce moment précis, la seule question qui la préoccupait était de savoir de quoi il aurait l'air, une fois réveillé. Elle était trop absorbée dans ses pensées pour se rendre compte qu'il avait ouvert les yeux et l'avait regardée sortir.

Etait-il mort ? Cet ange tombé du ciel venait-il le chercher pour le mener au paradis ?

En se réveillant, il l'avait vue penchée au-dessus de lui, sa longue chevelure couleur de miel, ses voiles et sa robe flottant autour de son corps, comme une apparition. Son visage rayonnait dans la lueur des flammes et rien, pas même le léger froncement de ses sourcils, ne venait en déranger la délicate harmonie. En voyant sa main s'approcher de l'eau, il avait baissé les paupières et avait attendu, ou plutôt espéré ardemment, qu'elle le touche.

Comme rien ne se passait, il s'était forcé à ouvrir les yeux de nouveau, mais elle avait disparu. Il la vit s'éloigner vers la porte en silence. La fatigue, la douce chaleur de l'eau eurent raison de ses dernières forces. Il rendit les armes et s'abandonna à la torpeur. Dans ses rêves, un ange passa.

5.

Il fut réveillé par des coups frappés à la porte. Encore épuisé par son long voyage, Christian glissa à bas du lit, enfila une tunique et tituba jusqu'au seuil de sa chambre. Le vantail n'était pas tiré, mais le visiteur n'avait pas osé entrer.

— Milord ? dit une voix masculine, êtes-vous là ?

Il ouvrit la porte toute grande et se trouva nez à nez avec l'imposant sir Walter.

— Pardonnez mon intrusion, milord, mais la reine vous demande de la rejoindre dans ses appartements aussi tôt que possible.

— Je la rejoindrai donc à l'instant, messire, répondit Christian.

Il avisa sur le lit des vêtements propres, sans doute posés là par quelque serviteur pendant qu'il dormait. Il n'avait rien entendu.

— Dois-je vous envoyer une escorte, messire ? ajouta le colosse en se balançant d'un pied sur l'autre, visiblement gêné de devoir faire le messager.

— C'est inutile, je trouverai mon chemin tout seul.

Sir Walter grommela quelques mots puis s'en fut après avoir salué le jeune comte. Celui-ci repoussa quelque peu la porte et commença de s'habiller en toute hâte. Conscient que sa précipitation devait autant à la nervosité qu'à son impatience, il se força à se calmer et prit le temps d'ajuster ses vêtements du mieux qu'il pouvait. Quand il serra sa ceinture autour de sa taille, il grimaça en s'apercevant qu'il était plus maigre aujourd'hui que lorsqu'à seize ans il avait gagné ses premiers éperons. Il passa plus de temps à se préparer qu'une femme ne l'aurait fait à sa place mais décida en fin de compte qu'il était fin prêt pour affronter à la fois la reine et son destin.

Il refit en sens inverse le chemin qu'il avait suivi pour venir et pénétra dans la grande salle. Les serviteurs avaient encore une fois fait preuve d'efficacité car les tables étaient magnifiquement dressées et de la paille fraîche recouvrait le sol. Une agitation fébrile régnait dans la pièce et, autour de lui, les murmures incessants disaient assez qu'il en était la cause.

Christian fouillait la salle du regard, cherchant à repérer la porte menant aux appartements de la reine, lorsqu'une jeune femme s'approcha de lui et fit une révérence.

— Avez-vous besoin d'aide, milord ?

Leurs regards se croisèrent, mais elle baissa les yeux aussitôt.

— *Oui*, répondit-il dans sa langue.

Elle le regarda de nouveau avec insistance avant de baisser la tête humblement. Morbleu, il fallait qu'il se souvienne de parler en anglais ! Il était normal ici que les nobles parlent le français mais les manants et les serviteurs ne connaissaient que leur anglais rustique et guttural.

— Oui, se reprit-il, menez-moi à la chambre royale.

Elle fit une révérence et, lui tournant le dos, se dirigea vers un escalier. Elle marchait en balançant les hanches de manière suggestive, et il était clair qu'elle était disposée à toutes les aventures. Elle lui lançait des œillades et des sourires coquins par-dessus son épaule et Christian sut vite à quoi s'en tenir. L'ironie de la situation l'amusait. En d'autres temps, le manège de la fille aurait enflammé son désir, et ses sens auraient pris le dessus. En d'autres temps, dans une autre vie, il aurait répondu à ses avances et l'aurait rejointe plus tard pour un rendez-vous galant, mais aujourd'hui son corps délabré et l'incertitude de son sort le rendaient insensible à ses charmes.

Ils se trouvèrent bientôt devant une sombre alcôve dans laquelle s'ouvrait une lourde porte. Deux soldats en gardaient l'entrée et Christian comprit qu'ils étaient arrivés. La servante se retourna et s'inclina devant lui. Cette fois-ci, elle planta carrément ses yeux dans les siens et lui décocha un sourire sans équivoque. Même un aveugle aurait compris à quoi elle voulait en venir ! Soucieux de ne pas la blesser, le jeune comte lui demanda comment elle s'appelait. Si d'aventure il avait besoin d'elle à l'avenir, il vaudrait mieux qu'il s'enquière d'elle en l'appelant par son nom plutôt que de devoir faire une description détaillée !

— Lyssa, milord, pour vous servir. Appelez-moi si vous avez besoin de quelque chose.

Les gardes ricanèrent d'un air entendu. Elle avait dû aider beaucoup d'hommes à trouver ce qu'ils cherchaient dans ce donjon...

— Retournez à votre travail, je vous ferai mander si j'ai besoin de vous, lança-t-il en la congédiant d'un geste de la main.

Il se retourna, frappa à la porte et attendit qu'on l'invite à entrer. La voix d'Aliénor retentit derrière la porte. Il respira profondément, tourna la lourde poignée et s'apprêta à faire face à la reine.

Elle était bien comme dans son souvenir. Elle avait beau avoir plus de soixante-dix ans, c'était une femme avec laquelle il fallait compter et, si elle faisait son âge, sa force de caractère était intacte. Se comportant à la manière d'un homme, elle avait traversé plus d'un demi-siècle à accumuler les titres et la fortune — et les époux. Elle avait même accompli l'inimaginable en suivant son premier mari à la croisade. Il s'approcha d'Aliénor et mit un genou à terre.

— Votre Altesse, dit-il en baisant sa main, je suis bien aise de vous voir.

Il attendit qu'elle le prie de se relever et, lorsqu'elle l'y invita, la regarda droit dans les yeux et esquissa un sourire.

— Ah Christian ! Il me semble voir votre mère. Elle me manque, savez-vous, comme me manquent ses sages conseils et sa gaieté, qui m'ont beaucoup aidée en certaines circonstances difficiles.

Il n'y avait aucun risque à parler de la mère de Christian, car elle était morte avant que son père ne trahisse, et avait été la confidente de la reine pendant de nombreuses années.

— Le souvenir des années qu'elle a passées près de vous était cher à son cœur, Votre Altesse.

Aliénor laissa retomber sa main et reprit place sur sa chaise. C'est alors qu'il remarqua la présence d'une autre femme dans la pièce mais, supposant qu'il s'agissait d'une des dames de compagnie, il poursuivit la conversation.

— Le roi m'a chargé de vous rendre un service, Votre Altesse. J'ignore lequel car il ne m'a pas donné de détails et m'a seulement ordonné de faire ce qu'il vous plaira que je fasse. Puis-je vous demander d'éclairer quelque peu ma lanterne ?

Un petit ricanement amusé lui fit tourner les yeux vers la dame de compagnie à qui il lança un regard furieux, choqué de son insolence. Il avait recouvré son titre et son rang après tout, et avait droit au respect, y compris de la part des suivantes de la reine !

— Richard et moi, répondit celle-ci, voulons assurer la protection de ce domaine, car il appartenait à un ami très cher qui a toujours été loyal envers notre famille. Sa mort prématurée a laissé Greystone dans l'incertitude et en a fait une proie pour tous les vautours de ce royaume. Richard veut que vous deveniez son protecteur et que vous épousiez la comtesse de Harbridge.

Il secoua la tête, incrédule. Son protecteur ? Epouser la comtesse de... ?

— Mais, Votre Altesse, je suis déjà fiancé à...

D'un geste de la main elle lui coupa la parole.

— C'est de l'histoire ancienne ! Aux yeux de l'Eglise, vous êtes libre de convoler selon les vœux de Richard, et vous avez prêté serment de lui être loyal, n'est-ce pas ?

Il avait signé un pacte avec le diable et voilà qu'on lui en demandait le prix. C'était trop beau pour être vrai. Qu'y avait-il de si terrible à épouser une héritière et à devenir le seigneur de ses domaines ? En tant que fils aîné d'un comte, c'était là son destin, de toute façon. Il avait bien pensé épouser la fille d'un des nobles du voisinage mais celle qu'on lui destinait la remplacerait avantageusement. Et puis il y avait Geoffroi. Il pourrait bien épouser à sa place cette petite comtesse française et ajouter sa dot aux biens de la famille.

— J'ai donné ma parole à Richard, Votre Altesse.

— Très bien, alors vous épouserez la contesse de Harbridge demain matin.

— Pourrai-je la rencontrer avant la cérémonie, madame ? Ne devons-nous pas nous fiancer d'abord ?

Tout cela allait trop vite. Où était la comtesse ? Savait-elle ce qui se tramait ? Bien sûr, elle ne pouvait pas ne pas avoir remarqué qu'un grand événement se préparait.

— Les fiançailles ont eu lieu avant votre départ de France. Votre signature figure au bas des documents que voici.

La reine lui montra quelques parchemins posés sur une table, sur lesquels on pouvait voir son paraphe et celui du roi. Il hocha la tête avec un sourire. Echec et mat. Maintenant, il ne pouvait plus échapper au piège des Plantagenêt.

— Cependant, pour éviter toute contestation, lecture sera faite ce soir, devant tous les gens du château, des documents qui en attestent.

— Et les bans ?

Nul ne pouvait se marier sans que la noce fût annoncée publiquement trois dimanches à l'avance.

— L'évêque d'Ely a donné sa dispense.

Il se sentit entraîné comme par un torrent furieux et des frissons parcoururent son échine. On lui cachait quelque chose, il en était certain, quelque chose de grave. Cette comtesse, pourquoi n'était-elle pas encore mariée ? Si elle était en âge de l'être, son père aurait dû prendre des dispositions longtemps à l'avance. Il était mort prématurément ? Mais alors il avait été bien négligent et bien peu prévoyant si sa fille était encore jouvencelle et son domaine sans protecteur !

— Je vois que vous n'avez rien laissé au hasard, Votre Altesse, grâces vous soient rendues, dit-il en s'inclinant légèrement. Et la comtesse, comment accueille-t-elle tout cela ?

— Elle se comportera en cette affaire comme il sied à une femme honorable, en vous épousant et en accomplissant tous les devoirs d'une épouse et, Dieu veuille, d'une mère. Croyez-moi, elle sait parfaitement ce que l'on attend d'elle. La rencontre officielle aura lieu ce soir avant le banquet. Maintenant, si vous êtes prêt, je vous prierai de m'escorter jusque-là.

C'était plus un ordre qu'une requête.

Il avait remarqué avec quelle insistance elle avait prononcé le mot « honorable » en parlant de sa fiancée. Peut-être après tout était-il particulièrement sensible à ce mot parce que son honneur venait à peine de lui être rendu. Ou bien était-ce une allusion concernant la jeune comtesse ? Mais l'honnêteté et l'honneur étaient le socle sur lequel reposaient les relations entre les êtres, aussi bien entre mari et femme qu'entre un roi et ses sujets ou un seigneur et ses gens. Sans honneur, un noble n'était rien.

Voyant que ses ruminations ne menaient à rien, Christian leva les yeux vers la reine.

— Bien sûr, Majesté, répondit-il.

Il offrit son bras à la souveraine et se dirigea lentement vers la sortie. Avant de franchir le seuil de la chambre, elle hésita un instant.

— Rejoignez-moi tout de suite dans la salle du banquet, ordonna-t-elle à la jeune femme qui se tenait toujours à côté de la chaise qu'elle venait de quitter.

Elle sortit au bras de Christian, sans attendre de réponse car on ne discutait pas les ordres d'Aliénor Plantagenêt.

Quel présomptueux ! Il était impudent, vaniteux et grossier. Il n'avait même pas cherché à savoir qui elle était ! Emalie fit quelques pas en tapant du pied et se laissa tomber sur la chaise.

Quelque chose lui échappait. En tout cas, il était impudent, vaniteux, grossier, tyrannique et... angevin ! Non, non, il ne venait pas d'Anjou, mais d'Aquitaine, comme Aliénor ! Elle saisit la coupe que la reine avait négligée et la vida d'un trait puis, reprenant son souffle, elle prononça le mot qui lui brûlait les lèvres.

Son mari. Il était son mari. Déjà en cet instant, avant même la cérémonie, les liens du mariage les unissaient devant Dieu et devant les hommes, comme il était écrit sur ces parchemins. Richard, son tuteur, l'avait mise entre les mains de ce butor de Langier, et tous ses biens avec elle. Et que lui avait dit Aliénor ? Qu'il leur faudrait s'accommoder l'un de l'autre.

Elle se surprit à penser qu'elle avait obtenu des réponses aux questions qu'elle n'avait pas osé poser. Il était beau, en effet, comme l'avait dit sa marraine. Ses cheveux étaient plus bruns qu'elle ne l'avait pensé lorsqu'elle l'avait regardé dormir dans son bain, et le vert de ses yeux évoquait la lande anglaise au printemps. Quant à sa voix... elle l'avait trouvée charmante, en dépit des choses odieuses qu'il avait dites à la reine.

Il avait dû traverser de terribles épreuves ces derniers temps car il flottait dans ses vêtements et son corps était couvert de plaies. Avait-il partagé le sort de Richard sur le continent ? Lui avait-on donné Greystone, l'avait-on fait comte de Harbridge en récompense de sa loyauté envers le roi ? S'il était comte de Langier, possédait-il beaucoup de terres en Aquitaine ? Avait-il une famille ?

Emalie secoua la tête. « Assez de questions ! » se dit-elle. Ajustant sa coiffe, elle se leva et sortit. Maintenant, il allait rencontrer la comtesse de Harbridge, et non la soubrette qu'il croyait qu'elle était.

Comme elle quittait la pièce, elle se souvint de l'expression du jeune homme lors de son entrevue avec la reine. C'était de la peur qu'elle avait lu sur son visage dès qu'il était entré. Une peur mortelle, que l'annonce de leur mariage prochain ne semblait pas avoir dissipée.

Il l'intriguait, mais elle aurait tout son temps pour résoudre cette énigme. Elle ne savait qu'une chose : Richard l'avait envoyé ici à la demande de sa mère pour écarter la menace qui planait sur elle et sur Greystone. S'il y parvenait, elle lui vouerait une reconnaissance éternelle. S'il prenait soin de ses gens, elle serait une épouse comblée.

Emalie, pour l'heure, était loin d'être comblée. En vérité, elle bouillait de rage. Christian Dumont était vraiment un butor ! Il avait éclaté de rire lorsque la reine lui avait présenté sa future épouse. Pour être juste, elle devait admettre que son rire l'avait émue d'une manière qui l'avait surprise, mais à ce moment précis elle n'avait pas envie d'être juste !

Le banquet avait été expédié rapidement puis les clercs avaient procédé à la lecture de la promesse de mariage et à l'interminable récitation des titres, des biens, des tributs et des dîmes. Elle avait appris que Christian possédait d'immenses terres aux alentours de Poitiers ainsi que quelques domaines de moindre importance en Anjou et en Normandie. Ses titres de noblesse étaient plus anciens que les siens, mais elle était plus riche que lui. Si Emalie survivait à son époux, ce qu'elle apportait en dot serait transmis à sa fille, si Dieu voulait bien lui en donner une. Si c'était elle qui disparaissait la première, il hériterait de plein droit de la totalité de ses biens.

Cela avait duré une éternité puis était venu l'instant solennel : elle avait pris les clés du château et les lui avait remises, faisant ainsi de lui le seigneur et maître de Greystone, et d'elle même. Avec un fort accent français, Dumont l'avait remerciée puis les avait passées à sa propre ceinture. Le grondement qui s'était alors élevé de la foule ne semblait pas l'avoir ému. L'insulte était pourtant grave, car au lieu de les lui rendre et, ainsi, de confirmer son statut de maîtresse du domaine, il les avait gardées par-devers lui, ce qui était un signe évident de défiance, et ceci devant toute l'assemblée !

Emalie avait senti le rouge de la honte lui monter au front et ses yeux s'étaient mouillés de larmes. Connaissait-il la vérité à son sujet ou bien la tenait-il pour incapable de remplir ses devoirs de châtelaine ? La soupçonnait-il d'avoir mal géré son domaine ? Elle avait fait une révérence et repris sa place sur son siège, essayant de refréner son envie de hurler ou de fondre en larmes devant toute l'assistance. Elle était restée prostrée, le regard fixe.

Elle s'était attendue à tout sauf à cela. Son père avait toujours voulu qu'elle soit un jour la maîtresse de Greystone et de sa population. Jour après jour, il lui avait répété qu'elle était tout aussi capable qu'un homme de comprendre les subtilités de l'administration d'un domaine de cette taille. Elle avait espéré que son mari lui donnerait au moins une chance de prouver ses talents.

— Je sais ce que vous éprouvez, Emalie, lui souffla Aliénor d'une voix calme, il n'est pas facile d'accepter de voir vous échapper une chose pour laquelle on s'est battu bec et ongles pendant des années.

— En effet, Votre Altesse.

— Donnez-lui le temps de s'adapter à sa nouvelle situation avant de le juger.

— Sa nouvelle… ? laissa-t-elle échapper avant de se reprendre en se mordant les lèvres.

C'était sa propre situation qui l'avait menée là où elle en était.

— Les choses auraient été beaucoup plus déplaisantes si Jean avait pu mettre son dessein à exécution, et si William de Séverin était assis à la place de ce garçon en ce moment, mon enfant, dit la reine en inclinant la tête vers Christian. Il en va toujours ainsi pour une femme, quel que soit l'homme qu'elle épouse.

C'était la vérité, bien sûr, mais comme elle avait du mal à l'accepter ! Elle avait vécu dans l'espoir que son père tiendrait compte de ses sentiments et de ses désirs lorsqu'il lui choisirait un mari, bien qu'elle sût que c'était illusoire. On épousait une femme pour ses biens et ses titres. Et pour qu'elle porte des héritiers. Le désir et les sentiments n'avaient rien à voir dans tout cela.

— Je comprends, Votre Altesse. Si vous n'y voyez pas d'objection, j'aimerais me retirer maintenant.

Emalie n'avait qu'un seul désir : fuir. Elle aurait pu hurler sa colère et son humiliation, mais cela n'aurait fait qu'aggraver les choses. Elle attendit que la reine lui fasse un signe de la tête et se leva. A sa grande surprise, le comte l'imita. Ah ! Il fallait lui demander sa permission à lui aussi maintenant ? Une vague de désespoir s'abattit sur elle. Elle était au bord des larmes, mais autour d'elle, ses gens — ceux qui avaient été son seul et unique soutien ces derniers temps — avaient les yeux fixés sur son visage, guettant ses réactions. Elle ne pouvait les décevoir. Pas plus qu'elle ne pouvait retenir la nuit qui venait.

— Monseigneur, dit-elle en inclinant légèrement la tête, avec votre permission, je vais me retirer dans ma chambre.

D'un pas, il fut près d'elle et porta sa main à ses lèvres. Malgré la tension qui l'étreignait, elle sentit son souffle sur sa peau. Elle ignorait si c'était de sa part un geste de pure politesse mais elle se surprit à penser qu'elle n'avait jamais prêté attention à ce genre de détail auparavant.

— Alors, à demain, milady.

Il offrit son bras à sa jeune fiancée pour l'aider à descendre les quelques marches de l'estrade, mais leurs regards se croisèrent et ce qu'elle lut dans le sien la laissa éberluée, car c'était exactement ce qu'elle éprouvait elle-même à cet instant, un mélange de perplexité, de colère, de méfiance et de peur. Une lueur sombre apparut dans ses yeux.

Il avait envie d'elle.

Elle voulut fuir, se sauver. Respirant avec peine, elle hésita un instant, mais il la guida calmement au bas des marches. Elle était contente de pouvoir s'appuyer sur son bras car elle avait peur de perdre l'équilibre, mais elle s'efforça de ne pas le serrer trop fort.

Elle n'avait pas pensé que le désir viendrait s'immiscer dans cette affaire. Elle ne connaissait pas les raisons qui avaient poussé Aliénor à choisir Langier pour la secourir ni les siennes pour accepter de le faire. Son arrogance et son acrimonie lorsqu'elle l'avait vu pour la première fois dans le donjon, et aussi le fait qu'il venait apparemment de lui retirer ses attributions de châtelaine lui laissaient à penser qu'il avait cédé à l'appât du gain. Elle en avait oublié que c'était un autre aspect du mariage, où le désir avait sa place, qui l'avait mise dans cette situation. Elle frissonna et il marqua le pas, surpris.

— Qu'avez-vous, milady ?

Le ton de sa voix fit naître d'autres frissons en elle.

— Rien, milord, je vais bien. Ne faites pas attendre la reine, je peux très bien rejoindre ma chambre toute seule. Je connais le chemin.

Elle n'avait pas eu l'intention d'être cassante avec lui, mais sa présence et sa voix la rendaient nerveuse, encore plus qu'elle ne l'avait été avant leur rencontre. Demain, il serait son mari, et le seigneur de Greystone.

— Fort bien, milady. Je m'en retournerai donc auprès de la reine comme vous m'y invitez. J'ai grand besoin de converser avec elle.

Il lâcha sa main et attendit qu'elle sorte.

Elle fulminait. Ils allaient parler d'elle en son absence ! Sans attendre, elle se dirigea vers sa chambre et ne s'aperçut de la présence d'Alyce sur ses talons qu'au bout du long couloir qui y menait. Celle-ci se précipita pour ouvrir la porte à sa maîtresse et Emalie s'engouffra dans la pièce.

Le vent frappait son visage et lui brûlait les yeux mais il ne bougeait pas. Appuyé au rempart, Christian contemplait le paysage, refusant de s'abriter derrière la tour. La lueur blafarde de la lune courait sur les collines et les vallons, comme du vif-argent luisant dans la nuit. Les yeux clos, il s'abandonna à la fraîcheur de la brise.

Toutes ces heures passées entre ces murs lui avaient noué l'estomac et desséché la peau. Il lui fallait de l'air. Le spectacle de la nature lui donnait toujours un coup de fouet et il en avait bien besoin pour surmonter sa peur. Y parviendrait-il jamais ?

Il avait cru qu'il lui suffirait de quitter sa prison et de chevaucher quelques semaines pour s'en libérer, mais il s'était trompé. Il avait cru qu'il lui faudrait simplement se frotter avec un peu de vigueur et beaucoup de savon pour se débarrasser de la souillure, et de se remplir le ventre pour effacer l'horrible souvenir de la faim, mais il s'était trompé. Richard lui avait pourtant rendu ses titres et son honneur, il n'en craignait pas moins de retourner dans son affreux cachot. Et le fait que le roi ait insisté pour que Geoffroi reste en France ne faisait qu'ajouter à ses craintes.

Peut-être se sentirait-il plus maître de son destin quand il aurait accompli la tâche que lui avaient confiée le roi et sa mère. En attendant, il avait toujours le sentiment déplaisant qu'on lui cachait quelque chose, et cela l'inquiétait.

Pourquoi l'avait-on choisi, lui ? La tendresse d'Aliénor pour sa mère ne pouvait tout expliquer et il se trouvait sans doute alentour de nombreux hobereaux qui eussent été bien aises de prendre possession de Greystone et de sa châtelaine. Richard avait fait allusion à son frère Jean. Etait-ce lui qui faisait planer une menace sur ces lieux ? Oui, sans doute. Cela au moins, il le savait.

Il tourna le dos au vent et fit quelques pas sur le mur d'enceinte, croisant une patrouille au passage tandis que des soldats l'observaient depuis la tour d'angle. Il observa leur manège, scrutant chaque visage. Demain il s'entretiendrait avec sir Walter des soldats et de leurs officiers. Maintenant que ce mariage avait fait de lui le maître de ces lieux, il ferait quérir quelques-uns de ses hommes à Langier pour qu'ils viennent ici le servir. Il se sentirait plus en sécurité une fois ses propres serviteurs arrivés. Tournant une nouvelle fois son regard vers la campagne environnante, il songea à la jeune femme qui se trouvait au centre de cette énigme.

Qui était-elle ? Comment était-elle tombée dans les rets de Jean sans Terre ? S'était-elle, au contraire, alliée à lui de son plein gré, obligeant ainsi Richard à vouloir s'assurer d'elle en la forçant à épouser l'un de ses fidèles vassaux ? Il découvrirait le rôle de Jean dans cette affaire, comme le lui avait ordonné le roi. Peut-être après cela laisserait-on Geoffroi le rejoindre.

Evidemment, son frère n'était pas encore en état de voyager, ni près de l'être bientôt. Il fallait d'abord qu'il se remette des privations qu'il avait subies dans leur geôle. Avec l'aide de Dieu — et du roi — il serait ici pour la Saint-Michel. Lui-même ne pourrait rentrer au château d'Azure qu'au printemps prochain, au plus tôt. Il lui tardait de rentrer en France, mais il avait fait une promesse au roi, et il la tiendrait. Après, et seulement après, il serait enfin libre.

Peut-être pas tout à fait, d'ailleurs. Il avait désormais quelqu'un avec qui compter. Bah ! Il n'était pas le premier à qui une telle chose arrivait, et les autres avaient survécu. « Moi aussi, je survivrai », se dit-il en riant doucement. Un bruit lui fit tourner la tête et il vit une ombre marcher sur le chemin de ronde, de l'autre côté de la cour. C'était précisément Emalie. Il recula à l'abri de la lune et observa silencieusement celle qui allait désormais être sa femme.

Elle avança jusqu'au parapet et fit face au vent, comme il l'avait fait lui-même quelques instants auparavant. Il la regarda offrir son visage à la caresse de la brise, les yeux clos. Il frissonna en réalisant qu'il avait eu exactement le même geste tout à l'heure, quand la tension avait été trop forte ! Il fit quelques pas vers elle sans même s'en rendre compte, mais s'arrêta avant qu'elle ne le voie. Il ne voulait pas la déranger en un pareil moment.

Il observa son visage illuminé par la lune, se demandant pour quelle raison la reine avait refusé de lui expliquer dans quelle situation se trouvait Emalie. La conversation qu'ils venaient d'avoir avait été aussi frustrante que la première. Elle n'avait fait que quelques remarques absconses, et il avait eu une nouvelle fois l'impression de pénétrer dans la tanière d'un lion. Mais qui, de Jean ou de celle qu'il allait épouser, était le fauve tapi dans l'ombre ?

Comme si elle l'avait entendu se parler à lui-même, Emalie se retourna brusquement. Leurs regards se croisèrent et il ne put s'empêcher de penser qu'ils avaient des points communs. Mais lesquels ?

Avant qu'il ait pu faire un geste, elle le salua furtivement de la tête puis, tournant les talons, rejoignit sa femme de chambre à la porte qui donnait sur le chemin de ronde et disparut dans l'escalier.

Christian fit de nouveau face au vent, essayant de maîtriser sa peur. Une fois marié et la reine partie, il découvrirait le secret d'Emalie et en rendrait compte au roi. Sa mission accomplie, ses titres, ses terres et son honneur lui seraient rendus pour toujours, comme on le lui avait promis.

Alors il serait maître de son destin. Et alors, il...

Langier secoua la tête, en plein désarroi. Il avait tant vécu au jour le jour dans sa prison, cherchant seulement à survivre, qu'il n'avait jamais fait le moindre projet d'avenir. Livré à lui-même pour la première fois de sa vie et privé des conseils de son père, il n'avait aucune idée de ce qu'il devait faire maintenant.

Tournant le dos aux rafales qui le fouettaient, il s'avança vers la porte du donjon et chercha refuge dans la douce chaleur de sa chambre. Il ferma la porte, ramena en arrière ses cheveux ébouriffés par le vent, ôta la cape qui recouvrait ses épaules et se versa une coupe de vin qu'il but à longues gorgées. Il sentait la fatigue le gagner inexorablement.

Toutes ces incertitudes et ces soucis étaient plus qu'il n'en pouvait supporter. Les mois à venir allaient être infernaux et son corps n'était tout simplement pas assez remis pour lui permettre de les affronter avec toute la sérénité requise. Il décida sur-le-champ qu'il lui fallait avant tout se remettre sur pied. Une fois totalement rétabli, il pourrait affronter tous ces défis. Alors il tiendrait la promesse qu'il avait faite au roi, et recouvrerait son honneur.

Il tomba sur le lit et n'eut pas la force de se relever. Le jour qui venait s'annonçait long et difficile et il avait besoin de repos. Demain, il ferait des projets d'avenir. Demain, il monterait à l'autel.

Le sommeil l'envahit et la chambre plongea dans l'obscurité.

6.

D'habitude, la longue caresse du peigne dans ses cheveux la calmait, mais ce soir, il lui semblait que rien n'y ferait, et comme Alyce avait versé de l'eau dans son vin depuis le dîner, elle ne pouvait compter non plus sur l'ivresse pour apaiser son émoi. Son cœur battait la chamade et chaque bruit dans le couloir sur lequel s'ouvraient les appartements de sa mère la faisait sursauter.

La chambre de sa mère… En fait, c'était la sienne maintenant, et toutes les autres pièces dans cette partie du château.

Elle aurait pu y déménager après ce premier deuil, et surtout depuis le décès de son père, mais quelque chose en elle avait refusé de le faire et, finalement, elle était restée dans l'aile du château où elle avait grandi, où elle avait été une petite fille. Et voilà maintenant qu'elle était une épouse ! Les serviteurs d'Aliénor avaient rempli leur tâche avec l'efficacité et la diligence qu'on espérait d'eux et elle attendait l'arrivée de son mari.

Son mari.

Ils étaient vraiment mariés cette fois-ci, bien qu'elle n'ait que de vagues souvenirs de la cérémonie et de la messe qui avait suivi. Comme on avait expédié le mariage aussi promptement que possible, la plupart de ceux qui avaient fait acte d'allégeance à son endroit et maintenant au comte n'avaient point assisté aux épousailles. Seuls les chevaliers et les dames du château avaient été conviés, et ils n'étaient pas nombreux.

Alyce continuait de la coiffer d'un mouvement régulier, mais cela restait sans effet. Emalie tenta de se remémorer les mots qu'elle avait prononcés devant l'autel mais le souvenir de cette journée était comme noyé dans la brume. Tout ce dont elle se souvenait clairement, c'était qu'elle avait compté un à un les maillons de la chaîne d'or que son père lui avait donnée le jour de son anniversaire — le dernier qu'il lui eût souhaité —, tandis qu'elle regardait les hommes qui avaient fait serment de la protéger jurer fidélité au nouveau comte de Harbridge. Cette chaîne avait appartenu à sa mère. En fait, c'était son bijou favori, et Emalie la portait ce jour-là, comme tous les autres jours, pour se rappeler ses parents et les devoirs qu'elle avait envers ses vassaux qui lui faisaient maintenant obligation de remettre leur sort, et le sien, entre les mains de son époux, en espérant qu'il fît bon usage de son nouveau pouvoir.

Elle s'ébroua pour chasser sa rêverie et songea au devoir qui l'attendait cette nuit. Il allait faire d'elle sa femme, dans tous les sens du terme, et il connaîtrait la vérité. La chambre sembla se resserrer autour d'elle, l'obscurité devint oppressante. Elle faisait des efforts désespérés pour trouver un peu d'air.

Alyce dut se rendre compte de quelque chose car elle s'interrompit dans sa tâche et enveloppa les épaules de sa maîtresse d'un châle.

— Allons, milady. Tout va bien se passer, dit-elle d'un ton maternel en serrant un peu la chaude étoffe autour de la jeune femme.

Celle-ci n'osait regarder sa servante en face, de peur de se mettre à pleurer. Elle avait été au bord des larmes toute la journée mais, maintenant que la nuit approchait, elle avait les nerfs à vifs et ses yeux étaient brûlants.

Elle ne répondit pas quand le heurtoir claqua. Elle avait attendu que les coups fussent frappés depuis le couloir mais ils venaient en fait du sas qui séparait sa chambre de celle de son mari. Elle se retourna et se planta devant la porte.

Aliénor entra, suivie de son chanoine... et de Christian. Elle traversa la pièce, prit la main de sa filleule dans la sienne et, d'un hochement de tête, congédia Alyce. D'un air attendri, elle examina Emalie de la tête jusqu'aux pieds que l'on voyait pointer sous la robe.

— Nous y sommes presque, mon enfant, chuchota-t-elle d'une voix presque inaudible.

La jeune femme fit une légère révérence et attendit, les yeux baissés.

— Christian, votre mère serait fière de vous en ce jour, et la vôtre également, Emalie, déclara-t-elle en plaçant les mains de la jeune comtesse dans celles de son mari. Je suis fort aise de voir enfin réunies par les liens du mariage deux familles qui ont beaucoup compté pour moi.

Elle semblait très contente d'elle-même, comme si elle avait passé des années à préparer cette union.

— Mon père, voulez-vous bénir ces enfants, maintenant ?

Emalie et Christian se regardèrent, médusés. On aurait dû procéder à la cérémonie du coucher avant de bénir les époux. Et il aurait dû y avoir des témoins, afin que nul ne puisse venir contester la validité du mariage. La reine leur sourit cependant, et fit un signe au prêtre qui leva la main et fit un signe de croix devant les époux médusés.

La jeune comtesse ne s'entendit pas prier. Seuls les battements de son cœur résonnaient à ses oreilles maintenant que le moment tant redouté approchait. Bientôt, la pièce fut plongée dans le silence et elle se rendit compte qu'Aliénor avait aussi renvoyé le chanoine. Incapable de faire un geste, elle attendit, immobile, ses mains toujours serrées dans celles de Christian, qui semblait tout aussi troublé qu'elle.

— J'ai informé l'assemblée que j'assisterais moi-même au coucher en tant que témoin, expliqua-t-elle en les regardant l'un et l'autre. Maintenant que le chapelain a béni votre union et votre nuit de noces, je vais me retirer.

— Votre Altesse... devons-nous... qu'attendez-vous de nous ? sanglota Emalie hors d'haleine.

L'idée même de devoir se déshabiller devant cet homme lui donnait le frisson, mais si en plus il fallait le faire devant témoin... ! Elle n'avait jamais assisté à une telle cérémonie. Seules de vagues histoires étaient parvenues à ses oreilles, où l'on parlait de l'examen minutieux et humiliant auquel on soumettait les jeunes mariés pour s'assurer qu'ils étaient tous deux pourvus des attributs nécessaires à l'accomplissement du devoir conjugal, afin que nul ne pût plus tard jeter le doute sur la validité de leur union. Aliénor lança un regard à sa filleule puis tourna les yeux vers Christian.

— Puisque aucun de vous deux ne s'avisera de contester ce mariage, je ne vois plus de raison à ma présence ici, aussi vais-je vous laisser en vous souhaitant bonne nuit.

La reine fit quelques pas vers la porte puis, s'arrêtant sur le seuil de la chambre, la main sur la poignée, insista :

— Pas de contestation, n'est-ce pas ? Christian ? Emalie ?

Sans attendre leur réponse, elle ouvrit la porte et sortit. Du couloir, elle lança :

— Je partirai demain avant votre réveil, aussi je vous salue et vous dis au revoir. Soyez bons l'un envers l'autre.

Sur ces mots, Aliénor, reine douairière d'Angleterre, duchesse d'Aquitaine et comtesse douairière d'Anjou mit un point final à des mois d'intrigues et de manœuvres en les laissant en tête à tête vivre les premiers instants de leur vie commune.

Emilie trembla, pleine d'appréhension à l'idée de la réaction de Christian quand il s'apercevrait qu'elle n'était plus vierge. Il garda les yeux sur elle quelques instants encore puis ouvrit les mains.

« Et maintenant ? » se dit-elle.

— Puis-je avoir un peu de ce claret ? demanda-t-il en français.

— Bien sûr, monseigneur. Voulez-vous vous asseoir près du feu pendant que je remplis votre coupe ? répondit la jeune comtesse dans la même langue avant d'aller verser du vin dans son gobelet, se resservant un peu au passage.

Il prit la coupe qu'elle lui tendait et contempla le feu pendant quelques minutes sans rien dire. Ne sachant que faire, Emalie se tint coite de l'autre côté de l'âtre et attendit.

Sa voix résonna dans le silence :

— Ainsi donc c'est vous qui êtes venue me voir pendant que je prenais mon bain ?

— Oui monseigneur, je vous avais apporté une potion que l'on met dans l'eau pour aider à se détendre.

— Et je vous en remercie car cela a été remarquablement efficace.

Il se leva et s'approcha d'elle.

— Mais ce qui m'a laissé le plus doux souvenir…

En disant ces mots, il passa la main dans les cheveux d'Emalie, les dégagea du châle qu'elle tenait serrée autour d'elle, les laissant retomber doucement sur ses épaules. Il la dévorait des yeux. Elle resta interdite, parcourue de longs frissons sous la caresse des doigts qui suivaient les courbes de son visage et de son cou. De nouveau, l'air lui manqua lorsque des mains caressantes se posèrent sur ses épaules puis effleurèrent le haut de sa poitrine.

Il fallait qu'elle le prévienne avant qu'il n'aille plus loin car sa colère serait terrifiante s'il découvrait qu'elle avait perdu sa virginité après avoir consommé leur union. Ses lèvres sur sa peau la rendaient folle et l'empêchaient de parler. Il posa sa bouche sur la sienne et la serra dans ses bras. Son baiser long et tendre, comme la caresse de ses doigts, fit monter en elle une onde brûlante et elle sentit la sueur perler entre ses seins.

Elle ne s'était pas attendue du tout à ce qu'il la prenne dans ses bras et l'embrasse. Elle s'était faite à l'idée qu'il faudrait lui céder et accomplir le devoir conjugal mais n'avait aucunement envisagé que son corps puisse réagir ainsi.

Ce n'était pas qu'elle fût une oie blanche, quoique, à part quelques baisers furtifs, elle n'avait d'autre expérience que ce qui s'était passé avec William de Séverin, dont elle ne gardait aucun souvenir. Elle savait seulement, car Alyce le lui avait affirmé, qu'elle n'éprouverait aucune douleur la première fois, ce qui rendrait peut-être cette épreuve un peu moins pénible. Mais maintenant que la chaleur l'envahissait et que les baisers de son mari se faisaient plus pressants et passionnés, elle se disait qu'elle pourrait sans doute prendre du plaisir à la chose. Mais il fallait d'abord le prévenir de ce qui l'attendait. Elle se dégagea de son étreinte, pantelante et chuchota :

— Monseigneur, je vous en prie...

— Emalie, murmura-t-il, douce Emalie...

— Il faut que je vous parle, milord, l'implora-t-elle en le repoussant doucement.

Il faisait chaud dans la chambre mais elle se sentit glacée de ne plus sentir ses bras autour d'elle. Elle vit l'expression de ses yeux changer au fur et à mesure qu'elle reculait. Le désir faisait place à la déception.

— Je vous écoute. Qu'avez-vous donc à me dire qui ne puisse à ce point souffrir de délai ?

Le désappointement perçait dans sa voix et la jeune femme eut soudain peur d'aborder le sujet. Peut-être y avait-il un moyen de l'éviter.

— Monseigneur, je vous conjure de faire preuve de patience et d'indulgence envers moi, commença-t-elle en baissant les yeux, je croyais qu'il me serait aisé de me plier aux exigences de ce mariage mais il n'en est rien.

Le silence envahit la pièce. Après un long moment, elle se résolut à lever les yeux vers lui. A sa grande surprise, elle n'y trouva ni perplexité ni colère mais plutôt de la bienveillance et de la compréhension.

— Me trouvez-vous trop rustre pour vous plier, comme vous dites, à ces devoirs ?

— Oh non, monseigneur ! Il ne s'agit nullement de vous ! C'est que... ce mariage s'est fait si vite que j'ai du mal à me croire déjà mariée.

Un sourire amer passa sur le visage du comte et elle poursuivit sa requête, sans conviction :

— Je suis persuadée que vous-même avez été surpris, n'est-ce pas ?

— Surpris ? Mordieu ! Que voulez-vous dire ? Nous, les nobles, sommes destinés au mariage dès notre naissance. Seuls le nom du partenaire et la date de la cérémonie nous sont inconnus.

Emalie chercha des yeux son gobelet et s'en saisit. Elle essaya de reprendre ses esprits en buvant à petites gorgées, cherchant à se concentrer sur ce qu'elle devait obtenir de son mari. Incapable de trouver la manière d'aborder le sujet, elle résolut de lui poser la question de but en blanc.

— Serait-il possible de remettre à plus tard notre... ?

Les mots restèrent bloqués dans sa gorge et elle fit un geste de la main pour lui signifier ce qu'elle voulait dire.

— Jusqu'à ce que nous ayons fait plus ample connaissance.

Christian toussa très fort, comme s'il s'était étranglé en buvant son vin, ce qui la fit sursauter. Il s'essuya les yeux et la fixa.

— Madame, vous vous moquez ? Un mariage ne vaut que s'il est consommé, et je n'ai nulle intention d'obérer mes droits à revendiquer...

— A revendiquer mes biens ? Mes titres ? Mes gens ?

Elle ne pouvait retenir sa colère.

— Absolument, comtesse, rétorqua-t-il, railleur, tout ce qui était à vous m'appartient désormais, et je ne veux pas qu'on vienne mettre en doute ma propriété légitime.

Consciente qu'elle avait commis une grave erreur, elle recula d'un pas et s'agenouilla. S'il fallait s'humilier devant lui pour obtenir un répit, soit ! Elle l'avait déjà fait pour sauver ses biens, il lui en coûterait peu de le faire de nouveau. Il lui fallait du temps avant qu'il ne découvre qu'elle avait été déshonorée... Non ! Jamais elle n'accepterait ce mot ! Rien de ce qu'elle avait fait ou essayé de faire ne méritait, ni de près ni de loin, le châtiment qu'elle avait subi. Elle n'avait pas perdu son honneur. Elle le portait toujours en elle, au plus profond de son être.

— Mon cher seigneur, murmura-t-elle, je n'avais nullement l'intention de remettre en cause vos droits de maître et d'époux. Vous êtes mon mari, tout ce que je possède est à vous. Je vous appartiens.

Elle attendit sa réponse, en vain.

— J'ai perdu mon père il y a peu et ai dû affronter de nombreuses et pénibles épreuves afin d'éviter la ruine à mes terres et à mes gens. Je vous adjure de me donner un peu de temps pour m'habituer à ce mariage.

Elle le sentit la prendre par les épaules, se redressa et leva les yeux vers lui, prête à essuyer son refus. Elle comprenait parfaitement qu'il veuille sceller leur union mais la terreur qu'elle avait de sa réaction quand il saurait l'avait poussée à ces extrémités.

— J'accepte votre requête, Emalie, et vous accorde le délai que vous me demandez. Je vous laisse.

— Mais, monseigneur, la reine… ?

Sa réponse l'avait éberluée.

— Ne vous inquiétez de rien, madame, votre réputation n'aura pas à souffrir de ma décision. Je vais faire en sorte que le drap nuptial apporte à tous la preuve que la chose s'est faite.

Sur ce, il s'approcha de la couche de la comtesse, remonta sa manche et tira l'épaisse courtepointe, découvrant le drap. De la pointe acérée d'un couteau qu'il avait tiré de sa ceinture, il entailla légèrement la chair de son bras et laissa couler quelques gouttes de son sang sur l'étoffe immaculée, ternissant à jamais son éclatante blancheur. Devant sa jeune épouse stupéfaite, il attendit quelques instants avant de presser la plaie de sa main pour arrêter le sang.

— Ainsi, nul n'osera jaser demain matin !

Elle resta bouche bée, incapable de dire un mot.

— Peut-être finalement est-ce une bonne chose.

— Plaît-il, monseigneur ?

Pour elle sans doute, mais pour lui ?

Elle allait avoir le temps de lui expliquer ce qui était arrivé mais ne lui révélerait sans doute pas le nom de celui qui s'était emparé par la force de ce qui aurait dû légitimement revenir à Christian. Il faudrait cependant qu'elle s'explique sur sa conduite.

— Comme vous l'avez dit, poursuivit le jeune homme, j'ai été surpris par ce mariage. J'étais venu ici pour obéir aux ordres que la reine voudrait bien me donner. J'étais loin de me douter que j'allais y gagner une épouse, des titres et des terres ! Ce délai que je vous accorde va nous permettre de nous connaître un peu mieux l'un l'autre, et de nous habituer à ce mariage.

Ces paroles étaient du miel à son oreille, pourtant elle ne pouvait s'empêcher d'éprouver une sourde inquiétude à les entendre. Elle avait des doutes, l'impression qu'un danger planait autour d'eux, elle ne savait lequel. Peut-être était-ce une bonne chose en effet. Si, en fin de compte, il la jugeait capable d'être une bonne châtelaine, une épouse honnête et droite et une femme attentionnée, peut-être pourrait-il pardonner son... écart de conduite. Elle avait besoin de temps ; maintenant, elle allait en avoir.

— C'est juste, monseigneur, beaucoup de nos semblables seraient bien aises d'avoir le loisir d'apprendre ainsi à se connaître avant de convoler. Ce délai pourrait bien être une bénédiction pour nous, en effet.

Elle regarda encore un instant la lueur du feu jouer sur son visage qui semblait agité d'émotions contraires. Elle n'était pas vraiment certaine d'avoir assez de temps pour apprendre à connaître cet homme car il semblait redouter la trahison plus que tout, et elle tremblait à la pensée de devoir un jour lui révéler son secret. Serait-il capable de lui pardonner sa faute ou bien la lui ferait-il payer chèrement ? Etant son mari, il avait toute latitude pour décider de ce qu'il ferait, et rien ni personne ne pourrait s'interposer s'il décidait de la châtier pour la perte de sa vertu. Seules les paroles qu'avait prononcées la reine lui rendaient un peu d'espoir.

— Je vous laisse, madame. Je viendrai vous retrouver au matin pour apparaître avec vous devant le peuple.

Elle le regarda s'éloigner sans bouger de sa place auprès du feu. Ce n'était que partie remise, mais jusqu'à quand ? Avant de sortir, il dit encore :

— Je vous demande instamment de ne souffler mot de notre accord à quiconque, madame.

La seule personne au monde à qui elle eût pu parler de sujets si intimes était sa femme de chambre, Alyce, qui savait tout d'elle et préférerait souffrir mille morts plutôt que de révéler quoi que ce soit à qui que ce soit. Jean sans Terre lui-même n'avait pas réussi à l'intimider.

— Pas même à Alyce, madame, s'il vous plaît, dit-il avec un sourire énigmatique.

Le voilà qui lisait dans ses pensées maintenant ! Elle hocha la tête et il sortit sans rien ajouter, la laissant à son étonnement, encore toute émue de ses caresses et de l'ardeur de ses baisers.

Emalie regarda autour d'elle et ses yeux s'arrêtèrent sur la tache rouge qui étoilait son lit. Elle était exactement semblable à celle qu'elle y avait trouvée cette funeste nuit où elle avait dû faire à William l'abandon de sa vertu. Alyce lui avait montré le drap avant d'aller le brûler. Celui-ci allait prouver à tous qu'elle était pure, mais c'était un faux.

Une partie d'elle-même voulait passionnément qu'il sache la vérité. C'était péché de mentir à cet homme venu pour les sauver, elle et Greystone. Mais aussi bien, en digne fille de son père qui lui avait appris tant de choses, elle se doutait bien que Christian Dumont, comte de Langier et désormais de Harbridge, ne faisait pas tout cela pour rien. Elle avait beau être très jeune, elle

savait bien qu'un homme, et particulièrement un noble, ne faisait jamais rien qui ne servît ses intérêts et son goût pour le pouvoir, les honneurs et la richesse. Qu'elle ait été offerte par le roi en récompense d'un service rendu ou d'un fait d'armes particulièrement glorieux n'était pas fait pour la surprendre.

Emalie s'affaira à éteindre les bougies autour de la chambre, pour calmer un peu ses nerfs avant de se coucher. Elle entendit les cordes du lit grincer légèrement sous son poids et, prenant garde de se tenir sur le côté du drap qui n'était pas taché pour éviter de souiller sa chemise, elle ferma les yeux. Au moment de s'endormir, elle se prit à penser qu'il avait versé son sang pour la protéger.

Mais, comme elle avait déjà plusieurs jours de retard, elle se dit que ce beau geste risquait d'avoir été vain.

Christian se dirigea vers l'âtre au fond de sa chambre et se versa du vin. Assis près du feu, il réfléchit à ce qu'il devait faire, encore étonné de la chance qu'il avait eue ce soir. Sa jeune épouse était vraiment une oie blanche et ne s'était rendu compte de rien. En lui demandant de surseoir à son devoir, elle lui avait permis de ne pas lui révéler qu'il lui était impossible de consommer leur union. Malgré le désir qui l'étreignait, son corps l'avait trahi.

Il but une longue gorgée et se remémora l'expression de son visage lorsqu'il avait accédé à sa requête. Il avait vu ses yeux passer tour à tour de la joie au doute puis du doute au soulagement à l'annonce de l'heureuse nouvelle.

Ainsi elle était soulagée de ne pas devoir se soumettre à ses devoirs d'épouse ? Etait-ce seulement sa pudeur de pucelle qui l'avait poussée à le supplier d'attendre quelque temps ? Il reposa la coupe et se frotta les yeux en s'étirant.

Emalie s'était révélée bien plus intrigante qu'il ne se l'était imaginé depuis qu'il avait découvert la nature de sa mission. A chacune de leurs rencontres, il avait été surpris, amusé, voire séduit par la jeune femme. Il savait fort bien qu'il l'avait affreusement vexée en ne lui rendant pas les clés du château, et pourtant, elle n'avait rien laissé paraître de sa colère et ne l'avait pas repris ni défié devant l'assemblée. Il avait déjà inspecté les livres de comptes et, pour autant qu'il pût en juger pour l'instant, elle semblait faire montre d'une grande compétence et d'une efficacité certaine dans la conduite des affaires du domaine.

Il rit au souvenir de son air ulcéré quand il avait éclaté de rire lors de leur première rencontre. Il était si absorbé par sa conversation avec la reine qu'il n'avait pas imaginé une seconde que celle qu'il croyait être sa suivante fût la comtesse ! Elle l'avait vu apprendre la nouvelle de son mariage prochain avec elle et entendu ses réactions et ses commentaires sans jamais se trahir, mais n'avait en revanche pu cacher ses sentiments lorsque la reine l'avait présentée à lui officiellement. C'était un grave manquement à l'étiquette, mais qu'y pouvait-il ?

Ce qui s'était passé en lui quand il l'avait vue dans sa chambre, debout près de la cheminée, l'avait rempli d'espoir. Les flammes révélaient à sa vue les courbes de son corps drapées dans la fine étoffe de sa robe et lorsqu'il avait soulevé ses boucles soyeuses pour relâcher

l'étreinte du châle qu'elle serrait autour d'elle comme un bouclier, il avait éprouvé une envie irrépressible de les caresser. Et de sentir sa peau sous ses doigts. Il n'avait fait que l'effleurer mais cela avait suffi à lui faire monter le rouge aux joues et, en la voyant réagir ainsi, Christian s'était pris à espérer que les choses suivraient leur cours normal, mais cela n'avait pas été le cas.

Pour son bonheur — et son malheur — il avait maintenant une femme qui combinait tout ce qu'un gentilhomme pouvait attendre : elle était compétente et efficace, modeste en public et passionnée dans l'intimité. Il lui avait suffi de l'observer pendant une journée pour comprendre qu'une femme de sa trempe, avec ses titres, ses richesses, son intelligence et son charme subtil pouvait aisément s'être trouvée au centre d'un complot ourdi par le frère du roi et ses complices. Celui qui l'aurait en son pouvoir règnerait sur une vaste partie de l'Angleterre qui pouvait entretenir profusément tous ceux qui y demeuraient. Celui qui mettrait la main sur elle s'emparerait également de ses richesses et de ses titres, et pourrait ainsi en acquérir d'autres. L'homme qui l'épouserait se verrait pourvu d'une épouse à la santé éclatante, gage d'une descendance nombreuse qui assurerait la pérennité et la gloire de son nom.

Emalie Montgomery était la femme idéale pour un homme comme lui : elle était noble, riche, et en âge de se marier. Une cible parfaite pour les visées de Jean. Pour l'instant, c'était lui, Christian Dumont, comte de Langier, qui contrôlait ses biens et ses terres. Et il continuerait de le faire et d'obéir à Richard, jusqu'à ce qu'on découvre enfin la vérité.

Il la tiendrait en son pouvoir aussi longtemps que resterait secrète leur décision d'attendre pour sceller leur union. Par sa requête, elle lui avait certes permis d'éviter d'avoir à lui donner des explications sur son délabrement physique et lui avait également épargné la honte d'une défaillance, mais elle s'était ménagé par la même occasion une raison légitime de dénoncer ce mariage malgré l'injonction d'Aliénor. Ce retard était-il vraiment une bénédiction ?

Quelque chose d'autre le tourmentait. Si sa femme était impliquée dans le complot de Jean pour arracher le royaume des mains de son frère, il venait de lui donner l'occasion d'échapper à ce mariage. Qu'en dirait le roi ? Il pourrait néanmoins lui-même en toute bonne foi attester de la nullité de leur union, si d'aventure le besoin de se tirer d'un mauvais pas se faisait sentir. Il pourrait jurer sur son honneur que rien ne s'était passé entre eux.

Il n'y avait qu'une vague possibilité qu'une telle nécessité se fasse jour. On pouvait toujours expliquer le sang sur les draps et le médecin qui l'avait soigné sur l'ordre du roi pourrait attester de sa dégradation physique. Il préférerait n'avoir jamais à en arriver à cette extrémité car cela pourrait bien un jour se retourner contre lui en jetant le doute sur ses capacités à assurer sa descendance, mais il était toujours bon de prévoir comment se replier quand on partait à la bataille.

Il était persuadé que celle qui s'annonçait serait la plus importante de sa vie, plus encore que le combat qu'il avait dû mener jour après jour pour rester vivant dans son cachot, car la vie qu'il défendait alors n'était rien sans son honneur, et en remplissant la mission qui l'attendait, il le recouvrerait pour toujours.

Il se leva et s'étira de nouveau avant de souffler les bougies qui éclairaient la chambre. Il allait lui falloir tenir sa porte fermée car il ne pouvait se permettre de laisser quiconque s'apercevoir qu'il dormait seul. Il respira profondément pour essayer de calmer son appréhension. Il allait passer les prochaines semaines à manger, à dormir et à s'entraîner avec les chevaliers pour regagner des forces, et dès qu'il serait rétabli et qu'il aurait retrouvé sa force d'antan, il découvrirait le secret de sa femme et déciderait alors de la mettre ou non dans son lit et de réclamer enfin son dû.

Il fit glisser sa tunique et s'installa sur sa couche. Il était exténué et sombra rapidement dans une lourde torpeur.

7.

Emalie s'agenouilla dans la chapelle et remercia Dieu de lui avoir permis de survivre à sa nuit de noces. Elle savait que ce répit ne garantissait pas sa sécurité mais elle avait décidé d'en profiter cependant.

Elle s'était réveillée à l'aube dans une chambre remplie de curieux venus assister à la bénédiction du jeune couple par le chapelain et voir sur le drap la preuve de son innocence perdue. Ils avaient semblé satisfaits et si Alyce et sir Walter avaient été surpris, ils n'en avaient rien laissé paraître. Son mari avait sauté à bas du lit, lui avait donné un chaste baiser et s'était esquivé dans sa chambre. Tandis que ses servantes s'affairaient autour d'elle, la jeune femme était restée perdue dans ses pensées. Elle s'était bientôt retrouvée à table avec Christian pour prendre une collation et la matinée avait suivi son cours sans incident. Quand il lui avait fait part de ses projets pour la journée, elle avait voulu l'accompagner.

— Monseigneur, permettez-moi de vous faire visiter mon... *votre* domaine, avait-elle dit, résolue à le guider elle-même sur ses terres.

— Non, madame. Profitez plutôt de cette journée pour vous reposer. Sir Walter et Fitzhugh me montreront tout ce que j'ai besoin de voir, et je ne doute pas qu'ils s'acquitteront fort bien de cette tâche.

Il prit sa main et la porta doucement à ses lèvres.

— Je suis sûr que la selle d'un cheval serait trop dure pour vous aujourd'hui.

Les rires étouffés et les gloussements des hommes se propagèrent autour de la table, indiquant clairement que la présence du sang sur le drap avait été largement commentée et qu'on croyait désormais leur mariage consommé.

Elle était sauve, mais à quel prix !

Quittant la table, il fit signe à ses deux voisins de le suivre. Elle le poursuivit, roide de colère et de fierté offensée.

— Monseigneur ! Je vous prie de m'accorder votre permission de chevaucher avec vous. Je vous promets de ne pas ralentir votre allure.

Christian s'arrêta et se tourna vers elle. Malgré son sourire, elle vit une lueur d'agacement dans son regard et comprit qu'elle avait passé les bornes. Sa première réaction fut de reculer quand il s'approcha d'elle.

— La reine est partie ce matin, comme elle l'avait annoncé, et je connais trop bien les bouleversements qu'occasionnent dans un logis l'arrivée ou le départ d'un des membres de la famille royale pour ne point savoir que vous n'aurez pas trop de cette journée pour remettre de l'ordre dans votre château et y reprendre vos prérogatives. Assurez-vous-en, madame.

Il inclina légèrement la tête, les yeux rivés dans ceux d'Emalie. Il la défiait, c'était certain : le ton de sa voix et la froideur de son regard étaient sans équivoque. Sans réfléchir, elle ouvrit la bouche pour répondre, mais les mots se figèrent dans sa gorge.

— Ne vous opposez pas à moi, Emalie, murmura-t-il entre ses dents serrées en prenant soin qu'elle seule puisse l'entendre. Ne me forcez pas à vous humilier devant ceux que vous appelez vos gens.

Elle battit des paupières sous la menace, le souffle court. Qu'allait-il leur révéler ? Elle ne pouvait se permettre de prendre ce risque.

— Le temps promet d'être radieux, monseigneur, lança-t-elle d'une voix forte afin que tous l'entendent. Je suis bien aise que vous puissiez profiter d'une si belle journée pour admirer Greystone dans toute sa splendeur.

Sur ce, elle fit une révérence et garda les yeux baissés.

— Portez-vous bien, madame, répondit-il en tournant les talons.

Elle se redressa, jambes tremblantes, et alla chercher refuge dans le silence de la chapelle. Elle passa plus d'une heure en prières et fut interrompue par sa femme de chambre.

— Milady, il a fait savoir qu'il entendrait les griefs de vos gens ce soir.

Emalie n'était pas très sûre d'avoir bien entendu, mais elle ne tarda pas à se rendre à l'évidence. Son mari, le comte de Harbridge, allait rendre la justice à sa place ! Elle s'était acquittée de cette importante besogne depuis la mort de son père et le désespoir l'envahit à l'idée qu'un étranger puisse remplir les obligations du suzerain dans le château des Montgomery !

— Avez-vous entendu, milady ? Il a l'intention de...

Elle avait parfaitement entendu et comprenait sans doute mieux que sa servante tout ce que cela signifiait. Maintenant qu'il était comte de Harbridge, Christian essayait d'affermir sa position.

— Il en a le droit, murmura-t-elle.

Elle avait toujours su que ce moment arriverait inéluctablement. Un jour ou l'autre, elle se serait mariée et son époux aurait pris le contrôle de ses biens. Ce qui advenait n'était pas une surprise, mais elle n'avait jamais imaginé que les choses iraient aussi vite.

Le seul moyen de l'empêcher de mener à bien son entreprise consistait à revenir sur ses engagements, mais ce n'était pas envisageable. Aliénor avait été chercher cet homme dans un but bien précis, et elle ne pouvait mettre en péril la vie des habitants de Greystone dans le seul but d'éviter de perdre le contrôle du domaine.

— Mais, milady, la justice est l'une de vos prérogatives ! affirma Alyce avec un froncement de sourcils, attendant sans doute que sa maîtresse réagisse plus vivement à cet intolérable empiètement sur ses privilèges de suzeraine.

— Plus maintenant, Alyce, plus maintenant. C'est la sienne, désormais.

La servante serra les lèvres pour s'éviter de répondre. Elle quitta la chapelle à reculons en secouant la tête, résolue à ne pas discuter plus avant.

Elle avait bien fait. Emalie était en proie aux émotions les plus vives et se sentait incapable de répondre davantage à ses questions. L'injustice de son sort la remplissait d'amertume. Elle avait mal dans tout son être et il lui semblait que, peu à peu, un destin funeste s'acharnait à lui arracher tout ce qu'elle avait de plus cher au monde. Il avait d'abord fallu voir mourir sa mère, puis son père et voilà que maintenant cet homme qu'Aliénor avait amené avec elle venait grignoter son pouvoir, morceau par morceau !

Levant les yeux vers l'autel, elle se demanda si le Tout-Puissant la regardait, comme le lui avaient enseigné les prêtres. Et s'il était là, entendait-il ses prières ? Celles dans lesquelles elle le suppliait chaque jour de la protéger, d'être indulgent, et surtout, surtout, de ne pas la condamner pour ce qu'elle avait fait ! Il lui semblait qu'il avait prêté l'oreille à certaines d'entre elles, mais pas à toutes.

Le plus dur restait à venir et Emalie comprenait qu'elle devait se soumettre à la volonté de son époux et convaincre ses vassaux qu'il était bien le comte de Harbridge. Elle devait penser à eux avant tout, comme ses parents le lui avaient appris. Elle était noble, et lady Montgomery. Cela lui imposait des devoirs, et ce mariage n'était que le premier d'une longue liste. Si Christian devait les protéger, elle et ses gens, il fallait qu'ils l'acceptent comme leur suzerain et que ceux qui menaçaient la sécurité et la prospérité de Greystone sachent qu'ils trouveraient en lui un guerrier valeureux qui saurait leur barrer le chemin.

Elle fit une génuflexion et quitta son havre de pierre. Elle y venait souvent chercher un peu de calme et de répit lorsque les devoirs de sa charge pesaient par trop sur ses épaules. Comme Christian l'avait dit, une visite royale, et en particulier si elle se prolongeait, posait bien des problèmes dans un logis et elle allait devoir remettre de l'ordre dans le château et dans le village. Elle allait s'atteler à cette tâche et y consacrer toute son énergie. Elle n'aurait pas le temps de se soucier d'autre chose.

Emalie ne s'était pas trompée. Le temps, d'habitude incertain dans cette contrée, ne s'était pas mis en travers de son désir d'arpenter la campagne autour du château. Le soleil s'était mis de la partie et avait rapidement chassé les nuages. Il faisait chaud. Hélas, son corps le trahissait de nouveau.

Christian regarda ceux qui l'accompagnaient avec envie. Sir Walter, en particulier, était un gaillard vigoureux et robuste. Machinalement, il porta la main à sa poitrine. Ses os saillaient affreusement sous la peau et il pensa qu'il allait lui falloir recouvrer ses forces et sa vigueur très vite s'il voulait être à la hauteur de sa réputation. Avec l'aide de Dieu, en mangeant beaucoup et en s'entraînant assidûment, il pourrait bientôt redevenir le guerrier qu'il était.

La matinée n'était point encore très avancée et pourtant il se sentait déjà épuisé. Sir Walter l'avait guidé à travers les rues du village puis lui avait montré quelques métairies. Tout cela lui appartenait maintenant. Chaque fois qu'il rencontrait ses nouveaux vassaux, en passant devant leurs fermes, des enfants rieurs couraient sur son passage pour l'accueillir joyeusement. Dans les champs, les bêtes paissaient paisiblement et le blé ondoyait sous la brise. Quand l'hiver viendrait, les garde-manger seraient pleins.

A chaque étape, Fitzhugh lui montrait les livres de comptes et il ne laissait pas d'admirer la compétence de son épouse. Elle ne s'était pas contentée de s'en remettre à ses intendants pour administrer son domaine mais avait au contraire participé à chaque décision importante, faisant preuve en chacune d'elles d'un sens avisé de la gestion des terres et des gens. Pour un gentilhomme pourvu de vastes domaines, il y avait de quoi se réjouir.

Pourtant, Christian s'interrogeait. Comment avait-elle pu soustraire ses biens au pillage de Jean ? Et pourquoi Richard la soupçonnait-il ? Il avait l'impression de marcher dans le noir. Quelqu'un toussa et il tourna la tête.

— Qu'y a-t-il, Walter ? demanda le comte avec un hochement de tête.

— Voulez-vous que nous nous arrêtions un peu, milord, le soleil est haut maintenant, répondit l'autre d'un ton bourru.

Christian essuya d'un revers la sueur qui perlait à son front et acquiesça de la tête. Il faisait chaud en effet et il accueillit cette proposition avec joie — mais sans en rien laisser paraître —, car il était près de tomber de sa monture. La petite troupe se dirigea vers un taillis pour se mettre à l'ombre. Les hommes mirent pied à terre et, décrochant les outres qui pendaient à la selle des chevaux, se rafraîchirent d'une lampée de vin ou de bière. Christian s'éloigna un instant pour se soulager.

Quand il eut terminé, son attention fut attirée par un murmure. On aurait dit qu'un ruisseau courait sur une gravière. Il se dirigea dans la direction d'où venait le bruit. Il ne s'était pas trompé. S'approchant de l'eau, il s'en aspergea le visage et le cou puis en rafraîchit sa gorge brûlée par la poussière d'une longue et voluptueuse gorgée.

— Nous sommes encore sur les terres de Harbridge, messire, mais il vaudrait mieux cependant ne point trop s'aventurer dans les bois, avertit Walter qui l'avait rejoint.

— Y aurait-il des hors-la-loi dans ces forêts ? s'étonna Christian en s'essuyant les lèvres.

— L'endroit n'est pas très sûr, milord, le père de lady Montgomery n'a jamais vraiment réussi à y faire régner l'ordre.

Christian s'approcha.

— Parlez-moi du comte de Harbridge, messire Walter, quel genre d'homme était-ce ?

— Un homme de bien, milord. Pour lui, ses terres et ceux qui y vivent étaient tout ce qui comptait, et il pensait qu'il avait des devoirs envers eux autant qu'eux envers lui.

— Et ce n'est pas le cas de tout le monde ?

— Personne n'est plus en sécurité en Angleterre depuis la capture du roi. Beaucoup de féodaux ont fait semblant de ne pas voir ce qui se passait et le peuple a souffert, milord, affreusement.

— Mais comment en est-on arrivé là ?

Sir Walter hésita un instant puis lâcha :

— La guerre que se livrent entre eux les Plantagenêt a fait du mal à tous les sujets du royaume, qu'ils soient nobles ou vilains. Je suppose que je ne vous apprends rien, milord ?

Il savait tout cela, bien sûr, mais il voulait connaître l'opinion de cet homme, car son rôle à Harbridge était de toute première importance. La querelle de la famille royale était partie de France, et il avait souvent entendu parler des intrigues qu'avait ourdies Jean pour s'emparer des terres du royaume. Richard avait peu de goût pour la morne Angleterre et son climat détestable et il avait laissé son frère agir à sa guise. Mais lorsque, profitant de la captivité du roi, Jean s'était mis à soudoyer ses ennemis avec les deniers de la couronne, Aliénor était enfin intervenue et avait repris les choses en main, ou du moins elle avait essayé.

— Pourquoi Montgomery n'a-t-il jamais pris de dispositions pour assurer la sécurité de sa fille ? Surtout en cette période troublée ! demanda Christian en repartant vers le sentier.

— C'est ce qu'il a fait, milord !

Sir Walter avait laissé ces mots lui échapper mais il se reprit :

— Mais ces choses-là ne sont pas de mon ressort.

— Allons donc ! Vous êtes le commandant de la garde, tout ce qui se passe ici vous concerne !

— Je pense néanmoins que vous devriez poser cette question à la comtesse, milord.

Langier fut frappé de cette insolence et leva les yeux vers le soldat mais celui-ci garda la tête baissée. Il ne savait plus à qui, de son nouveau maître ou de l'ancien, il se devait d'être loyal et en était bouleversé. Résolu à savoir jusqu'où il serait capable d'aller pour défendre la jeune comtesse, Christian demanda :

— Et si je vous ordonnais de parler, le feriez-vous ?

Se dressant devant lui, sans même chercher à cacher son mépris, le vieux soldat rétorqua :

— Non, milord ! Jamais je ne trahirai milady Montgomery !

— Mais elle n'a nul besoin qu'on la protège de moi ! cria Langier sans chercher à cacher son exaspération.

— C'est vous qui le dites, milord.

Le silence s'installa entre les deux hommes. Christian croisa les bras sur sa poitrine. Même en pleine forme, il n'aurait pas été de taille à affronter ce colosse. Mais le pouvoir était entre ses mains.

— Je pourrais vous retirer votre charge, et même vous chasser de Greystone ! Qu'en dites-vous ?

Aveuglé par le soleil qui perçait entre les feuilles des arbres, sir Walter plissa les yeux et, respirant profondément, lâcha de sa voix de stentor :

— J'en dis que vous pourriez faire tout cela et plus encore, si tel est votre bon plaisir, milord. Mais je répète que vous devriez poser ces questions à la comtesse et non à moi !

Une lueur de fierté brilla dans son regard. Christian comprit que rien ne saurait fléchir la détermination de cet homme à protéger sa maîtresse et qu'il avait perdu la bataille. Il se remit en selle et cria à son escorte :

— En avant !

La troupe s'ébroua et chacun enfourcha précipitamment sa monture. Fitzhugh vint le rejoindre en tête du cortège, suivi de près par Walter. La perplexité se lisait sur tous les visages, mais Christian se tint coi. L'intendant le regarda du coin de l'œil puis se tourna vers Walter, ne sachant que penser.

Il manquait un élément à cette énigme. Emalie avait-elle été fiancée à un autre avant lui ? Et, en ce cas, qu'était-il arrivé ? Pourquoi le mariage n'avait-il pas eu lieu ? Hélas, il savait bien qu'il ne trouverait personne à Greystone pour lui répondre, car tous la défendraient avec la même ardeur que Walter. Et puis il prendrait le risque d'éveiller les soupçons. Sa mission devait rester secrète.

Il se dit qu'il valait mieux parfois battre en retraite et décida de se contenter d'observer les choses à l'avenir en évitant de poser trop de questions jusqu'à ce que sa position soit mieux assurée. Il allait commencer dès aujourd'hui, en présidant la cour de justice... à condition qu'il survive assez longtemps pour rentrer au château.

8.

Il entra dans la grande salle en claudiquant. Il avait beau marcher aussi lentement qu'il le pouvait ou penser à l'humiliation d'avoir à se relever si jamais il tombait, rien n'y faisait. Seule sa détermination farouche lui permettait de mettre un pied devant l'autre et il monta les marches de l'estrade au prix d'un effort surhumain. C'était par pure obstination qu'il avait refusé de s'octroyer un peu de repos en différant la session de la cour de justice.

Il devait se montrer fort et prêt à défendre ce qui lui appartenait. Les charognards qui planaient autour de Greystone ne manqueraient pas d'attaquer s'ils s'apercevaient de sa faiblesse. Un seigneur incapable de tenir ses responsabilités n'était pas digne de son rang. De toute façon, son honneur était déjà trop mal en point pour qu'il puisse se permettre de renoncer à se battre.

Il se traîna jusqu'en haut des marches et s'assit lourdement sur la grande chaise qui trônait sous le dais en remerciant le ciel qu'un coussin moelleux soit justement là pour adoucir sa chute. On lui versa promptement une coupe de vin qu'il avala d'un trait car il avait grand soif. Des viandes, des fromages et du pain lui furent également servis mais, incapable de décider qui du sommeil ou de la faim le tenaillait le plus, il resta un long moment immobile, tâchant simplement de ne pas s'effondrer.

Quelques villageois s'assemblèrent dans la grande salle, attendant de pouvoir lui exprimer leurs griefs. Il luttait pour rester éveillé mais ce simple effort l'épuisait.

L'arrivée de Fitzhugh l'extirpa de la torpeur qui le gagnait.

— Désirez-vous que je renvoie la session à plus tard, milord ?

A dire vrai, c'était son vœu le plus cher mais il était trop obstiné pour l'admettre.

— Non, maître Fitzhugh, la cour siègera, comme prévu.

Celui-ci acquiesça et, s'inclinant devant son seigneur, donna aux serviteurs qui se tenaient à ses côtés un ordre de la tête. Aussitôt, des gardes s'avancèrent et prirent position de chaque côté de l'estrade.

— Milord, voulez-vous vous restaurer avant que nous commencions ? lui demanda l'intendant.

Epuisé, Christian se surprit à répondre :

— Non, non, commençons tout de suite, nous en aurons plus vite terminé.

Il s'ébroua un peu et tendit sa coupe à l'échanson. Cette fois-ci, il prit soin de goûter le vin et ne le trouva pas très bon. Il se dit qu'il faudrait penser à donner l'ordre de lui envoyer plusieurs tonneaux des meilleurs crus de ses domaines. Posant sa coupe sur la table, il examina les documents que l'intendant avait étalés devant lui.

Il y avait là quelques requêtes établies par des vilains et des bourgeois concernant des mariages, des querelles d'argent et toutes sortes de litiges. Il avait souvent assisté à des séances de ce type dans le château de son père, et la procédure lui était familière. Un clerc se tenait en bout de table, muni de tout son attirail — plumes, couteau, parchemin, encre —, prêt à enregistrer les décisions de la cour au fur et à mesure qu'on les prendrait. Sur un signe de Fitzhugh, l'un des gardes marcha vers la grande porte et annonça que le seigneur était arrivé, et qu'il allait maintenant entendre ceux qui voulaient lui exposer leurs griefs.

Lorsque la foule pénétra dans la grande salle, Christian regretta sa décision. Il était au bord de l'évanouissement et doutait de pouvoir prendre de bonnes décisions dans un tel état. Un instant, il fut tenté d'envoyer chercher Emalie mais il se reprit et fit signe à Fitzhugh de commencer.

Deux heures plus tard, il était éreinté. Plus de vingt cas avaient été jugés et, bien qu'il pensât avoir rendu des décisions justes et de bon sens, il ne voulait pas épuiser le peu de forces qui lui restaient et se mettre à divaguer. Son corps criait grâce, il fallait lui céder. D'un geste, il demanda à l'intendant de clore la séance.

Il se trouvait maintenant confronté à un nouveau défi. Il fallait se lever et marcher jusqu'à ses appartements. Jamais il ne s'était senti si seul, jamais la défaite ne lui avait semblée si proche. Il se leva et un valet se précipita pour retirer sa chaise. Inspirant profondément, Christian descendit les quelques marches de l'estrade en titubant malgré tous ses efforts. Inquiet, Fitzhugh appela un valet de pied.

— Milord ? Je crois que Greystone ne vous est pas encore très familier aussi je vous prie de laisser Henry vous accompagner jusqu'à votre chambre et vous aider si vous avez besoin de quoi que ce soit.

Un jeune garçon apparut, qui semblait fort pour son âge, et Christian décida qu'il valait mieux s'appuyer sur son épaule plutôt que de risquer de s'effondrer sur les dalles du château. Il eut la force de se traîner hors de la grande salle et de traverser le couloir en ahanant mais, à la vue des escaliers du donjon, le courage faillit lui manquer. Henry ne broncha pas quand il s'appuya sur lui de tout son poids. Il parvint en haut des marches sans trop savoir par quel miracle, mais devant la porte de sa chambre les murs se mirent à danser autour de lui et il eut beau s'agripper à l'épaule du garçon comme un homme en train de se noyer, ses jambes tremblantes refusèrent de le porter plus longtemps et son regard se troubla sans rémission. Le lourd battant s'écarta et Christian, s'appuyant au dossier d'une chaise, fit signe à l'adolescent de déguerpir et lui cria :

— Pardonne-moi, Henry. Fais dire à milady de Harbridge que j'interdis qu'on me dérange !

Le garçon s'esquiva après un rapide salut et tira la porte derrière lui. Au moment même où Christian allait lui crier de la laisser ouverte, une vague noire le submergea et il sombra dans la nuit.

Emalie était assise, attendant que son mari la rejoigne pour le dîner. Elle se sentait assez fière d'elle-même car elle était restée maîtresse de ses nerfs et avait fait de grandes choses aujourd'hui. Son cuisinier avait préparé des mets qui enchanteraient sûrement le palais délicat de son époux, en suivant des recettes empruntées au maître queux de la reine, qui avait dirigé les cuisines du château pendant le séjour d'Aliénor. S'ils s'étaient heurtés au début, les deux chefs étaient vite devenus les meilleurs amis du monde, s'échangeant chaque jour les secrets de leurs chefs-d'œuvre.

Si elle était parvenue à se contrôler, cela n'avait pas été sans mal. Après l'avoir vu revenir de sa visite en compagnie de Fitzhugh et de sir Walter et présider la séance de la cour de justice sans même daigner l'inviter à siéger à son côté, elle s'était retirée dans sa chambre. De le voir, là, assis à la place de son père lui avait brisé le cœur et l'avait forcée à se mettre au lit, assommée de chagrin. Combien de jours s'étaient-ils écoulés depuis ce jour funeste où elle avait su, en serrant dans ses bras le corps sans vie de son père, que plus rien, désormais, ne serait comme avant ?

Sa mort prématurée avait brusquement fait d'elle une orpheline alors qu'à l'aube elle était encore la fille du comte de Harbridge. En un instant, elle était passée du statut d'héritière à celui de pupille du roi, et de demoiselle qu'elle était encore au matin, elle était devenue comtesse en se mettant au lit. Ah ! Toutes ces transformations lui étaient odieuses !

Elle avait également beaucoup changé ces derniers mois car la tension permanente l'avait rendue émotive et elle pleurait maintenant pour un rien. Qu'il était loin le temps où elle souriait à la vie ! Reviendrait-il jamais ? Maintenant qu'elle avait vu cet homme à l'œuvre, elle se doutait de la réponse.

Pourquoi tardait-il à descendre ? Alyce lui avait conseillé de ne point le brusquer afin de lui laisser le temps de se faire aux lieux et aux us du château mais en vérité, elle trouvait cela difficile, surtout quand elle se savait épiée de tous côtés.

Son absence était largement commentée autour de la table et un murmure désapprobateur emplissait la salle. Tous scrutaient son visage avec curiosité. Sir Walter et sa femme, Rosalie, étaient assis près d'elle et semblaient aussi gênés qu'elle-même. Emalie fit un léger signe à l'un des serviteurs et lui ordonna à voix basse d'aller inviter son mari à la rejoindre pour dîner.

Elle porta sa coupe à ses lèvres, espérant que le vin la calmerait un peu. Au lieu de cela, elle eut un goût amer dans la bouche et fit une grimace. Un valet se précipita vers elle.

— Milady ? Ce vin n'est-il point de votre goût ?

Fitzhugh fronça les sourcils. C'était lui qui présidait à l'élaboration du vin à Harbridge, et il était très susceptible à ce sujet.

Au début de sa carrière, il avait été l'intendant d'un des domaines du comte où l'on cultivait la vigne, plus au sud, et en avait dirigé la culture et les vendanges. C'était sous ses ordres qu'était vinifié tout le vin qu'on buvait à Harbridge. Il avait même élaboré la cuvée qu'Emalie venait de goûter pour fêter ses quinze ans. Et ce vin avait toujours été excellent !

— C'est sans doute que le tonneau est gâté, on dirait du vinaigre, dit Emalie.

Il s'inclina devant elle et prit la coupe pour goûter à son tour. Son front se plissa de nouveau.

— Avait-il le même goût hier soir, milady ?

— Il m'a semblé remarquer quelque chose en effet, mais j'ai omis de vous en parler.

Des rires étouffés parcoururent l'assistance et le rouge lui monta aux joues. Hier n'avait pas été une journée ordinaire ! Le retour opportun du jeune valet lui permit de surmonter sa gêne.

— Eh bien, Henry, avez-vous trouvé mon époux ? demanda-t-elle d'une voix tremblante, sans doute ulcérée par les remarques graveleuses qu'elle avait entendues autour de la table.

— Oui, milady, il est dans ses appartements.

— L'avez-vous invité à se joindre à nous ?

— Non, milady, répondit-il, dansant d'un pied sur l'autre, les yeux rivés au sol pour éviter de croiser son regard.

— Et pourquoi donc, je vous prie ?

L'impatience avait dû percer dans sa voix car Fitzhugh s'approcha de l'adolescent et lui dit quelques mots à voix basse, après quoi Henri hocha la tête et leva les yeux.

— Milord m'a dit qu'il ne voulait point être dérangé.

— Et quand vous a-t-il dit cela, Henry ? reprit Emalie en plantant son regard dans le sien.

— Quand je l'ai accompagné jusqu'à sa chambre, milady, après la séance de la cour.

— Eh bien, Fitzhugh, si mon seigneur et maître ne souhaite pas qu'on le dérange, je ne vois aucune raison de différer plus avant notre repas. Vous pouvez demander aux cuisines de commencer le service.

Fitzhugh n'hésita qu'un court instant, mais c'était encore trop pour Emalie et elle le fusilla du regard. Il obéit à son ordre, car c'en était un, et qui ne souffrirait aucun retard.

Des serviteurs arrivèrent promptement, portant des plateaux de victuailles pour les convives attablés sous le dais et au pied de l'estrade. On apporta des quartiers de bœuf fumants, des rôtis de mouton à la peau dorée et craquante, des salmis de volailles couverts de sauces luisantes et parfumées et l'odeur enivrante de ce festin envahit la grande salle.

Bientôt, tous furent occupés à manger, à l'exception d'Emalie qui avait une nouvelle fois perdu l'appétit. Les effluves qui montaient de ses plats favoris lui soulevaient le cœur désormais, comme si les plats avaient été gâtés. Elle prit un morceau de pain et le mâcha lentement, assise au milieu des dîneurs affairés, silencieuse, absente.

Cette attitude grossière de la part de Christian la surprenait. Pourquoi agissait-il de la sorte ? Qu'il siège et rende la justice, soit ! Cela faisait partie de ses attributions et il lui fallait le faire pour prendre le contrôle de Greystone. Se sentait-il mal à l'aise ici ? Il y avait de quoi, car enfin, il n'était pas arrivé depuis deux jours, sur l'ordre du roi, qu'il était déjà marié ! Il était venu seul, sans personne pour le servir, escorté par des inconnus ! Pas un seul de ses vassaux ou de ses soldats ne l'accompagnait !

Elle avait fait remplacer le vin piqué de sa coupe par un peu de bière et y trempa ses lèvres. Peut-être était-il un peu hautain, comme tous les seigneurs angevins à l'égard des Anglais ? Elle s'essuya délicatement les lèvres après avoir reposé sa coupe et se leva, attendant que sa servante retire sa chaise. Comme les convives faisaient mine de se lever à leur tour, elle fit un geste de la main et dit doucement :

— Je vous prie de ne point interrompre ce festin que j'ai fait préparer à votre intention. Buvez et festoyez, mes amis, et souffrez que je me retire dans mes appartements.

Quoique chaque convive ait su qu'elle n'avait fait tous ces efforts que pour plaire à son mari, nul n'aurait osé la contredire, ni en public ni en privé. Elle traversa la grande salle et sortit, luttant pour contenir les larmes qui lui montaient aux yeux sans qu'elle puisse s'expliquer pourquoi. Atteignant enfin la porte, elle se rua dans le couloir et se précipita vers sa chambre. Comme elle passait devant la chambre de son époux, elle se trouva nez à nez avec Henry qui veillait devant la porte.

— Lui as-tu parlé ?

— Non, milady, pas depuis qu'il m'a congédié.

— N'a-t-il point demandé qu'on lui apporte à boire, ou à manger ?

Elle s'approcha pour mieux entendre car il parlait à voix basse.

— Non, milady.

— Est-il... seul ?

Le doute l'envahissait de nouveau. Si elle lui refusait de satisfaire son désir, en trouverait-il une autre avec qui l'apaiser ?

— Je ne sais, milady, répondit l'adolescent en détournant les yeux, car, malgré son jeune âge, il avait parfaitement compris la question.

— Descends aux cuisines et demande-leur de préparer un plateau. Tu l'apporteras céans quand il sera prêt.

— Mais, milady, il a demandé que *vous* ne le dérangiez pas !

Elle se figea, essayant de cacher son trouble. Elle était blessée, stupéfaite, mais elle n'en laisserait rien paraître devant ce garçon !

— Je t'ai donné un ordre, Henry, ce me semble ! Descends aux cuisines à l'instant !

Il fit mine d'hésiter, mais s'inclina respectueusement et disparut dans l'escalier. « Et maintenant ? » se dit-elle.

Elle s'approcha tout contre la porte et tendit l'oreille. S'il avait précisé que l'interdiction de le déranger s'adressait à elle en particulier, il était logique d'imaginer que c'était pour lui cacher quelque rendez-vous galant, et, d'une certaine façon, c'était comme une marque de respect. Cela n'apaisait pas sa colère mais elle se demandait pourquoi, si elle avait deviné juste, il n'avait pas demandé qu'on lui apporte à manger ? D'habitude, les amants buvaient et mangeaient au lit pour se donner de la vigueur !

Elle attendit le retour d'Henry. Elle aurait une excuse pour forcer sa porte. Quelque chose la tracassait, mais elle chassa cette pensée et s'adossa au mur. Pourtant... Elle eut un frisson. Il fallait en avoir le cœur net ! Elle souleva lentement la clenche et frappa trois petits coups en entrant.

— Messire ? Etes-vous là ? demanda-t-elle en chuchotant. Monseigneur ?

Poussant la porte sans bruit, elle vit d'abord le lit vide puis, avançant d'un pas, découvrit Christian étendu sur le sol, inanimé. Elle se précipita vers lui et lui souleva doucement la tête. Il respirait ! Son corps brûlant ne lui laissait aucun doute : il avait la fièvre. Une fièvre mortelle.

Elle reposa sa tête doucement sur le sol et se rua au-dehors pour chercher du secours. A la première servante qu'elle rencontra, elle cria d'aller quérir Alyce et sir Walter, puis elle retourna auprès de lui. Elle l'allongea sur le dos et ouvrit le lit afin qu'on puisse l'y placer sans délai dès l'arrivée des secours.

Les minutes qu'elle passa à attendre qu'on vienne lui semblèrent une éternité. Enfin, elle entendit des clameurs dans l'escalier et un tumulte de pas qui approchaient. Sir Walter entra le premier, suivi d'Alyce et d'autres serviteurs. En un instant, on étendit son mari sur le lit et on lui apporta le coffret où elle serrait ses herbes, ainsi que d'autres choses dont elle pourrait avoir besoin.

Alyce renvoya tous et toutes d'un ton ferme, à l'exception de sir Walter, et attendit les ordres de sa maîtresse. Celle-ci plaça une compresse sur le front brûlant de Christian et lui essuya le visage et le cou avec un linge imprégné d'huiles et d'eau fraîche. Il bougea légèrement.

— J'ai... eu... la... fièvre, balbutia-t-il.

— Vous l'avez encore, monseigneur ! Reposez-vous et laissez-moi vous soigner.

Comme elle tendait la main pour prendre une nouvelle compresse, il retint le poignet d'Emalie et répéta :

— J'ai... eu la fièvre.

Il tenta de se lever, rejetant ses cheveux en arrière, les yeux fous, et s'effondra avant que Walter ait eu le temps de faire un geste.

Elle examina de nouveau sur son corps les plaies qu'elle avait déjà vues pendant qu'il dormait dans son bain. Quelle qu'en ait été la cause, son malheur l'avait laissé dans un état pitoyable et maintenant la fièvre l'avait rattrapé, et il fallait absolument le soigner.

Comme elle savait que pour chasser efficacement l'accès qui le brûlait il valait mieux l'immerger complètement dans de l'eau froide, elle se mit à délacer sa tunique et la chemise qu'il portait en dessous. D'une main tremblante, elle défit la boucle de sa ceinture et remarqua que le cran dans lequel elle passait désormais était très éloigné de celui qu'il avait dû employer auparavant car le cuir était neuf à cet endroit. Il n'avait pas porté cette ceinture pendant un long moment et s'était affreusement amaigri entre-temps.

— Milady, voulez-vous de l'aide ? demanda doucement Alyce. Vous devriez plutôt lui préparer une potion pendant que sir Walter et moi nous occupons de lui ôter ses vêtements.

Emalie consentit en hochant la tête, voyant que son secret n'en était plus un pour tous les deux. Comment avaient-ils su ? Ils n'avaient pu être surpris par le sang sur le drap car ils savaient aussi bien l'un que l'autre que Christian devait pouvoir apporter la preuve que leur union était légitime si d'aventure quelqu'un venait à la contester. S'était-elle trahie par quelque attitude ou quelque mot qui lui aurait échappé ?

Elle fouilla dans son coffret et prépara une potion qu'elle allongea avec un peu d'eau et de vin. Les herbes calmeraient la fièvre et fouetteraient le sang de son mari. Quand elle se retourna, Alyce et sir Walter venaient à peine de poser un drap sur son corps épuisé. Il lui fallut un long moment pour faire boire le remède à son époux, à petites gorgées, en usant de mille précautions pour ne point le brusquer et veiller à ce qu'il n'en laisse aucune goutte. Quand il eut terminé, elle passa la main sur son front emperlé de sueur et reposa sa tête échevelée sur l'oreiller en l'ajustant un peu.

— Il a déjà perdu trop de poids, il n'est pas possible qu'il en perde encore à cause de cette fièvre, il n'y survivrait pas. Faites dire aux cuisines qu'on lui prépare un bouillon gras aussi vite que possible !

— Bien, milady, acquiesça la femme de chambre en s'inclinant devant sa maîtresse avant de sortir.

— Vous avez passé tout le jour avec lui, sir Walter, n'avez-vous remarqué aucun signe de sa maladie ?

— Il m'a semblé fatigué, milady, rien d'autre.

Elle tourna les yeux vers le corps de son mari étendu sur le lit.

— Ne vous a-t-il rien dit qui ait pu vous alerter ?

— Nous avons parlé des métairies et des récoltes, et aussi de l'état de nos forces, et — il hésita — il m'a également interrogé à propos de votre père et de vous.

— Et que lui avez-vous répondu à ce sujet ?

— J'ai refusé de le faire, et lui ai enjoint de s'adresser à vous.

— Vous avez pris de grands risques, sir Walter ! Nous ne savons de quoi il est capable et il aurait pu tout aussi bien vous retirer votre commandement pour vous punir de l'avoir défié.

Emalie prépara une nouvelle potion et y ajouta un peu de vin. Ses mains tremblaient à l'idée du châtiment qu'il pourrait infliger à un vassal récalcitrant. Elle ne pouvait se passer de sir Walter, et elle avait besoin qu'il reste à son poste, et sauf.

Quand le breuvage fut prêt, elle s'assit au bord du lit et entreprit de l'administrer lentement au malade.

— Et comment a-t-il réagi ?

— Il m'a dit qu'il pouvait me châtier de toutes sortes de façons, milady, et il a brisé là.

Arrêtant son geste, elle le dévisagea :

— Pourquoi diable vous a-t-il permis de lui désobéir ? Je ne comprends pas !

Un bruit de pas se fit entendre dans le corridor et le soldat baissa la voix :

— Je suis persuadé qu'il cherchait à m'éprouver, milady, parce qu'il s'interroge sur notre loyauté. Mon refus lui aura servi de réponse.

Emalie essuya le vin qui avait coulé sur le menton de Christian. Elle était parvenue à lui faire boire la totalité du breuvage, mais il en faudrait encore beaucoup pour chasser définitivement la fièvre. Reposant doucement la tête de son mari sur l'oreiller, elle fit face à sir Walter.

— Voyez comme les os saillent sous sa peau, messire, dit-elle en lui montrant les épaules décharnées et la poitrine hâve de Christian. Il faut du temps pour dépérir à ce point. Qu'a-t-il bien pu lui arriver ?

Walter s'approcha et examina le corps endormi.

— Comment pouvez-vous savoir s'il n'a pas toujours été comme cela ?

— La reine a parlé de ses prouesses dans les tournois. Un homme ne saurait s'y couvrir de gloire sans être fort et vaillant.

Elle entendit la voix d'Alyce au-dehors et lança pour conclure :

— J'ai peur qu'il nous faille attendre qu'il se rétablisse pour en savoir plus… s'il consent à parler.

Alyce entra, les bras chargés, et Emalie ne s'occupa plus que de son mari. La fièvre se révéla finalement moins sévère qu'elle ne l'avait imaginé dans son inquiétude et céda rapidement devant la puissance de ses remèdes. A l'aube, Christian ouvrit l'œil, épuisé par sa longue nuit ; il avait une faim de loup.

Il avait l'impression qu'on lui avait frappé sur le crâne à coups de marteau pendant des heures. Il avait la bouche sèche, mais ses cheveux étaient trempés de sueur, et il essaya en vain de soulever la tête, ce qui attira l'attention d'Emalie.

— Etes-vous éveillé, monseigneur ?

Elle s'affaira autour de lui, remontant la courtepointe et rajustant l'oreiller. Embrassant la pièce du regard, il remarqua la table encombrée d'un amoncellement de flacons et d'herbes médicinales et de tout un attirail d'apothicaire. Un grand feu ronflait dans l'âtre.

— Que s'est-il passé ? Il me souvient d'être remonté céans après...

Son cerveau embrumé luttait pour se souvenir. Il se revoyait encore assis à écouter les plaintes des villageois, résistant de toutes ses maigres forces à la fatigue qui le gagnait. Un garçon l'avait aidé à regagner sa chambre et puis tout était devenu noir.

— Henry m'a fait connaître que vous aviez donné l'ordre que je ne vous dérange point. Je vous demande pardon d'avoir enfreint vos ordres, lança Emalie sans lever les yeux.

— Madame, s'il m'en faut croire ce que je vois, il me semble que vous avez fort bien fait, et je ne vous punirai point cette transgression.

Il avait cru lancer là un trait d'humour, mais la jeune femme blêmit. Sa pâleur lui fit regretter d'avoir voulu plaisanter.

— Pardonnez-moi, madame, j'ai été maladroit, dit-il en esquissant un sourire qui, dans son état, devait plutôt être une grimace.

Il essaya de se soulever dans le lit et eut un frisson. Il s'aperçut qu'il était nu et tenta de cacher ses plaies et son corps famélique en remontant les draps sur sa poitrine.

Elle dut se rendre compte de sa gêne car elle se leva et, ouvrant un coffre, en tira une chemise qu'elle lui tendit, puis s'éloigna un peu en détournant les yeux pendant qu'il s'habillait. Quand il se rassit sur le lit, il leva son regard vers elle et ne put s'empêcher de voir que ses joues s'étaient légèrement empourprées.

Que dire ? Par quoi commencer ? Il cherchait un moyen de lui expliquer ce qu'elle avait pu constater en le soignant toute la nuit. Et il fallait qu'il sache qui d'autre avait vu dans quel horrible état il se trouvait.

— Vous avez l'air épuisée, madame. Soyez remerciée pour votre sollicitude, vos soins m'ont fait le plus grand bien, mais il semble qu'ils ont eu raison de vos forces.

Elle passa la main dans ses cheveux, dégageant son front et ses épaules. Chacun de ses gestes était empreint d'une grâce étonnante bien qu'elle ait passé une nuit épuisante à le veiller.

— Et je vous prie de remercier également le médecin qui a préparé tous ces remèdes.

Il l'a vit tressaillir en le fusillant du regard. Son cerveau embrumé lui faisait accumuler les maladresses. Morbleu ! il n'avait pas prévu de se réveiller nu comme un ver en présence de sa pucelle d'épouse ! Mais aussi bien, il ne s'était pas attendu non plus aux événements qui avaient assombri sa vie durant les derniers mois. Il fit une nouvelle tentative.

— J'ai été fort malade ces derniers temps et je crains que la fièvre ne m'ait point accordé tout le répit que j'avais espéré. Je n'ai nulle intention de vous blesser, madame, par mes paroles ou par mes actes, ni personne d'autre ici.

— J'ai bien cru que c'était là votre intention hier soir, quand vous n'êtes pas descendu pour le dîner, réponditelle doucement.

Le ton de sa voix était trompeur car il l'avait froissée sans le vouloir. Avant qu'il puisse dire un mot en retour, elle ajouta :

— Il m'aurait suffi de vous voir marcher et de voir vos yeux pour savoir que vous aviez la fièvre !

— Vous, Emalie ? Le médecin, c'était vous ?

Il était stupéfait. N'y avait-il donc aucune limite à ses talents ?

Elle eut un geste de recul et il comprit qu'il avait commis une nouvelle bévue. Avant qu'elle s'éloigne par trop, il saisit sa main.

— Ma mère savait aussi éloigner le mal mais c'était notre herboriste qui avait la plus grande part du travail. Si j'ai commis une erreur…

— Non, monseigneur. J'ai moi aussi à mon service un apothicaire qui s'occupe de récolter les plantes et de préparer les décoctions et les onguents. En réalité, c'est lui qui possède toute la science des herbes. Je crains que la nuit ne m'ait usée plus que je ne pensais car je fais montre habituellement de moins de faiblesse et ne me laisse point émouvoir par quelques paroles.

Il sentit l'ironie qui perçait dans ces mots et en fut rasséréné. Hochant la tête, il rétorqua :

— Puisque vous avez commencé à me soigner, madame, dites-moi ce que je dois faire pour guérir.

— Dites-moi d'abord la cause du mal, monseigneur, répondit-elle en l'examinant de la tête aux pieds si intensément qu'il se sentit gêné, comme si elle avait pu voir son corps nu à travers la courtepointe et sa chemise.

L'idée de devoir lui révéler les causes de son emprisonnement et les détails de sa captivité lui était pénible, et il esquiva la question. Malgré son zèle à son égard, elle restait une inconnue et il fallait encore se méfier d'elle.

— Pour l'heure, je ne souhaite point aborder ce sujet. Vous en avez vu les effets sur moi, aussi je vous demande de m'indiquer le moyen de recouvrer ma vigueur d'antan.

Il ne savait si son refus l'avait surprise mais elle resta impassible. Elle se lança dans une longue énumération des diverses solutions qui s'offraient à lui pour retrouver son allant et ses forces. La plupart d'entre elles étaient celles-là même que le médecin du roi lui avait conseillées mais elle ajouta quand même à cette liste quelques suggestions de son cru. Elle fut interrompue par des coups qu'on frappait à la porte et la femme de chambre d'Emalie entra, portant un plateau qu'elle tendit à sa maîtresse avant de ressortir aussitôt, les laissant de nouveau seule à seul.

— Prenez ceci pour commencer, je vous prie, et il faudra ensuite vous reposer. Je vais vous envoyer le jeune Henry, il vous aidera en cas de... besoin.

Cette allusion un peu scabreuse l'avait fait rougir, il en aurait juré.

— Vous devriez prendre un peu de repos vous aussi.

— J'ai des tâches urgentes à remplir, monseigneur. J'attendrai qu'il soit nuit pour ce faire.

Elle posa le plateau sur la table et l'aida à s'asseoir dans le lit. Il accepta d'abord son aide pour boire son brouet mais lui fit bientôt signe qu'elle pouvait le laisser seul et la remercia pour sa sollicitude. Elle sortit et jeta en passant un coup d'œil à quelque chose qui se trouvait sur une console près du coffre d'où elle avait tiré la chemise. Il se demanda si, ce faisant, elle s'était rendu compte qu'elle avait poussé un profond soupir et s'était arrêtée quelques instants avant de quitter la pièce.

Il se redressa un peu, cherchant à voir ce qui avait bien pu provoquer en elle cette réaction, et vit sa ceinture soigneusement enroulée, posée sur la planche de bois. Accroché à la ceinture, l'anneau portant ses clés. C'était donc ça !

Il se cala dans son lit et essaya de finir son repas, en pensant au marché qu'il avait passé avec Richard.

Une partie de lui aurait voulu accepter simplement Emalie et ce mariage comme un cadeau du roi car il aspirait profondément à jouir de la douce quiétude d'un domaine prospère et paisible, mais une autre, nourrie de ses souvenirs, rêvait d'une femme aimante et d'une vie de famille heureuse et pleine de rires d'enfants.

Christian souleva le plateau et le reposa sur la table. Henry n'était pas encore arrivé et, en vérité, il ne souhaitait rien d'autre que de se rendormir. Il s'enfonça dans sa couche en se demandant si le meilleur moyen d'obtenir des réponses à ses questions n'était pas d'être franc avec elle. Si elle apprenait qu'un chacal risquait de mettre la main sur ses terres et ses gens, peut-être se laisserait-elle convaincre de lui dire la vérité.

Non ! A sa connaissance, les femmes n'avaient pas ce genre de raisonnement ! Et de toute façon, si elle avait partie liée avec Jean, elle saurait qu'il avait été envoyé par Richard. Il valait mieux attendre. Elle devrait s'habituer, coûte que coûte, à ce qu'il prenne le contrôle de Greystone et de tout ce qui appartenait au comte de Harbridge.

Y compris la comtesse Emalie.

9.

La vue du trousseau de clés, *ses clés*, accroché à la ceinture sur la console l'avait bouleversée, mais ce n'était rien en comparaison de ce qui l'attendait dans les semaines qui suivirent. Comme elle s'était vue privée de ses attributions, elle n'avait rien d'autre à faire que d'assister, impuissante, à la prise de contrôle de Greystone par son mari. Elle vit ses gens commencer même à accepter Christian comme leur maître. Sir Walter était à ses côtés presque à chaque instant, attentif à tout ce qui se passait dans le château et apportant à l'administration du domaine les changements que le comte jugeait nécessaires.

Elle souffrait trop pour porter un regard impartial sur tout cela. Chaque modification dans la façon dont les choses se passaient à Greystone, qu'il décide qu'on ferait désormais les choses autrement qu'on ne les avait faites depuis des décennies, ou que tel remplacerait tel autre à son poste, lui déchirait le cœur. Chaque bouleversement lui rappelait les jours heureux qui n'étaient plus. Elle s'était tant habituée à passer des heures à discuter avec son père de l'administration de ses domaines, que ne plus pouvoir le faire désormais lui était une douleur insupportable.

A sa décharge, elle devait admettre qu'il était d'une politesse scrupuleuse, n'avait jamais manqué un seul repas et avait suivi chacune de ses recommandations concernant sa santé, ce qui avait d'ailleurs eu pour effet qu'il retrouvait chaque jour un peu plus de ses forces et de son allant. En outre, il avait tenu sa promesse et l'avait laissée dormir seule chaque nuit. En fait elle ne l'avait vu que très peu en dehors des repas, le rencontrant seulement au détour d'un couloir.

Emalie posa son ouvrage, se leva et traversa la chambre haute pour regarder à la fenêtre. Un souffle d'air chaud passa sur son visage et elle ferma les yeux pour mieux en savourer la caresse sur sa peau. Peut-être avait-elle passé trop de temps enfermée car elle se sentait mélancolique, ce qui était nouveau pour elle. D'habitude, elle était trop occupée pour se laisser aller à s'écouter. Il fallait qu'elle fasse quelque chose !

Elle regarda les dames occupées à leur broderie et à leur couture et se sentit tout à coup très seule. Même sa mère n'avait jamais réussi à la forcer à consacrer beaucoup de temps aux travaux d'aiguille. Ce n'était que depuis la visite de la reine qu'elle se montrait régulièrement en ces lieux, mais elle craignait que, maintenant que son mari avait pris les choses en main à Greystone, elle ne doive y passer le plus clair de son temps. Elle porta son regard vers Alyce, attendant que celle-ci lève les yeux de son ouvrage. Les rayons du soleil qui dansaient sur la campagne alentour lui semblaient l'inviter à les rejoindre. Cela lui ferait le plus grand bien d'aller prendre l'air ! Elle s'élança vers la porte.

— Je reviens à l'instant, Alyce, dit-elle en tirant le lourd battant.

Les dames s'étaient levées sur son passage et elle leur fit signe de s'asseoir, s'arrêtant sur le seuil.

— Il fait trop beau pour rester céans. Quelqu'un veut-il se joindre à moi ?

Les murmures et les rires emplirent la pièce. Toutes étaient contentes de rester à l'intérieur à broder et à coudre tranquillement. Elle attendit un court instant que quelqu'un se décide à l'accompagner puis s'en fut sans plus tarder. Traversant la grande salle, elle salua ceux qu'elle croisait en s'efforçant de ne pas prêter attention à leurs regards compatissants. Chacun savait l'étendue de ce qu'il lui avait fallu abandonner à son mari au fur et à mesure qu'il accroissait sa mainmise sur Greystone, mais elle se répéta pour la centième fois que les choses étaient ainsi faites et qu'on n'y pouvait rien changer.

Un garde ouvrit le portail qui menait à la cour et Emalie descendit l'escalier. Savourant l'air chaud et la lumière du soleil, elle marcha d'un pas alerte jusqu'à une poterne, à travers le jardin de simples. Elle avait besoin de travailler à quelque chose pour oublier ses tourments. Ne voyant aucun signe de la présence de Timothy, l'herboriste qui s'occupait des plantes, elle prit le tablier de cuir qu'il laissait toujours accroché à un clou, le passa autour de sa taille et se mit à arpenter l'allée centrale, examinant d'un œil averti les carrés de plantes médicinales et d'herbes aromatiques. Le jardinier devait sans doute se trouver dans son laboratoire ou bien en train de récolter des simples dans la campagne. Elles poussaient bien mieux dans la nature de toute façon ! S'agenouillant devant un carré particulièrement envahi, elle se mit à en arracher méthodiquement les mauvaises herbes et, s'abandonnant à sa paisible tâche, perdit toute notion du temps.

Ce furent les cris d'Alyce qui la tirèrent de sa rêverie et la forcèrent à se lever. La riche terre du jardin avait maculé ses mains et les manches de sa robe. Incapable de résister à son odeur envoûtante, elle porta ses mains à son visage pour en respirer le parfum.

— Milady ! milord réclame votre présence près de lui. Des visiteurs arrivent ! cria Alyce d'une voix agitée en se ruant près de sa maîtresse pour défaire son tablier et tenter d'essuyer la terre dont elle était couverte.

— Savez-vous qui ils sont, Alyce ? Mon mari vous l'a-t-il dit ? s'enquit Emalie en se frottant les mains pour essayer d'en retirer la terre du mieux qu'elle pouvait.

Elle utilisa l'eau de la citerne qui se trouvait près de la porte du jardin pour se laver un peu et suivit Alyce qui la pressait de se hâter. Cette fois-ci, elle évita de passer par la grande salle pour regagner ses appartements.

En dépit de son embonpoint, Alyce était vive et habile et elle eut tôt fait de recoiffer sagement les cheveux d'Emalie et de les couvrir d'un diadème et d'une voilette. Elle avait lavé la terre des mains et du visage de sa maîtresse puis l'avait aidée à passer une robe et une tunique. La comtesse inspira profondément et s'élança dans l'escalier qui menait à la grande salle.

Arrivée au deuxième palier, elle entendit le bruit des rires et des conversations et pressa le pas. En pénétrant dans la pièce, elle vit son mari donner l'accolade à l'un des arrivants, un garçon beaucoup plus jeune que lui. Elle inspecta le petit groupe et se rendit compte que, si leurs visages ne lui disaient rien, Christian en revanche semblait les connaître très bien. Ce fut alors qu'elle remarqua que les gens du château se tenaient à l'écart, observant ces effusions à distance. Comme les visiteurs parlaient dans leur propre langue, la plupart de ses gens ne comprenaient rien à ce qui se disait.

Le comte lança un regard à Fitzhugh et l'intendant lui répondit d'un hochement de tête. Aussitôt, deux soldats qui venaient d'arriver avec les voyageurs aidèrent le jeune garçon à suivre Fitzhugh et tous quatre se dirigèrent vers la sortie sous le regard inquiet de Christian. Celui-ci se tourna ensuite vers ses hôtes et les salua chaleureusement un par un, adressant à chacun, homme ou femme, un mot de bienvenue. C'était un groupe hétéroclite dans lequel se côtoyaient des gens de toutes conditions et de tous âges. Quand le comte aperçut Emalie, il la pria de venir auprès de lui.

— Madame, je vous présente mes vassaux de France.

Tous s'inclinèrent respectueusement devant elle. Christian prit sa main et dit :

— Voici Emalie Dumont, comtesse de Harbridge et de Langier, mon épouse.

Elle fut frappée de remarquer que, dans le même temps où on avait donné à son mari ses titres et ses biens, elle avait elle aussi acquis des droits sur les siens. Les visiteurs semblaient abasourdis, mais elle pensa que c'était sans doute pour d'autres raisons.

Christian fit signe à l'un des hommes de s'avancer et celui-ci s'approcha.

— Voici mon plus vieil ami, messire Luc Delacroix. Luc ! Il est temps de nous présenter votre épouse.

Messire Luc escorta sa femme et tous deux s'inclinèrent respectueusement devant leur hôtesse. Prenant la main d'Emalie, le chevalier la porta à ses lèvres. C'était un bel homme au regard franc. En dépit de la fatigue du voyage que l'on devinait à la poussière qui maculait son haubert, il arborait un large sourire. La femme qui se tenait à son côté étonna fort la jeune comtesse car son teint n'avait pas la pâleur de celui des Françaises. Sa peau était sombre, d'une teinte qu'elle n'avait encore jamais vue auparavant. Elle ne put s'empêcher de demander :

— De quelle contrée votre femme vient-elle, messire ?

Il se fit un silence et elle eut le sentiment d'avoir commis une bévue. Si tel était le cas, du moins le chevalier n'en laissa-t-il rien paraître.

— Milady, mon épouse vient de Terre sainte. Permettez-moi de vous présenter Fatim Delacroix.

Dame Fatim fit une révérence et attendit que son hôtesse lui fasse un signe pour se relever. Elle avait beau venir d'un pays lointain, elle n'en comprenait pas moins parfaitement les coutumes locales. Emalie n'avait jamais rencontré personne qui vînt de Terre sainte. Se pouvait-il que Fatim soit juive ? Un seigneur chrétien pouvait-il épouser une femme issue de ce peuple, ou de l'un des peuples de l'Orient, comme celui de l'infâme Saladin ?

Un silence pesant s'abattit sur la petite assemblée. Elle savait que son époux attendait de voir comment elle allait réagir à la présence de l'étrangère, mais on l'avait trop bien élevée pour qu'elle ne sache pas comment se comporter en de telles circonstances, quelle que soit son opinion.

— Soyez la bienvenue à Greystone, lady Fatim, ainsi que ceux qui vous accompagnent. Approchez, venez tous vous désaltérer ! dit-elle en désignant les tables dressées au fond de la salle, autour desquelles s'activaient déjà de nombreux serviteurs.

L'atmosphère se détendit d'un coup et tous suivirent leurs hôtes pour s'attabler. Luc et Fatim prirent place près de Christian et une conversation animée s'engagea bientôt entre eux. Elle attendit qu'on l'invite à y participer mais rien ne vint.

Comme elle n'avait pas faim, elle ne prit qu'un peu de pain et essaya de ne point trop leur tenir rigueur de la laisser ainsi seule. Après tout, ils ne s'étaient pas vus depuis très longtemps et cette réunion imprévue était une occasion bienvenue de se retrouver.

Elle était un peu jalouse car elle n'avait jamais eu d'autre amie que Fayth de Lemsley, la fille d'un des vassaux de son père avec qui elle avait passé beaucoup de temps lorsqu'elle était enfant et qu'elle ne voyait plus autant, hélas, depuis la mort de sa mère.

Elle soupira sans s'en rendre compte mais cela attira l'attention de Luc.

— *Pardonnez-moi, madame,* intervint celui-ci en français, il y a fort longtemps que Christian et moi n'avons point partagé la même table et nous nous sommes laissé emporter par la joie de nos retrouvailles.

Bel homme, et charmant de surcroît, se dit Emalie. Comme nombre des chevaliers qui accompagnaient Aliénor, mais différent cependant, car il ne semblait pas arrogant ni vaniteux.

— Vous ne m'avez point offensée, messire. J'étais perdue dans mes pensées et crains d'avoir été négligente à votre endroit.

Elle avait appris l'art de la repartie avec Aliénor car il y avait trop peu d'hôtes étrangers à Greystone pour qu'elle puisse s'y exercer souvent. Les vassaux de son époux y pourvoiraient agréablement.

— Nous avions si grand désir d'arriver que nous avons négligé d'envoyer un héraut pour vous prévenir, comme il sied à des visiteurs. Mais Geoffroi était si fatigué du voyage que...

Il s'arrêta, cherchant le regard de Christian. Celui-ci hocha la tête.

— Geoffroi ? Est-ce le garçon qui s'est retiré dès votre arrivée, messire ? Est-il votre écuyer ?

Il y eut de petits rires et des chuchotements dans l'assemblée et tous portèrent leur regard vers Christian. Comprenant qu'elle s'était égarée dans ses suppositions, Emalie attendit qu'on lui explique son erreur.

— Geoffroi est mon frère, dit Christian d'un ton égal, ce qui n'atténua pas la gêne de sa jeune épouse.

Elle aurait voulu échapper coûte que coûte aux regards mais ne put que rougir violemment et baisser piteusement les yeux sans un mot. Tout le monde verrait le tremblement de ses mains si elle s'aventurait à saisir sa coupe pour donner le change. Elle les garda donc soigneusement serrées devant elle, dans un silence assourdissant.

Depuis leur mariage, il ne lui avait rien révélé de sa vie et c'était d'Aliénor qu'elle tenait le peu qu'elle en savait. Christian n'avait jamais parlé de ses domaines ni fait la moindre allusion à un quelconque frère. Qu'allait-on penser d'une épouse à qui son mari n'avait rien voulu dire de sa propre famille ?

Il fallait absolument qu'elle sorte d'ici. Personne ne pouvait rien pour elle et son mari moins que quiconque. Elle se leva et s'adressa à lui :

— Avec votre permission, monseigneur, j'aimerais vérifier avec messire Fitzhugh que tout a été préparé pour nos hôtes.

Christian ne semblait pas désireux d'ergoter avec elle et se tint coi ; rassemblant les plis de sa robe, elle sortit sans attendre son assentiment, hochant légèrement la tête en direction des visiteurs sans un regard pour lui.

Elle trouva l'intendant qui lui apprit que les serviteurs étaient déjà occupés à préparer les chambres afin que tout soit prêt pour la nuit. Elle chercha le frère de Christian et le trouva dans une de celles qui bordaient l'escalier. Un seul regard lui suffit pour s'apercevoir qu'il souffrait du même mal que son frère mais qu'il était en revanche beaucoup plus mal en point. Il fut secoué d'une toux abominable.

S'avisant que personne ne se trouvait à son chevet, Emalie s'approcha et l'aida à s'asseoir dans le lit. Elle écouta le sifflement de sa respiration et posa la main sur sa poitrine, attentive au feulement rauque de ses poumons encombrés et préparant dans sa tête une potion qui lui rendrait un peu de son souffle et apaiserait la brûlure de sa gorge. Elle irait rassembler les ingrédients une fois la crise passée.

Il respirait toujours difficilement mais reposait maintenant calmement dans son lit. Emalie essuya la sueur qui perlait au front de Geoffroi et il lui sembla voir son mari, plus jeune de quelques années. Ils avaient les mêmes cheveux, les mêmes yeux, la même forme du visage. La ressemblance était étonnante.

Et les deux frères souffraient également du même mal, ce qui ne l'était pas moins. Le plus jeune était gravement malade mais les plaies sur son corps et les symptômes étaient semblables. Le traitement devrait l'être aussi, mais il conviendrait d'en ajouter d'autres. Exténué, Geoffroi s'endormit et elle sortit sans faire de bruit. Christian l'attendait dans le couloir.

— Madame, commença-t-il, mais elle fit mine de ne pas le voir.

La colère montait en elle au souvenir de la gêne qui l'avait accablée tout à l'heure et elle tourna les talons pour s'éloigner de lui. Il lui faudrait faire un long détour pour atteindre la chambre haute mais elle était résolue à lui échapper.

— Emalie ! rugit-il en saisissant le bras de la jeune femme, l'arrêtant net.

Elle resta stupéfiée, abasourdie par sa réaction. Jamais personne n'avait osé la traiter de cette manière ! Il lâcha son bras mais lui barra le chemin.

— J'ai à vous parler.

Elle attendit, immobile, évitant son regard et serrant les poings pour tenter de se calmer. Qu'allait-il lui dire cette fois-ci ?

— Je crois que je vous dois des excuses, Emalie. Fitzhugh remplit désormais l'essentiel des tâches qui étaient les vôtres auparavant, ajouta-t-il devant son silence, et j'ai donc malencontreusement omis de vous informer de la venue de nos hôtes. Je vous prie de m'excuser de ne point vous avoir fait savoir en temps et en heure qu'ils étaient arrivés.

Elle n'aurait pas plus souffert sous la lame d'un poignard. Il était manifeste qu'il la considérait plus comme une invitée dans son propre château que comme sa femme, et il n'avait nul besoin de la mettre au courant des affaires importantes du domaine. Gardant les yeux fixés sur ses mains, elle luttait pour contenir sa douleur et ses larmes.

— Et comme Fitzhugh s'acquitte parfaitement de sa tâche, vous pouvez reprendre vos activités là où vous les avez laissées.

Elle se redressa sous l'insulte, comme s'il l'avait giflée. Incapable de contrôler sa colère, elle explosa :

— L'idée vous est-elle venue, monseigneur, de m'informer que vous aviez un frère ? Avez-vous pensé qu'une épouse — elle insista sur ce mot — pourrait avoir le désir de connaître la famille de son mari ?

— Je ne pensais pas qu'il viendrait céans si tôt, madame, et je vous en aurais parlé plus tard.

— D'autres parents à vous sont-ils en chemin, monseigneur ? Une mère, une sœur, un autre frère peut-être ? Une épouse doit savoir ce genre de choses.

— Il n'y a personne d'autre, Emalie, dit-il sombrement. Geoffroi et moi sommes les derniers des Dumont… du moins jusqu'à ce que vous me donniez un fils.

— Souffre-t-il du même mal que celui qui vous a fait tant souffrir, monseigneur ? demanda-t-elle d'une voix qu'elle ne parvenait pas à adoucir.

Il recula d'un pas et la toisa de toute sa hauteur. Son corps s'était étoffé et ses muscles saillaient désormais sous sa tunique. Son corps irradiait chaque jour un peu plus une vigueur nouvelle, et de sentir cette force si près d'elle la troubla quelque peu.

— J'ai déjà dit que je ne voulais point vous parler de ce mal, madame. Que mon frère en soit lui-même atteint ne change rien à cette décision. Contentez-vous de le soigner comme vous l'avez fait avec moi.

Emalie pensa soudain qu'elle aurait dû lui révéler la vérité quand il était encore affaibli par la maladie. Maintenant qu'il avait recouvré ses forces, pensa-t-elle avec effroi, il était en mesure de lui faire du mal. Elle fit vivement une révérence et s'esquiva.

— Oui, monseigneur, je m'en vais quérir mes remèdes sans attendre.

Tenant fermement sa robe, elle traversa précipitamment le couloir sans prêter attention à tous ceux qu'elle croisait dans sa course et alla se réfugier dans le seul endroit où elle pourrait maîtriser son émoi et son inquiétude avant d'affronter de nouveau son mari.

— Tu as commis une grave erreur, mon frère.

Christian se retourna au son de la voix de Geoffroi.

— Je te croyais endormi, comment te sens-tu ? demanda-t-il en entrant dans la petite pièce et en s'approchant du lit.

— Pas aussi bien que toi, ce me semble. Tu dois te sentir beaucoup mieux si tu as la force de tourmenter une femme.

Il essaya de se redresser mais abandonna bien vite .

Comprenant qu'il avait pu tout entendre de sa dispute avec Emalie, Christian eut un petit sourire.

— En vérité, je me sens prêt à reprendre les combats et les joutes, et je suis sûr que ce sera bientôt ton tour.

— A condition que ton épouse me donne à boire une autre potion que celle qu'elle doit être en train de concocter à ton intention en ce moment, répondit Geoffroi en ébauchant un rire dolent qui réchauffa malgré tout le cœur de son frère. Est-elle vraiment ta femme ?

Pas totalement, pensa Christian sans répondre. Mais bientôt elle le deviendrait pour de bon, car son désir revenait en même temps que ses forces. Il avait beau douter encore de sa loyauté, il avait malgré tout follement envie d'elle, à tel point qu'il était tout à fait incapable de décider quelle place elle devait occuper dans sa vie.

Et comme il n'avait découvert aucun secret infamant sur son compte au cours de ses recherches, il pensait sérieusement à faire en sorte que leur mariage prenne enfin toute sa signification.

— En effet, le roi me l'a donnée en épousailles, et avec elle ses titres, ses terres et ses biens.

— Mais il n'a jamais été question de mariage au château d'Azure. Tu as simplement dit que tu devais accomplir une mission pour le roi et que, en échange, on nous rendrait notre liberté et notre honneur.

— Je n'avais aucune idée de ce que l'on attendait de moi en arrivant ici et j'ai été surpris tout autant que tu l'es à présent quand j'ai découvert qu'il s'agissait d'épouser une inconnue ! Allons ! Assez parlé de tout cela. Je suis venu m'assurer que tu reçois tous les soins nécessaires.

Geoffroi rit doucement à ces mots et dit :

— Ne vous inquiétez pas, monseigneur, je vais bien.

Puis, sérieusement :

— J'ai bien senti cependant, depuis ce lit, que tes mots avaient blessé ta femme jusqu'au tréfonds et je te conseille d'aller lui rendre visite.

— Je l'aurais blessée ? Allons donc ! Elle est un peu troublée par tous les changements que j'ai apportés ici, voilà tout.

— Christian ! Tu n'as jamais rien compris aux femmes !

— Et je te trouve bien jeune, mon frère, pour prétendre les connaître ! Allons, assez parlé, je reviendrai te voir tantôt.

Il remonta la courtepointe sur les épaules de Geoffroi et lui passa la main dans les cheveux affectueusement. Quel bonheur de l'avoir de nouveau auprès de lui !

Il sortit de la chambre, perplexe. Richard avait dit que Geoffroi ne pourrait le rejoindre avant plusieurs mois et voilà que, soudain, il était là avec lui ! La tête lui tournait. Dieu que ces Plantagenêt étaient retors ! Quelle sombre machination avaient-ils encore inventée ? Il n'arrivait pas à comprendre à quel jeu jouait Richard.

Son jeune frère avait peut-être raison. Il était possible que ses efforts pour prendre le contrôle de Greystone aient blessé Emalie bien qu'elle ait toujours su que dans les familles nobles, autant en Angleterre qu'en Poitou, les femmes apportaient les titres et les biens mais que c'étaient les hommes qui les administraient.

Il avait cependant entendu parler de l'éducation peu conventionnelle que son père lui avait donnée, la traitant comme un fils plutôt qu'une fille. Bien sûr, il ne lui avait pas imposé les exercices physiques auxquels on soumettait les garçons, mais il lui avait appris comment gérer les biens et diriger les hommes. Même le chapelain chantait ses louanges, ce qui ne s'était encore jamais vu ! Peut-être le temps était-il venu de lui rendre ses clés et de lui restituer les prérogatives qu'elle avait exercées jusqu'à son mariage. Il ne cesserait pas d'être maître des lieux pour autant, et continuerait de prendre toutes les décisions importantes, comme c'était son rôle de suzerain.

Il irait lui rendre visite plus tard et s'assurerait qu'elle avait une vision claire de la façon dont il voulait diriger les domaines. Et aussi de la tournure qu'il entendait donner à leur mariage, car était résolu à la faire enfin sa femme. Une fois qu'elle serait informée de sa décision et que leur union serait scellée, elle saurait à quoi s'en tenir sur sa place à Greystone, et tout serait parfait.

Ravi d'avoir mis un terme à ses atermoiements, Christian s'en fut chercher Luc pour se livrer avec lui à quelques assauts à l'épée.

10.

Elle était épuisée.

La journée avait été longue et elle avait décidé de rejoindre sa chambre très tôt et de prendre un bain chaud pour dissiper sa fatigue. Alyce avait tout préparé puis l'avait aidée à se déshabiller. Devant la cheminée qui irradiait une douce chaleur, elle brossait à présent la longue chevelure de sa maîtresse.

Cette dernière, pour sa part, s'efforçait de calmer le trouble qui l'agitait. Elle avait beau être recrue de fatigue et n'avoir pas eu récemment de problème pour trouver le sommeil, elle se sentait nerveuse, incapable de dormir. De la chambre de son mari lui parvenaient, à travers le mur, les éclats d'une conversation animée. Elle ignorait qui s'y trouvait à cet instant mais il lui semblait que c'était une assemblée d'hommes. Des rires s'élevèrent puis le silence retomba.

Des coups soudains à sa porte la surprirent. Sur son ordre, Alyce se leva pour ouvrir, mais Christian entra sans lui en laisser le temps. De la tête, il fit signe à la servante de sortir. A sa grande surprise, Emalie la vit s'exécuter sans même chercher à croiser son regard.

— Mon frère, Luc et sa femme en avaient après moi ce soir ! Maintenant c'est votre tour, dit-il d'un ton désinvolte.

Quand elle croisa son regard, elle y vit une lueur amusée.

— Quels griefs avaient-ils donc contre vous, mon bon seigneur ?

— Parlons d'abord des miens, madame !

Elle le vit s'approcher à pas lents, comme un fauve à l'affût, et un frisson parcourut sa nuque. Elle était incapable de bouger.

— Vous, monseigneur ?

Sa voix tremblait malgré elle.

Il lui prit les mains, l'attira contre sa poitrine puis, lui relevant le menton, la força à le regarder droit dans les yeux.

— Voilà déjà quatre semaines que nous sommes mari et femme et je n'ai toujours pas entendu mon nom tomber de vos lèvres. Emalie ! Dites-le, pour l'amour de moi ! intima-t-il d'une voix qui s'apaisait peu à peu, comme un murmure profond et impérieux, irrésistible.

— Christian, énonça-t-elle doucement.

— Dites-le encore !

Cette fois-ci, comme elle allait prononcer son nom, il posa ses lèvres sur sa bouche et l'embrassa. A l'instant même où elle croyait que le baiser allait s'achever, elle sentit sa langue se frayer un passage entre ses dents. Il ne prêta aucune attention à sa surprise et força son avantage. Une onde de chaleur montait en elle à chaque mouvement de sa langue, envahissant tout son être comme un torrent furieux.

Elle sentit ses doigts courir dans sa chevelure. Il enroula autour de ses poignets les longues boucles qui lui tombaient au bas des reins et resserra son étreinte tandis qu'elle faisait courir ses mains impatientes sur son torse. Il les saisit et les posa sur ses épaules, puis il l'enserra de ses bras et pressa son corps contre le sien.

Sa force l'étonna. Elle n'en avait pas le souvenir. C'étaient sans doute l'exercice et la bonne chère qui avaient insufflé en lui cette vigueur nouvelle.

Elle avait beau chercher à se maîtriser, son esprit battait la campagne. Son corps la trahissait. Les baisers ardents et voluptueux de son mari la rendaient folle. L'onde de chaleur montait en elle, irradiant du creux de son ventre humide et brûlant. Ses seins frissonnants lui semblaient lourds et douloureux. Elle éprouvait une sensation étrange, un désir furieux d'être caressée.

Comme s'il avait lu dans ses pensées, sa main s'insinua entre eux et effleura l'un de ses seins. Son corps se tendit, offert, et elle gémit lorsqu'il en saisit la pointe. La chemise diaphane n'offrait aucun obstacle à sa caresse.

Leurs bouches rivées l'une à l'autre, il dardait sa langue à petits coups, l'invitant délicatement à la prendre entre ses lèvres. Elle ne s'était jamais doutée qu'on puisse tirer tant de plaisir d'un simple baiser ! Une fois, Jean avait forcé sa langue entre ses dents, mais cela n'avait rien de comparable. A l'évocation de ce souvenir, elle frémit et chercha à se dégager.

— Ah ! ma douce Emalie..., murmura-t-il, laissez-moi...

Ses mots s'évanouirent dans un baiser une fois encore. Elle sentait ses doigts qui couraient sur son sein et chaque fois qu'ils en effleuraient la pointe, elle avait envie de hurler. A l'instant précis où elle sentit qu'elle ne pourrait plus retenir ses cris, sa main glissa vers l'autre sein. Elle crut défaillir.

Sa bouche quitta ses lèvres et commença à descendre le long de son cou tandis qu'il délaçait sa chemise. En un instant, elle fut nue jusqu'à la taille. Le froid qui régnait dans la pièce ne semblait pas tempérer les ardeurs de Christian. Quant à Emalie, la pointe de ses seins n'en était que plus dure. Il lui lança un regard passionné puis se pencha vers elle. Ses lèvres se posèrent sur ses épaules puis descendirent...

Sous la chaleur de son baiser, elle abandonna toute résistance. Il la souleva et la posa sur le lit.

S'agenouillant à côté d'elle, il fit glisser ce qui lui restait de vêtement et passa tendrement sa langue là où quelques instants plus tôt ses doigts avaient couru. Ses lèvres frôlèrent son cou, ses épaules, le doux renflement de ses seins. Elle gémit. Quand il se prit à en taquiner la pointe, son corps se raidit. Elle tenta une fois encore de contrôler les innombrables sensations qui l'envahissaient. Elle était sur le point de hurler. Elle agrippa la courtepointe, essayant de résister à cette chose qu'elle ne comprenait pas. Il leva la tête, abandonnant sa douce misssion, et dit :

— Pardonnez-moi, Emalie, de vous avoir fait du mal.

— Du mal, mon doux sire ?

De sa langue, il frôla de nouveau la pointe de son sein, le prit dans sa bouche, doucement d'abord, puis de plus en plus fort... Elle étouffa une plainte. Comment pouvait-elle avoir les idées claires en un tel moment ? Son nom ! L'appeler par son nom !

— Christian...

— Le sursis que je vous ai accordé nous a fait du mal à tous deux. Nous sommes encore comme des étrangers l'un pour l'autre, et je vous connais trop peu pour ne point vous blesser parfois.

— Me... me blesser ?

Comment pouvait-elle réfléchir ? S'il l'avait laissée respirer un peu, sans doute eût-elle pu, mais sa main était descendue vers son ventre palpitant et s'avançait doucement vers cette partie d'elle-même qui lui faisait le plus mal.

— Je sais combien il a pu vous être douloureux de me voir sans rien dire saisir vos terres et vos gens. C'est la tradition, bien sûr, mais vous aviez sans doute rêvé que les choses se passeraient autrement.

Ce n'était pas juste ! Ses lèvres l'affolaient et ses paroles la laissaient interdite. Elle n'avait aucune envie de penser. Qu'il apaise enfin son corps en feu ! Alors elle pourrait lui pardonner.

Ses doigts glissèrent vers le buisson de son ventre et elle retint son souffle, attendant sa caresse. Il dit encore :

— Je vous promets d'être plus courtois à l'avenir, Emalie, et de vous demander votre avis sur les affaires du domaine. Je...

— Caressez-moi, messire ! supplia-t-elle.

Elle pouvait à peine se retenir de gémir mais n'en avait cure. La fièvre de son désir était telle qu'elle ne pouvait plus attendre.

Il se dégagea un instant et fit glisser sa tunique. Elle tendit la main vers lui pour toucher son corps, mais il ne lui en laissa pas le temps : il embrassa de nouveau sa poitrine et elle sentit sa main glisser doucement vers son ventre. Sous la caresse, elle s'ouvrit à lui. Ses lèvres folâtraient encore sur ses seins et elle faisait courir ses doigts dans ses cheveux. Elle aurait voulu que cela dure toujours.

Ses effleurements, soudain, se firent plus précis, plus intimes, et, cette fois, elle ne put s'empêcher de crier. Les mains, les lèvres de son mari la rendaient folle, et son corps tremblant fut bientôt submergé par une vague de plaisir venue du plus profond d'elle-même. Le vertige de la passion embrumait son cerveau et elle le regarda prendre place entre ses jambes comme dans un rêve. Il souleva ses hanches, la fit s'ouvrir à lui. Elle avait abandonné toute prudence. Pantelante, le corps en feu, elle attendait qu'il la prenne enfin et que s'achève entre eux ce jeu cruel.

Son cœur battait à tout rompre et elle avait le souffle court. Il embrassa de nouveau ses lèvres et se pencha au-dessus d'elle. Elle le sentit se mettre en place et attendit pendant d'interminables secondes qu'il vienne en elle, guettant sa réaction.

Mais rien ne vint.

Les coups frappés à la porte se firent plus insistants et une voix de femme cria :

— Milady ! Milady !

— Allez-vous-en ! rugit Christian.

Comme un fauve qu'on aurait dérangé, se dit Emalie, à la fois troublée et réjouie par la fougue animale de son désir.

— Monseigneur ! Christian ! Es-tu là ? Viens vite, Geoffroi est au plus mal !

La voix de Luc eut sur Christian l'effet de la foudre. Il repoussa Emalie et se précipita à bas du lit, enfilant sa tunique à la hâte avant de se ruer vers la porte, la laissant nue, étendue sur la courtepointe. Il entrouvrit le battant et écouta en silence.

— Luc me dit que Geoffroi a eu une nouvelle crise et ne peut plus respirer. Pouvez-vous faire quelque chose ?

Elle avait déjà vu sur son visage passer la joie et la colère, et venait d'y voir brûler le feu de la passion. Ce qu'elle y lisait maintenant c'était la peur, une peur sans nom.

Toujours pantelante, elle saisit sa lourde chasuble qui gisait au pied du lit et s'en couvrit maladroitement en tremblant de tout son corps, essayant de rassembler en pensée les ingrédients dont elle allait avoir besoin. Christian ajusta précipitamment le vêtement sur elle.

— Courez, monseigneur, je vous rejoins à l'instant !

Il hocha la tête et ouvrit la porte. Quelques servantes tendirent le cou pour regarder à l'intérieur de la chambre, mais Alyce les chassa promptement, assignant à chacune sa tâche particulière. Emalie tenta de remettre un peu d'ordre dans ses cheveux tandis que sa femme de chambre achevait de l'habiller. Elle fut bientôt prête et sortit escortée de sa camériste.

Il régnait un grand tumulte à l'entrée de la chambre du jeune homme et les nouveaux arrivants étaient présents en nombre. Alyce annonça sa maîtresse d'une voix tonitruante, lui frayant un chemin à travers la petite foule. Geoffroi toussait encore et son visage cyanosé était effrayant. Il tentait bien de reprendre son souffle entre deux accès, mais elle pouvait voir que les spasmes qui secouaient sa frêle poitrine ne lui apportaient pas le répit qu'il cherchait désespérément. Elle s'approcha de lui mais Christian refusa de s'écarter.

— Monseigneur, il faut me laisser le soigner.

— Sauvez-le, Emalie, par pitié !

Elle fut surprise de l'entendre prononcer son nom ; cette familiarité n'était pas dans ses habitudes. L'une des servantes arriva, portant son coffret, et elle se mit au travail. A ses côtés, Christian répondait prestement en silence aux ordres qu'elle lui donnait quand elle avait besoin d'aide, refusant de laisser quiconque s'approcher de son frère.

En quelques minutes, Emalie parvint à apaiser un peu la toux de Geoffroi et à faire revenir les couleurs de la vie sur ses joues. Quand il put s'asseoir dans le lit, elle versa de l'eau bouillante sur des feuilles de houx et de roses trémières qu'elle avait écrasées et lui en fit inhaler les vapeurs odorantes.

Geoffroi put bientôt respirer de nouveau librement et elle prépara une potion à base d'herbes séchées qu'elle mélangea avec un peu de vin chaud, pour lui permettre de dormir en paix. Il faudrait veiller à lui en administrer une nouvelle dose avant la nuit. A ce régime, la toux devrait se calmer en quelques jours.

Le jeune homme était trop faible pour ne pas s'abandonner aux soins d'Emalie, peut-être même n'avait-il plus envie de lutter pour sa vie. Il s'endormit vite et l'on n'entendit plus dans la pièce que le feu qui craquait dans l'âtre. Assise à son côté, la jeune comtesse observait le mouvement régulier de sa respiration, heureuse d'avoir pu apporter un peu de repos à son corps torturé.

— Venez, madame, allons-nous-en. Je vous raccompagne à votre chambre, dit Christian en lui tendant la main.

L'idée de devoir reprendre les choses au point où ils les avaient laissées entre eux ne lui souriait guère, mais elle avait en outre un désir sincère de rester auprès de Geoffroi et de veiller sur lui. Elle fit non de la tête.

— Monseigneur, permettez-moi de rester encore un peu à son chevet.

— Vous avez l'air éreinté, Emalie. S'il a besoin de vous pendant la nuit, on vous fera appeler.

— Monseign... Christian, je vous en supplie ! Si une nouvelle crise survient et qu'on doit venir me chercher, nous courons le risque que j'arrive trop tard. Laissez-moi le veiller jusqu'à ce que je sois certaine que les herbes auront fait leur effet.

Il sembla hésiter un instant puis, d'un hochement de tête désabusé, il céda aux prières de sa femme. Tous se retirèrent et elle resta seule. La nuit s'annonçait calme.

11.

Il était dans la chambre haute, en train de discuter avec Luc des besoins militaires de Greystone lorsqu'on vint le chercher. A sa grande surprise, la servante lui dit qu'on réclamait sa présence dans les appartements de la comtesse, sans plus de précisions. Et non dans la chambre de Geoffroi.

Il se précipita dans l'escalier et courut jusqu'à la chambre d'Emalie, suivi de son compagnon.

— Place ! hurla-t-il hors d'haleine en arrivant à la porte.

La petite foule qui encombrait le couloir s'écarta vivement et Alyce apparut sur le seuil.

— Comment va-t-elle, Alyce ? Que s'est-il passé ?

— Elle s'est évanouie en rentrant de la chambre de votre frère, milord. C'est sir Walter qui l'a portée céans.

— Avez-vous fait appeler quelqu'un ? C'est elle qui fait office de médecin à Greystone, qui va s'occuper d'elle ? implora Christian, les yeux fous.

— J'ai fait chercher une femme du village, milord, elle est ici.

Il s'avança vers la porte, mais Alyce lui barra le chemin et Luc le retint par le pan de sa tunique.

— Accordez-lui un peu de temps, milord. Quand elle en aura terminé, elle sortira.

— Les soins qu'Emalie a prodigués à mon frère l'auront épuisée. Elle va se remettre, j'en suis sûr, dit-il comme s'il cherchait à s'en convaincre lui-même.

Un bruit de voix se fit entendre derrière la porte et il fut rassuré. Elle était éveillée. Tout cela était sa faute. D'abord il lui avait fait découvrir le plaisir des sens en abusant de son innocence, et ensuite il lui avait demandé de sauver la vie de son frère. C'était trop en si peu de temps pour une jeune femme.

La porte s'ouvrit. Une vieille femme efflanquée et grise en sortit et tira le battant derrière elle. Elle chercha Christian des yeux et, quand elle le vit, lui fit un signe de la tête. Elle était si maigre qu'il se demanda comment elle pouvait être guérisseuse.

— Je m'appelle Enyd, milord, dit-elle en s'inclinant un peu, pour vous servir.

— Est-elle souffrante ? demanda-t-il en désignant la porte des yeux.

— Ni plus ni moins que les autres femmes quand elles sont grosses, milord. Il lui faut du repos et tout ira bien. Je reviendrai la voir dans deux semaines.

— Grosse ? s'étonna-t-il.

Il savait ce que ce mot signifiait mais il ne pouvait s'appliquer à la situation présente. Ils étaient mariés depuis quelque temps déjà, certes, mais jusqu'à hier n'avaient jamais mêlé leurs corps.

— Grosse ? répéta-t-il.

— Félicitations, milord ! Milady est forte et pleine de santé, elle vous donnera de beaux héritiers.

Sur ces mots, Enyd s'éloigna.

Christian se tourna vers Alyce. Elle au moins saurait de quoi il retournait ! Mais, à la faveur de l'émoi qu'avaient provoqué les paroles de la guérisseuse, celle-ci s'était glissée dans la chambre de sa maîtresse. Soudain, Luc lui donna dans le dos une tape amicale, le congratulant avec ferveur. Mais il ne réagit pas.

Elle était enceinte.

Et cet enfant ne pouvait être le sien.

Il lui sembla que les murs s'étaient mis à tanguer et que sa tête était prise dans un étau. Il eut un éblouissement et dut s'appuyer contre la pierre pour garder l'équilibre.

Elle l'avait trompé.

Elle s'était donnée à un autre et portait maintenant en elle la preuve de son crime.

A cause d'elle, sa famille et lui-même allaient devoir subir de nouveau l'humiliation et l'opprobre. Tout son être lui criait qu'il fallait absolument agir pour sauver son honneur et il sentait monter en lui le flot irrésistible de la colère.

— Christian, qu'y a-t-il ? La sage-femme a dit que tout allait bien ! dit Luc qui cherchait à calmer son compagnon sans comprendre ce qui causait sa stupeur et son émoi.

S'il donnait libre cours à sa rage, tous sauraient. Vite ! Il fallait fuir loin d'ici avant qu'elle le submerge. Il se dégagea de l'étreinte de Luc et se rua dans les escaliers pour quitter le donjon. Dans les écuries, il cria qu'on lui selle un cheval et, quelques minutes plus tard, il franchit le pont-levis ventre à terre dans une direction inconnue, sans s'inquiéter de revêtir une cotte de mailles ou de se munir d'une escorte. Il n'avait qu'une seule idée en tête.

Emalie portait l'enfant d'un autre.

Ses plus sombres pressentiments se voyaient confirmés. Il avait eu raison de lui ôter ses prérogatives et de prendre le contrôle de Greystone. Il avait eu raison de se méfier et de faire venir des gens à lui pour diriger le domaine.

Toutes ses questions sans réponses lui vrillaient le cerveau, et il chevaucha longtemps vers le nord sur un chemin troué d'ornières profondes, retenant à grand-peine son cheval écumant, jusqu'à ce qu'à bout de forces il se décide à mettre pied à terre avant que sa monture ne s'effondre. Il continua à pied en suivant une rivière pour laisser l'animal se reposer un peu, et arriva enfin sur les bords d'un lac. Son corps exténué le faisait affreusement souffrir mais sa colère ne l'avait pas quitté pour autant.

Tout s'éclairait.

Aliénor savait. Richard aussi, peut-être, mais c'était Aliénor qui avait manigancé toute l'affaire. Les mots qu'elle avait prononcés le soir de leurs noces lui revenaient à présent : « *Puisque aucun de vous deux ne s'avisera de contester ce mariage...* » Ce n'était pas un conseil, ni même une prédiction, c'était un ordre ! La reine était sans doute la plus retorse des Plantagenêt.

Le roi avait peut-être partie liée avec elle mais, en tout état de cause, elle s'était servie de lui. Dans quel but, il l'ignorait, mais un nobliau comme lui ne pouvait rien entendre aux desseins et aux complots de la famille royale. Aliénor, Richard et Jean se haïssaient et dans le même temps se tenaient les coudes sans faillir, au gré de leurs alliances et de leurs mésententes.

Christian tira sur les rênes et guida son cheval vers le bord de l'eau afin qu'il puisse s'abreuver puis mit un genou à terre et s'aspergea le visage avant de boire un peu dans le creux de sa main. Reprenant lentement son souffle, il entrava l'animal et s'assit sous un arbre.

Et Emalie ? Quelle part avait-elle prise dans cette affaire ? Et de qui portait-elle l'enfant ?

L'ironie de la situation lui arracha un rire amer. Il avait vendu son âme au diable pour sauver son honneur et celui de sa famille et voilà que de toute façon, dès qu'on saurait la vérité, il serait bafoué de nouveau. L'opprobre et la honte seraient son lot car cette situation ne pouvait mener qu'au désastre. Il était en grand danger, et son frère avec lui.

Il avait découvert, ou presque, en quoi sa femme et Jean avaient partie liée mais ne pouvait en faire état à Richard, quelle dérision ! Il riait franchement maintenant. Il avait la certitude que Jean était pour quelque chose dans le déshonneur de sa femme. Peut-être même était-il le père de l'enfant.

Et maintenant ? Il jouait machinalement avec les herbes hautes autour de lui, les arrachant et les entortillant autour de ses doigts sans y penser. Devait-il suivre les ordres d'Aliénor et conserver le silence sur la faute d'Emalie ? Il faudrait alors garder l'enfant qu'elle portait et le reconnaître. Et, si c'était un mâle, en faire son héritier.

S'il révélait son indignité, il en serait éclaboussé à son tour et se verrait forcé de la répudier et de prendre une autre femme car son infortune n'aurait plus de secret pour personne. En conséquence de quoi il perdrait sans doute tous ses droits sur Greystone, quoique le roi puisse décider de lui en laisser une partie. Après tout, ses terres lui avaient été prises, puis rendues sur un ordre de Richard.

Il se leva et essuya la terre et l'herbe qui maculaient ses vêtements. C'en était trop ! Toutes ces semaines passées à travailler, à parlementer, à négocier pied à pied, tout cela était mis en péril à cause de la faiblesse d'une femme ! Une traîtresse qu'il allait trouver en face de lui dès son retour et qui tenait son sort, et celui de son frère, entre ses mains.

Il détacha la lanière qui entravait son cheval, puis se remit en selle et rebroussa chemin en direction du château. Il verrait Emalie et affronterait la vérité, quelle qu'elle soit. Ensuite, il déciderait de la marche à suivre. Sa vie et son honneur étaient toujours en péril, mais, quel que soit son choix, il ne pourrait éviter d'entrer dans le jeu pervers des Plantagenêt. Personne d'autre qu'eux-mêmes ne pouvait en sortir vainqueur de toute façon, et cette seule pensée lui donnait la nausée.

Elle arpentait nerveusement sa chambre, morte d'inquiétude. Elle avait essayé de prier ou de se mettre à son ouvrage, mais en vain. Elle avait plus peur de lui maintenant que lors de leur nuit de noces et se reprochait amèrement sa lâcheté d'alors car elle l'avait menée là où elle en était à présent. Elle attendait son retour, et son châtiment.

Les rumeurs au château n'avaient pas encore établi un lien définitif entre son départ à bride abattue sur une monture d'emprunt et la découverte de son infortune. Le bruit courait qu'il s'était enfui parce qu'il ne pouvait supporter de voir sa femme malade. D'autres laissaient entendre que cette maladie était bien étrange et qu'il supporterait encore moins d'en connaître la nature. A Greystone, on n'aurait pas parié un liard sur l'éventualité d'un refroidissement. La venue d'Enyd au château avait réglé définitivement la question.

Elle resta enfermée dans sa chambre, prétextant une migraine persistante. Le silence et le départ précipité de Christian l'avaient atterrée et elle avait demandé à Walter et à Luc d'aller à sa recherche, mais comme ils étaient partis depuis plusieurs heures déjà, cette attente la rendait folle.

Elle entendit un brouhaha dans la cour et se pencha à sa fenêtre juste assez pour voir sans être vue, au moment même où Christian entrait dans la cour, escorté de deux écuyers. Ils semblaient frais et dispos et un valet vint prendre les rênes de leurs chevaux. Sans prêter attention à ceux qui étaient venus pour l'accueillir, Christian s'avança vers le donjon et leva les yeux vers la fenêtre où elle se tenait. Il ne pouvait la voir, elle en était certaine, mais un frisson glacé la parcourut néanmoins. Il savait qu'elle le regardait.

Emalie traversa la pièce, prit place dans l'une des hautes chaises qui jouxtaient l'âtre et attendit. Elle but un peu d'une infusion qu'elle s'était préparée pour tenter d'apaiser son angoisse. La tempête qui se préparait serait effroyable, et il valait mieux être aussi calme que possible pour l'affronter.

Les minutes passèrent, interminables, et soudain, sans qu'aucun bruit ait pu faire deviner sa présence, elle le vit là, debout sur le seuil. Elle n'avait rien à gagner à se rebiffer, aussi le regarda-t-elle s'approcher lentement sans un geste. Un bruit métallique la surprit. Il avait des clés dans la main. *Ses clés.* Christian fit quelques pas et s'arrêta devant elle, le bras tendu.

— J'avais pensé vous rendre ceci la nuit dernière, après que Luc et mon frère m'avaient admonesté pour ma conduite envers vous. Je pensais qu'il était temps de vous rétablir dans vos prérogatives car il est bon qu'une suzeraine les exerce, et tout particulièrement quand elle a vos qualités.

Elle eut soudain l'envie de les prendre dans sa main mais le regard glacé de son mari l'en dissuada. La colère qui y brûlait la fit trembler de terreur.

— En vérité, je me suis reproché de ne pas vous avoir demandé votre avis.

Il fut secoué d'un rire cruel et leva la main. Pensant qu'il allait la frapper, elle ferma les yeux et attendit les coups. Le fracas des clés qui s'écrasaient contre le mur derrière elle la fit sursauter.

— Vous auriez dû me laisser vous convaincre le soir de nos noces, madame ! Par Dieu ! j'étais si mal en point que je n'aurais sans doute jamais rien su de vos péchés !

Elle avait du mal à soutenir son regard brûlant de rage, mais elle n'arrivait pas à détourner les yeux. Il la saisit par les épaules et la força à se lever puis, comme s'il ne supportait plus de la toucher, laissa retomber ses mains et recula.

— Est-ce qu'Aliénor savait quand elle m'a fait venir ? demanda-t-il d'une voix dont le calme apparent cachait mal la fureur palpable qui bouillait en lui.

— Elle savait que c'était dans le domaine du possible, monseigneur. C'est pourquoi elle vous a fait mander en toute hâte.

— Ainsi donc elle était au courant et a décidé sciemment de cacher votre indignité à celui qu'elle avait choisi pour vous épouser ?

— Ce me semble, monseigneur.

— Connaissait-elle le nom de celui à qui vous avez fait don de votre vertu ?

Elle luttait désespérément pour calmer sa colère. Certes, elle avait pris quelques décisions hasardeuses pour demeurer comtesse de Harbridge, mais jamais au grand jamais elle n'avait mis son honneur en péril ni fait don de sa vertu ! Elle se mordit la langue pour retenir les mots dans sa gorge.

De nouveau il s'approcha d'elle et réitéra sa question :

— Aliénor connaissait-elle le nom de celui qui vous a fait ce bâtard ?

Elle blêmit sous l'insulte. La situation était déjà horrible et il venait en rajouter avec des mots blessants.

— Oui, monseigneur, elle le connaît.

— J'aimerais bien connaître le nom de celui qui s'est couché sur vous avant moi, madame.

Elle garda le silence. Il avait décidé d'être ordurier mais elle ne s'abaisserait pas jusque-là.

— Son nom, Emalie, dites-moi son nom !

Elle aurait voulu se jeter à ses pieds et implorer son pardon, mais, résistant à cette impulsion, elle respira profondément et se força à se souvenir qu'elle n'avait pas voulu ce qui était advenu et que, dans la situation présente, elle était la victime, au moins autant que lui.

Elle hocha la tête, refusant de répondre.

— Avez-vous accueilli tant d'hommes dans votre lit que vous ne savez plus de qui vous portez l'enfant, comme une vulgaire p...

La gifle les surprit tous les deux. Elle ne se souvenait pas d'avoir levé la main pour punir l'insulte, mais la marque sur son visage et la brûlure de sa main attestaient sans détour qu'elle l'avait frappé.

— Je suis comtesse de Harbridge et n'ai jamais manqué à mes serments, monseigneur. Sachez que ce malheur est advenu avant notre mariage, avant même que je connaisse votre existence et vous rencontre, je ne vous en dirai rien de plus.

Il s'esclaffa, incrédule.

— Un malheur ? grogna-t-il en montrant les dents.

— J'ai sans doute pris de mauvaises décisions, mais ce qui m'est arrivé, on me l'a fait contre ma volonté, rétorqua-t-elle, luttant de toutes ses forces pour parler d'une voix égale afin de ne pas l'irriter davantage.

— On vous aurait violée ? Et vous voudriez me faire croire que votre vertu vous a été volée, et non que vous l'avez abandonnée délibérément ?

Il se détourna et alla s'appuyer contre la table. Il se servit une coupe de vin et la but d'un trait avant de se retourner vers elle, attendant qu'elle réponde.

— J'ai bien peur que vous ne croyiez pas un mot de ce que je pourrais vous dire à ce sujet, monseigneur.

— C'est juste, madame, ce ne l'est que trop ! répondit-il en s'approchant. Je ne comprends pas encore très bien quel jeu nous jouons ici, ni qui dirige la partie. Je ne suis qu'un pion dans tout ceci et plus le temps passe et moins j'y vois clair.

Elle sentit la colère le quitter brusquement. Il fut soudain comme submergé par la lassitude et elle comprit qu'il n'était plus une menace pour elle. S'avisant qu'il n'était pas encore totalement remis de sa maladie, elle fut sur le point de le toucher mais il eut un mouvement de recul instinctif.

— Je ne veux plus entendre un mot là-dessus, madame, une fois que j'aurais franchi le seuil de cette chambre. Je ne dirai rien qui puisse laisser penser que je ne suis pas le véritable père de cet enfant, et vous non plus.

Elle en resta muette. Elle s'était attendue à ce qu'il la confonde et la châtie. Il pouvait même la faire mettre à mort, car c'était le châtiment réservé aux femmes infidèles. Jamais elle n'avait imaginé qu'il puisse accepter la situation.

— Pourquoi, monseigneur ?

— Parce que toute autre attitude exposerait ma famille et mon nom à la honte et au déshonneur, et que j'ai payé trop cher le droit de les en laver pour les menacer de nouveau en demandant l'annulation de ce mariage, ou même un divorce.

Elle acquiesça, bouche bée.

— Conduisez-vous toujours comme il sied à mon épouse, et ne me donnez plus jamais l'occasion de douter de votre fidélité.

Elle allait lui en faire le serment, mais il l'arrêta d'un geste de la main.

— Vous ne quitterez jamais ce donjon ni ce château sans escorte. Des gardes et une femme de chambre veilleront sur vous jour et nuit et ne vous laisseront seule qu'avec moi.

Prisonnière. Elle était prisonnière dans son propre château.

— Monseigneur, que puis-je faire pour vous convaincre que ces dispositions sont inutiles ?

— Dites-moi son nom.

A son tour elle recula. Impossible. Même pour recouvrer sa liberté. Si elle laissait ce nom passer la barrière de ses lèvres, il les marquerait pour toujours de son empreinte et causerait plus de dégâts encore qu'il ne l'avait déjà fait. C'était justement parce qu'elle avait refusé d'avouer que sa vertu lui avait été volée, que ses gens avaient été sauvés et qu'ils avaient pu accueillir la reine sains et saufs et se mettre sous sa protection. Il n'était pas question de les trahir maintenant.

Bien sûr, tout bien considéré, elle n'était pas certaine que le choix d'Aliénor eût été le bon, mais elle avait fait confiance à la reine et à sa grande expérience pour lui indiquer le bon chemin, et si elle pensait que le comte de Langier pouvait apporter davantage à Greystone que son propre fils, eh bien, elle n'avait pas de raison de la contredire.

— Tels sont mes ordres, s'exclama-t-il en ouvrant la porte, découvrant aux regards un groupe de soldats en faction.

Puis, avant qu'Emalie fasse un geste, il s'approcha tout contre elle et murmura à son oreille :

— Quand la nouvelle de votre grossesse se sera répandue dans Greystone, je ne veux plus en entendre parler avant que vous ne donniez le jour à l'enfant que vous portez. Je déciderai de votre sort, et du sien, quand ce sera fait.

Elle chancela à ces mots. La colère était revenue dans le regard de son mari et elle ravala les larmes qui lui brûlaient la gorge en gardant humblement les yeux à terre.

Alors qu'il quittait la pièce, elle l'entendit ramasser les clés sur le sol et les passer à sa ceinture, et leur tintement résonna comme un rire cruel. « Il le fait exprès », se dit-elle avec rancœur.

12.

— Milady ?

Debout derrière elle, Marie, sa nouvelle femme de chambre, murmurait à son oreille. Comme le lui avait ordonné le comte, elle passait tout son temps aux côtés d'Emalie. Alyce était toujours à son service, mais Marie surveillait le moindre de ses gestes et aucun des mots qu'elles échangeaient ne lui échappait. Elle rendait compte de tout à Christian. Pour toute consolation, la jeune recluse se disait que son mari devait s'ennuyer à périr au récit de ses faits et gestes, comme elle dans son donjon.

Elle interrogea Marie du regard.

— Milord suggère que vous regagniez vos appartements, milady.

Emalie leva les yeux vers son mari par-dessus la table et vit qu'il la regardait intensément. Il n'était pas encore tout à fait ivre, mais le serait bientôt, comme tous les soirs désormais. Il avait pris l'habitude de rester à table longtemps après son départ et de boire jusqu'à plus soif. La rumeur courait — elle pouvait confirmer que ce n'était pas qu'une rumeur pour avoir assisté à la scène cachée derrière une porte — qu'une jeune servante, Lyssa ou

Belle, l'accompagnait parfois jusqu'à sa chambre. Il sortait alors dans un grand vacarme en prenant bien soin qu'on l'entende et regagnait ses appartements au milieu des rires et des éclats de voix. Quoi qu'elle fasse, elle ne pouvait pas échapper au bruit qui traversait l'épaisseur des murs de pierre.

Ce soir-là, elle ne parvenait pas à se convaincre qu'il valait mieux que les choses se passent ainsi. Ses gens savaient que leurs relations étaient quelque peu tendues et cela faisait longtemps déjà qu'Alyce avait commencé à la mettre en garde. Qu'ils étaient loin ses rêves ! jamais elle n'avait imaginé vivre ainsi.

— Milady ? répéta Marie.

— Je n'ai point encore envie de me retirer, Marie, répondit-elle en haussant la voix pour qu'il l'entende.

— Mais, milady…

— Monseigneur, je vous remercie de votre sollicitude, mais je ne suis point encore prête à regagner ma chambre, ajouta Emalie en s'efforçant d'effacer de sa voix tout ce qu'il pourrait prendre pour un défi. J'ai envie d'aller faire quelques pas dehors.

— Allez, madame, votre escorte va vous accompagner.

Elle avait tenté sa chance car, après tout, cela faisait des jours qu'elle n'avait pas le droit de sortir du donjon sauf pour se rendre à la chapelle. Il lui avait refusé la permission de travailler au jardin ou dans son laboratoire, et même de rendre visite à Geoffroi. Elle se leva, quitta la table et rejoignit l'escalier en traversant la grande salle.

— Par ici, milady, dit Marie en lui indiquant la porte qui menait à la cour.

Emalie marqua le pas et lui fit face.

— Vous pouvez me servir selon les directives du comte et lui rapporter tous mes faits et gestes, mais ne me donnez pas d'ordres. Tenez-vous à votre place et n'oubliez pas qui je suis.

La réprimande fit s'esclaffer l'un des gardes et Marie rougit violemment.

— Mais il m'a dit..., chevrota-t-elle.

— Le comte m'a autorisée à faire quelques pas, sans préciser le lieu. Je vais où je veux. Maintenant, vous pouvez me suivre comme je vous l'ai ordonné, ou bien retourner lui dire où je suis allée. A vous de choisir.

Elle regretta de s'être emportée mais elle était à cran. Sans un regard, elle s'élança dans l'escalier et monta les étages jusqu'à la porte qui menait aux remparts. L'un des soldats qui l'accompagnaient passa devant elle et poussa le battant. Elle s'avança sur le chemin de ronde et en fit le tour d'un pas vif, perdue dans ses pensées.

Comme elle s'apprêtait à entamer une nouvelle pérégrination autour des remparts, elle jeta un regard vers son escorte. Marie était transie et les gardes semblaient morts d'ennui.

— Vous pouvez rester dans la salle de garde si le cœur vous en dit, inutile de me suivre, dit-elle à Marie. Je ne puis disparaître à votre vue nulle part. Demeurez ici, ajouta-t-elle comme celle-ci faisait mine d'ergoter.

Marie devait ressentir vivement la morsure du froid car elle ne se fit point prier et resta à l'abri. Emalie s'éloigna, respirant un peu mieux à chaque pas. Elle rejoignit l'endroit où le vent battait toujours les remparts avec le plus de violence et s'abandonna à ses assauts furieux. La tension qui l'habitait sembla fondre comme neige au soleil et, comme toujours, elle sentit les rafales semer joyeusement le désordre dans l'architecture stricte de sa chevelure. C'était une sensation délicieuse.

Elle regarda au loin et s'émerveilla à la vue des champs d'orge et de blé. Ce serait bientôt le temps des moissons et, pour ce qu'elle en avait entendu dire, la récolte s'annonçait abondante. Tous les ans, les surplus de Greystone étaient répartis entre ses autres domaines et chacun pouvait ainsi manger à sa faim.

Cette année cependant, elle n'aurait aucune part dans tout cela. Elle n'avait pas été invitée à participer à l'administration de Greystone. Savait-il qu'il fallait agrandir la grange du village ? Fitzhugh lui avait-il suggéré les aménagements nécessaires, comme il le faisait toujours avec elle ? Est-ce qu'il prêtait seulement l'oreille aux idées qui n'étaient pas les siennes ?

Elle se sentit de nouveau impuissante et se tourna face au vent. Elle ne pouvait supporter d'être inutile, il fallait qu'elle trouve quelque chose à faire avant qu'il ne soit trop tard, ce qui ne saurait tarder car son corps avait commencé à se transformer. Elle sentait que dès que Christian verrait sur elle les signes de la grossesse, sa colère en serait décuplée et il l'enfermerait encore plus.

Elle passa les mains sur son ventre, essayant de sentir la différence. Ses seins s'étaient alourdis, mais hormis cela elle n'avait rien remarqué. Elle avait eu la nausée une fois ou deux au réveil et quelques étourdissements passagers à l'occasion mais c'étaient bien là les seuls symptômes. La sage-femme avait dit que tout se passait bien et que l'enfant naîtrait à la fin de l'hiver.

Sa promenade l'avait apaisée et lui avait rendu un peu de sa vigueur, aussi décida-t-elle de regagner sa chambre. Arrivée à la salle de garde, elle se souvint que Geoffroi n'avait pas réapparu au dîner et demanda à l'un des soldats :

— André, comment se porte le frère de milord ?

Il tourna son regard vers son compagnon puis de nouveau vers elle.

— Va-t-il bien ? Il devrait avoir quitté sa chambre et ne plus se priver de rien à cette heure.

Le silence des gardes et les regards qu'ils échangeaient ne lui disaient rien qui vaille. Il fallait qu'elle en ait le cœur net, et tout de suite. Sachant qu'ils essayeraient de l'en empêcher, elle s'élança vers la porte du donjon et se précipita dans l'escalier en tenant sa robe du mieux qu'elle pouvait, augmentant l'allure quand, entre deux étages, elle entendit sur ses talons les pas des soldats qui tentaient de la suivre en pestant contre elle.

Ils la rattrapèrent juste comme elle arrivait devant la porte de la chambre du jeune homme.

— Milady ! cria André en la saisissant par le bras, vous n'avez pas le droit d'entrer dans cette chambre !

— Ce sont les ordres du comte ! brailla l'autre en prenant son bras libre.

Elle était trop abasourdie pour se débattre. Mais soudain, une autre voix se fit entendre au milieu du vacarme et sir Walter se jeta sur les gardes en rugissant :

— Lâchez-la ! Vous n'avez pas le droit de porter la main sur elle !

Gaétan se dégagea pour se défendre et André la jeta à terre. Elle tenta de se protéger de la bataille en rampant pour se mettre hors d'atteinte, horrifiée à la vue du sang.

— Halte !

Christian avait hurlé son ordre, mais il fallut un moment pour que le calme revienne. Il se tenait sur le seuil de la chambre, les mains sur les hanches. La voyant étendue sur le sol, il se précipita vers elle et l'aida à se relever avec un empressement qui l'étonna. Mais il lâcha vivement son bras dès qu'elle fut sur pied.

— Que se passe-t-il ici, Gaétan ? Comment est-il possible que la comtesse se retrouve au milieu d'une rixe ?

Il croisa les bras et attendit la réponse de son sbire.

— Elle nous a échappé et voulait entrer dans la chambre de votre frère, milord.

— Elle ? Je te ferai parler de ta maîtresse sur un autre ton ! cria Walter en défiant le soldat du regard.

Gaétan bredouilla mais Christian lui intima de se taire.

— Sir Walter, que faites-vous céans ?

— Je retournais à la grande salle quand j'ai vu ces deux-là porter la main sur milady. J'ai essayé de les en empêcher.

— Et s'ils avaient agi sur mon ordre ? Que répondez-vous à cela ? dit Christian plus doucement.

— Je doute que vous désiriez voir milady malmenée par ceux-là même que vous avez chargés de la protéger, milord.

La fureur qui se lisait dans ses yeux était palpable et elle eut peur que Christian ne prenne des mesures contre lui.

— C'est juste, en effet, sir Walter. Ils auront mal compris mes ordres. Je me propose d'ailleurs de vous réunir tous et de vous les expliquer moi-même.

Sur un signe de Christian, les trois hommes et Marie s'éloignèrent et ils se retrouvèrent seuls face à face dans le couloir.

— Je ne savais pas que vous aviez interdit qu'on me laisse le voir, monseigneur.

— Et si vous l'aviez su, auriez-vous suivi mes ordres ou les auriez-vous défiés ?

Il avait parlé d'une voix calme, mais pas moins effrayante que s'il avait hurlé.

— Je veux soigner votre frère, monseigneur, je n'ai nul désir de braver vos décisions.

— J'aimerais vous croire, madame, mais je me défie de vous et ne vous laisserai point seule en présence d'un homme. Marie et les gardes resteront avec vous.

Elle acquiesça humblement.

— Puis-je le voir, maintenant ? insista-t-elle, toujours décidée à savoir comment se portait Geoffroi.

— Non, madame, il dort et je ne souhaite point qu'on le dérange, répondit-il en lui offrant son bras. Venez avec moi. Je tiens à vous accompagner à vos appartements avant de parler aux gens du château.

Elle refusa son bras et croisa les siens sur sa poitrine.

— Il ne devrait point dormir, monseigneur, il est jeune et, à cette heure, il devrait plutôt être en train de poursuivre les filles pour leur voler un baiser.

— Que savez-vous des jeunes gens et de ce qu'ils font à leur âge ? grinça-t-il en riant. Ah ! Votre amant était-il jeune ? Vous a-t-il entraîné dans quelque alcôve et supplié de le laisser vous embrasser ?

Et son rire s'acheva sur un sourire féroce.

Elle soupira, consciente que cette chose-là viendrait toujours se placer entre eux, et qu'il ne servirait à rien de lui révéler le nom de cet homme car cela n'apaiserait pas sa colère.

— Monseigneur, je vous conjure de me laisser le voir. Les remèdes que j'avais préparés pour lui auraient dû le remettre sur pied et le rendre à une vie normale. Il devrait déjà manger et boire comme tout un chacun, supplia-t-elle en posant la main sur son bras.

L'inquiétude fut la plus forte et il acquiesça de la tête, comme elle s'y était attendue. Il s'écarta pour la laisser entrer la première dans la chambre de Geoffroi.

— J'ai besoin de mes herbes, monseigneur, et j'aurai sans doute besoin que Timothy vienne m'aider.

Elle s'approcha de l'âtre et plaça une bouilloire sur le feu puis, retroussant ses manches, elle prit un linge, le trempa dans une bassine d'eau froide qui se trouvait sur la table et s'en servit pour essuyer la sueur qui perlait sur le front du jeune homme.

Elle savait que Christian était en train de se demander s'il pouvait lui permettre d'agir, mais elle savait aussi que la vie de son frère lui était plus chère que tout. Il n'en avait jamais rien dit, mais tout dans ses actes et ses paroles l'en avait convaincue.

— J'envoie chercher votre coffret et Timothy. Puis-je vous laisser seule un instant ?

Elle opina sans le regarder et entendit la porte s'ouvrir. Réalisant que ce serait sans doute la seule occasion d'aborder seule à seul avec lui un autre sujet qui lui tenait à cœur, elle se retourna et l'appela :

— Monseigneur ? Vous allez présider la cour demain, n'est-ce pas ?

— En effet.

— J'ai entendu dire que Nyle le charron vous avait demandé l'autorisation de se marier une nouvelle fois. Comptez-vous la lui donner ?

— Je ne sache point que cela vous concerne, madame, mais oui, j'en ai l'intention.

« Je ne sache point que cela vous concerne » ! Elle trouva pathétique sa façon d'essayer de la remettre à sa place.

— Ses deux premières épouses sont mortes fort jeunes, monseigneur.

— En couches, je suppose ? dit-il en hésitant un peu sur ces mots.

— Non, monseigneur, leur mort a plutôt à voir avec les coups qu'il leur a donnés. A votre place, je ne condamnerais pas une jeune fille à devenir sa prochaine victime.

— Mais les parents de la demoiselle ont consenti à ce mariage.

— C'est que Nyle sait y mettre le prix lorsqu'il achète une épouse, et le silence de sa famille en cas de malheur.

— Je vais y réfléchir, répondit-il d'un air pensif en s'apprêtant à sortir.

— C'est tout ce que je demande, monseigneur.

Il se tourna vers elle et la regarda étrangement. Ses paroles semblaient l'avoir surpris, mais elle eut le sentiment qu'il appréciait son attitude. Il sortit sans plus attendre.

Elle passa les deux nuits et les deux jours suivants à lutter au chevet de Geoffroi, essayant de desserrer l'étreinte du mal qui tenaillait son corps émacié.

« C'est tout ce que je demande. »

Les paroles de sa femme lui revenaient sans cesse et il s'en irritait. Il l'avait repoussée à plusieurs reprises, fermement décidé à ne pas la laisser s'immiscer dans ses projets pour le domaine ni à divulguer à quiconque la vérité sur leur union. Il l'avait évitée autant que possible, s'arrangeant toujours pour ne pas se trouver en sa présence au point de ne plus même aller marcher sur les remparts où il avait si souvent trouvé refuge, parce qu'elle s'y promenait elle-même souvent.

Il regardait fixement la porte du jardin où il l'avait finalement autorisée à travailler le matin. Elle avait sauvé son frère, c'était certain. Elle avait combattu le mal avec un acharnement admirable pendant deux jours et deux nuits, après qu'elle lui avait arraché la permission de voir Geoffroi et avait eu raison de la fièvre qui menaçait la vie du garçon.

Et puis, sans un mot, elle avait regagné ses appartements et avait repris sa vie de recluse. Il en avait adouci les règles dès le lendemain, l'autorisant à se rendre où elle voulait à condition que son escorte l'accompagne.

Il se souvenait avec honte de l'avoir épiée depuis le couloir pendant qu'elle s'occupait de son frère. Il aurait aimé se convaincre qu'il avait craint qu'elle n'essaye d'attenter à la vie de Geoffroi, mais il n'était pas capable de se mentir à ce point.

En fait, elle l'intriguait totalement. Comme depuis le premier jour. Comme chaque fois qu'il avait découvert une nouvelle facette de son caractère, un nouvel épisode de l'histoire de sa vie. A chaque fois, il avait constaté que, quand d'autres femmes auraient gémi, pleurniché, ou réclamé des robes et des bijoux, elle ne demandait qu'une seule chose : servir son peuple.

Elle ne l'avait supplié qu'une seule fois pour elle-même, ce fameux soir où il était entré dans sa chambre bien décidé à en faire sa femme pour de bon. A force de caresses et de baisers, il l'avait poussée à le supplier de la prendre. Le souvenir de ces instants enflammait ses sens et le mettait à la torture. Ils avaient été — avant d'être interrompus — si près de mêler enfin leurs corps en feu qu'il pouvait presque encore ressentir physiquement l'intolérable frustration. Il avait souffert dans sa chair pendant des heures après cela, et, plus tard, la nouvelle de sa grossesse n'avait en rien calmé le désir violent qu'il avait de la faire sienne.

Même au plus profond de sa colère, quand il avait été en proie à la jalousie la plus noire, il aurait voulu la prendre et la prendre encore, et marquer son corps de la trace indélébile de son odeur, de ses baisers, de son plaisir. Ce désir animal qu'il découvrait en lui l'avait sidéré, car il n'avait jamais auparavant laissé ses sens prendre le pas sur sa raison. Avec elle, c'était différent.

Depuis qu'il avait découvert son secret, il luttait pour ne plus avoir envie d'elle. Il avait cherché à satisfaire son corps auprès d'autres femmes ; des filles qu'il pouvait avoir parce qu'il était le maître des lieux, et qu'elles appréciaient sa gentillesse et étaient flattées de son désir. Rien n'y avait fait. Toutes avaient quitté sa chambre bien avant l'aube, une pièce d'or à la main pour prix de leurs efforts inutiles.

Le vin n'avait pas été plus efficace. Il lui fallait boire pour trouver le sommeil mais, même dans sa torpeur, des images d'elle venaient torturer son cerveau embrumé.

Emalie sur le lit ce soir-là. Nue. Son corps tendu sous sa caresse, lui rendant passionnément ses baisers de ses lèvres en feu… Il frissonna. Son corps frustré lui faisait mal à en mourir.

A cet instant, une voix moqueuse l'interpella.

— Tu vas faire fuir toutes les filles du comté avec ce regard noir ! lança Luc en riant.

— Ah, Luc ! Je t'attendais, répondit Christian en rajustant sa tunique et sa ceinture.

— Tu m'attendais en rêvant à *elle* ! La dame de tes pensées sait-elle que tu passes ton temps devant sa porte, les yeux fous de désir ?

Christian sembla s'arracher à la contemplation de la porte du jardin et fit quelques pas en direction du donjon.

— Tu dois confondre ta situation et la mienne, répliqua-t-il d'un ton enjoué. Je me suis laissé dire…

— C'est vrai ! Je suis un homme heureux. Ma chère Fatim a grand besoin de moi pour réchauffer son lit pendant ces nuits glaciales !

Ils rirent de bon cœur tous les deux. Christian avait en effet entendu Fatim se plaindre du climat anglais. Après la chaleur torride de la Terre sainte, n'importe quel climat devait sembler polaire ! Luc lui avait avoué qu'elle s'était mise à porter des pantalons sous ses robes — au mépris de toutes les convenances — pour adoucir la morsure du froid sur ses jambes.

— Allons, fais-moi ton rapport.

Ils marchèrent un moment puis s'arrêtèrent près d'un enclos. S'appuyant contre la barrière, Christian attendit que Luc lui fasse part de ce qu'il avait appris.

— Il m'a fallu du temps et nombre de tes écus pour apprendre que ton épouse avait raison. Les deux femmes de Nyle sont mortes d'avoir été frappées.

— As-tu vérifié les registres ? Comment a-t-on mentionné leur décès ?

— Comme des morts naturelles. Pleurésie. Mais en fait, elles avaient été si sévèrement battues qu'elle l'ont contractée du fait de leurs blessures.

— Quel âge avaient-elles ? demanda Christian avec un long soupir, sans savoir trop pourquoi il posait cette question.

— La première avait vingt-trois ans, la seconde vingt-cinq. Et la nouvelle en a vingt-quatre.

— Comment mon épouse a-t-elle su… ?

— Voyons, Christian ! C'est elle qui les a soignées !

Il regarda les hommes occupés à faire travailler un étalon. Il était de nouveau capable de s'occuper d'un cheval désormais, et bientôt, il ferait venir les siens de France.

— Si on lui attribue encore une bonne action, par Dieu, elle sera canonisée de son vivant ! railla-t-il.

— N'y a-t-il nul moyen de combler le fossé qui vous sépare ?

— Non !

— Accepterais-tu de m'en toucher deux mots ?

— Non !

Il ne pouvait se résoudre à parler des péchés de sa femme. Avec personne. Même son meilleur et plus vieil ami, celui avec qui il avait partagé les périls, les succès et aussi quelques femmes à l'occasion, ne devait savoir.

— Il y a encore eu trois altercations entre nos hommes et les siens cette semaine, milord.

— Et hier soir au dîner, j'ai été arrosé de soupe brûlante et de mauvais vin, et on m'a servi de la viande avariée.

— Il me semble que le message est clair.

— Je me suis douté de quelque chose quand j'ai trouvé mes draps souillés de cendres, Luc. Et mes tuniques cousues ensemble n'ont fait que confirmer mon impression. Je me demande même si ces flèches qui m'ont raté de si peu quand nous avons essayé les nouveaux arcs n'étaient que le fait du hasard.

— Ne peux-tu envisager de décréter une trêve ? Des vies sont en jeu dans cette affaire !

Luc ne pouvait pas savoir à quel point il avait raison ! Tant que lui, Christian, ignorerait le nom de cet homme et, en conséquence, ne pourrait pas s'assurer qu'Emalie n'avait été qu'une victime innocente, il ne pourrait rien faire. Il secoua la tête.

— Non, pas de trêve. Je ne reculerai pas, c'est impossible.

— Tu as appris que ton épouse plaidait ta cause auprès de ses gens, n'est-ce pas ?

Quoi ? La femme qu'il avait châtiée intercédait en sa faveur ? C'était une nouvelle blessure pour son amour propre.

— Elle a fait dire que tous ces bouleversements étaient un bienfait pour Greystone et que, si tu l'avais placée sous la surveillance permanente d'une femme de chambre et de deux soldats, c'était parce que sa grossesse mettait sa santé en péril et qu'il fallait veiller sur elle jour et nuit.

— Que le diable l'emporte ! jura Christian à voix basse. Rien d'autre ?

— J'ai bien peur d'être devenu l'un de ses admirateurs, milord, je t'en demande pardon.

Ulcéré, Christian résista à l'envie de lui faire mordre la poussière. Un autre homme avait pris sa femme avant leur mariage, et il ignorait son nom ! Cela le rendait fou.

Quand la raison reprenait le dessus, il se rendait bien compte qu'il était tout simplement jaloux et possessif, mais cela n'empêchait pas que la rage le submerge quand il se mettait à penser à l'inconnu.

Si seulement Emalie acceptait de lui révéler son nom, il pourrait respirer. Il pourrait cesser de dévisager chaque homme au château en se demandant s'il était le coupable. L'idée qu'elle ait pu se trouver au lit avec un autre, répondant à ses caresses avec toute la passion dont il la savait maintenant capable, lui rongeait l'âme et le cœur.

— Mon pardon ? Pourquoi donc ? s'enquit-il.

— C'est simple, milord. Parce qu'elle a défendu ma chère Fatim.

— Fatim ? Mais de quoi ?

Depuis leur retour de Terre sainte, Luc et sa femme avaient été en butte à de nombreuses épreuves. Un chevalier chrétien ne pouvait épouser une infidèle et la ramener avec lui dans la très croyante Europe sans s'attirer des ennuis. La sauver du massacre dans lequel avait péri son maître avait été une partie de plaisir en comparaison de ce qui les attendait au retour. Il avait été considérablement plus difficile de vivre comme mari et femme sous la vertueuse vigilance de l'Eglise.

— Ta femme a chassé l'une de ses dames de compagnie de la chambre haute l'autre jour. Elle l'avait entendue traiter Fatim d'infidèle.

Christian posa la tête sur ses bras appuyés à la barrière. Il se sentait écartelé. Une partie de son être voulait tirer un trait sur le passé et l'accepter pour sa femme, avec tout ce qu'elle avait à offrir, même s'il lui serait difficile de jamais se faire à l'idée qu'elle portait l'enfant d'un autre. Mais, dans les ténèbres de son cœur, un autre en lui voulait hurler sa rage et sa jalousie, la forcer à avouer ses péchés et à le supplier de pardonner sa trahison. Il n'était prêt à aucun compromis. Rien ne lui rendrait son honneur sinon la complète soumission d'Emalie à tous ses désirs. Il voulait son approbation totale sur tout ce qu'il avait fait ou ferait à Greystone, et il la voulait dans son lit, livrée à lui corps et âme.

Il leva les yeux vers son ami.

Il fallait prendre des mesures draconiennes pour sortir de cette impasse.

— Si tu entends autre chose, fais-le-moi savoir, ordonna-t-il.

— Oui, milord, répondit Luc en inclinant la tête avant de sortir.

13.

Christian n'arrivait pas à trouver le sommeil. Le vent soufflait en tempête, annonçant l'orage. Le tonnerre grondait au loin et des éclairs zébraient le ciel. La pluie n'allait pas tarder, on en sentait déjà l'odeur dans l'air.

Il arpenta sa chambre pendant une heure avant de se décider à aller chercher Luc pour l'inviter à faire une partie d'échecs avec lui. En passant devant la chambre d'Emalie, il constata que personne ne montait la garde dans le couloir. Il ouvrit la porte et trouva la pièce vide. Ses pas le portèrent ensuite jusqu'au laboratoire de la jeune femme désert également. Il était tard, trop tard pour qu'elle soit allée se promener sur les remparts, et il commença à s'inquiéter.

En traversant la grande salle en direction de l'aile où logeaient Luc et Fatim, il aperçut Marie. Il s'approcha d'elle et lui demanda où était sa maîtresse.

— Elle est dans son laboratoire, milord. Votre frère a dit que vous l'aviez autorisée à y travailler et que je devais l'y rejoindre dans une heure.

Il hocha la tête pour lui signifier son congé, perplexe. Où diable pouvait-elle être ? Et quelle part avait pris Geoffroi dans cette affaire ?

Elle avait disparu.

La colère, encore.

Elle était avec son amant.

Une rage muette le saisit. Il caressa de la main la dague qui pendait à son côté. Il les tuerait tous les deux s'il les trouvait ensemble, et personne ne pourrait l'en empêcher.

Il sortit en hâte de la grande salle, essayant de deviner l'endroit où un homme et une femme pourraient chercher à se rencontrer sans témoins. Bientôt, quand tout le château serait endormi, il n'aurait aucune peine à les trouver.

Se souvenant qu'il l'avait déjà rencontrée là inopinément, il monta l'escalier jusqu'aux remparts. Pour celui qui savait avec quelle fréquence la garde passait en faisant sa ronde, c'était un jeu d'enfant de se cacher dans l'un des nombreux recoins du mur d'enceinte.

Il poussa la lourde porte et grimpa jusqu'au chemin de ronde. Le vent frappa son visage dès qu'il ne fut plus à l'abri de la tour et il sourit. En fait de tempête, celle qui se préparait n'était peut-être pas celle que l'on croyait. Il fit un signe de la tête au soldat en faction et ralentit l'allure, conscient que son pas précipité risquait de le trahir. Il attaquerait par surprise. La colère qui bouillait en lui était son arme la plus sûre.

Il marchait avec précaution sur l'étroite allée surplombant le vide quand une pensée lui vint :

Et si elle n'était pas avec son amant ?

Alors où était-elle, et avec qui ?

Il la revoyait encore refusant de lui révéler le nom de son complice et il eut un violent haut-le-cœur. L'homme qui l'avait prise était là et elle se trouvait sûrement avec lui à cet instant même. La fureur monta en lui, ravageant ses traits et faisant ruisseler sur son visage une sueur brûlante et amère. Il fallait, pour sauver son honneur, qu'il la trouve à l'instant, avant qu'un autre ne découvre son indignité.

Quand il eut fait le tour des remparts, il essuya son visage et s'arrêta quelques instants pour reprendre son souffle. Son cœur battait la chamade et il essaya de se calmer un peu en faisant appel à la raison au lieu de se laisser guider par la colère. Il fallait qu'il la trouve.

Il reprit l'escalier et le suivit jusqu'à la grande salle, déserte à cette heure tardive. Il inspecta la salle et l'idée lui vint que les écuries pouvaient également constituer un lieu de rendez-vous idéal pour des amours secrètes. Lui-même avait souvent passé de folles nuits avec des filles peu farouches dans les écuries de son père, avant de devenir chevalier. C'était sûrement là qu'elle le rencontrait.

Il décida de passer par les cuisines, jugeant que c'était là le plus court chemin, et, traversant le sombre couloir qui menait à l'office, se dirigea tant bien que mal à travers le dédale des pièces où s'entassaient les victuailles. Il ne rencontra personne en chemin et sortit de l'autre côté, dans la cour.

Une fois dehors, il marcha en silence vers les écuries et pénétra dans la première en prenant soin de ne pas faire remarquer sa présence. Attentif au moindre bruit, il n'entendit que le silence et ne trouva personne entre les stalles. Il courut jusqu'à la seconde, mais dut se rendre à l'évidence : à part lui, il n'y avait que des chevaux dans le bâtiment.

C'est alors qu'il entendit leurs voix, dehors, tout près.

— Geoffroi, il faut rentrer ! L'orage arrive et vous ne pouvez courir le risque de prendre la pluie et de tomber malade de nouveau !

Quand il l'entendit chuchoter ces mots à Geoffroi, son sang ne fit qu'un tour.

— Emalie, venez avec moi. Peut-être ne sait-il point encore que vous vous êtes enfuie.

Il ? Il ne pouvait s'agir que de lui, et pour ce qui était d'être découverts, il était trop tard…

— Il le faut ! insista la jeune femme. Rentrez, je vous en supplie.

Son frère sembla se décider à faire ce qu'elle lui demandait, car il s'éloigna et passa près du recoin où Christian les écoutait en silence.

Emalie attendit un moment puis s'enfuit en profitant de l'obscurité pour se cacher. Il s'élança silencieusement derrière elle. Ils contournèrent la chapelle, passèrent une petite porte et pénétrèrent dans une cour obscure. De nouveau, il l'entendit murmurer et s'arrêta pour prêter l'oreille.

Il l'avait surprise en flagrant délit ! Sans l'ombre d'une hésitation, il tira la dague de sa ceinture et s'apprêta à les envoyer tous deux au diable, ivre de rage à l'idée qu'ils continuaient de bafouer son honneur. Il emplit sa poitrine de tout l'air qu'elle pouvait contenir et s'approcha sans bruit dans son dos. Une brindille apportée par le vent craqua sous son pas et Emalie sursauta. Au moment où il tendait le bras pour se saisir d'elle, un éclair déchira le ciel.

— Monseigneur ? dit-elle en se tournant vers lui.

Elle pâlit en voyant le couteau dans sa main mais ce qu'elle lut dans ses yeux la rendit plus pâle encore. Il s'approcha d'elle, le cœur prêt à exploser, les mains moites.

— Ecartez-vous, madame mon épouse ! ordonna-t-il en s'avançant lentement.

Cherchait-elle encore à protéger son complice ?

— Sommes-nous en danger, monseigneur ? demanda Emalie en venant vers lui sans prendre garde.

Christian tourna la lame contre son poignet et attendit de voir l'homme qui était avec elle. Il allait enfin pouvoir venger son honneur. Il leva le bras, prêt à frapper, et fit un pas en avant.

Personne.

Emalie se tenait devant une tombe, un bouquet de fleurs à la main. Il repoussa une mèche qui lui tombait devant les yeux et lut l'inscription sur la pierre :

Gaspar Montgomery, comte de Harbridge

A notre époux et père adoré

Elle leva vers lui ses yeux mouillés de larmes et dit dans un sanglot :

— Cela va faire un an.

Ainsi elle était venue fleurir la tombe de son père ! Et il était là devant elle, un couteau à la main ?

Comme frappé par la foudre, Christian recula en chancelant et s'enfuit à toutes jambes. L'idée même de ce qu'il s'était préparé à faire le remplissait d'horreur et de honte et il courut se réfugier dans le seul endroit qui pouvait l'abriter.

*
* *

Emalie posa sur le battant une main tremblante, ne sachant ce qu'elle allait trouver derrière la porte de sa chambre. En rentrant du cimetière, elle avait en vain cherché à se convaincre que Christian l'avait crue en danger. Son regard plein de haine et de colère, lorsqu'il s'était approché du carré où reposait son père, l'avait terrorisée. Elle ne l'avait vu ainsi qu'une seule fois, le souffle court et les narines pincées, et c'était le jour où il avait appris qu'elle portait l'enfant d'un autre. Mais, ce jour-là, il n'avait pas de couteau.

Il lui avait fallu plusieurs minutes pour calmer les battements de son cœur affolé, et plus encore pour se convaincre de rentrer au château. Comme toujours, son sens du devoir avait été le plus fort. Elle ferait face.

Un bruit dans le couloir la fit sursauter. Elle poussa la porte aussi doucement que possible et jeta un coup d'œil furtif dans la chambre. Elle était vide et rien ne donnait à penser que Christian y était venu récemment. Elle s'approcha de la cheminée et remua les cendres pour ranimer les braises qui couvaient en dessous, car il faisait dans la pièce un froid inhabituel pour la saison. Quelques étincelles craquèrent et elle se mit à marcher de long en large en se frottant les mains pour se réchauffer.

Pourquoi avait-elle faussé compagnie à son escorte ? Pourquoi maintenant ? En pensant à Christian plus furieux que jamais, elle secoua la tête. Son mari avait changé d'attitude à son égard ces derniers temps. Il était même venu la voir et avait engagé la conversation avec elle, ce qu'il n'avait plus fait depuis cette funeste nuit. Peut-être lui aurait-il accordé la permission d'aller fleurir la tombe de son père, mais elle avait eu peur qu'il refuse, échaudée par ses accès d'humeur, et avait décidé de se passer de son autorisation. Il allait falloir en supporter les conséquences.

Elle priait pourtant chaque jour pour que le sentiment de Christian d'être tombé dans un piège en l'épousant s'apaise un peu, et que le changement qu'elle avait vu s'opérer en lui à son égard soit le gage d'un avenir plus serein. Elle savait bien qu'il ne lui faisait pas encore confiance mais elle croyait au fond d'elle-même qu'ils pouvaient s'accorder et travailler ensemble pour le bien de leurs gens.

Hélas, l'homme qui l'avait suivie cette nuit, prêt à bondir le couteau à la main, cet homme-là ne pouvait la sauver — non plus que la population de Greystone — des griffes du prince Jean. Il n'était pas capable de prendre la place de son père et de mettre ceux qui le servaient au premier rang de ses préoccupations. Elle s'assit sur le lit en soupirant, et le craquement de la couche résonna dans le silence. Que devait-elle faire à présent ?

Elle défit son chignon et passa la main dans ses cheveux. Alyce dormait déjà et il n'y avait aucune raison de la réveiller : elle pouvait tout à fait se préparer seule pour la nuit. Elle se demanda si le mieux à faire n'était pas de se déshabiller et d'attendre l'arrivée de Christian. Elle fut interrompue dans sa réflexion par un bruit de pas qui venait du couloir. Elle retint son souffle. On frappa.

— Milady ? dit une voix doucement. Etes-vous là ?

C'était Luc. Elle se rua vers la porte.

— Qu'y a-t-il ?

— Tout va bien ? demanda-t-il en essayant de voir par-dessus son épaule, ce qui la mit mal à l'aise.

— Oui, tout va bien.

— Un de mes hommes a vu Christ… milord traverser la cour à toute allure, et j'ai pensé que…

Il hésita un instant, s'éclaircit la gorge et ajouta :

— J'ai cru que… quelque chose n'allait pas.

— Je reviens à l'instant dans mes appartements, messire Luc, et n'ai point parlé à mon époux depuis le dîner. Je ne sais où il est ni ce qu'il fait, répondit-elle en tremblant, inquiète à l'idée d'avoir montré son alarme à l'ami de Christian.

Si quelqu'un pouvait trouver celui-ci et lui faire dire ce qu'il avait sur le cœur, c'était bien Luc.

— Puis-je vous demander de me rendre un service ?

— Oui, milady, répondit-il en inclinant légèrement la tête.

— Pouvez-vous chercher mon époux et vous assurer qu'il va bien ?

Comme il acquiesçait, elle ajouta :

— Discrètement, bien sûr.

— Evidemment, milady.

Et il sortit sans un mot de plus.

Il ne lui restait plus qu'à attendre. Soit Luc trouverait Christian, soit il viendrait à elle de lui-même. Quoi qu'il arrive, la nuit promettait d'être longue. Elle ferma doucement la porte et regarda la pièce autour d'elle.

Dès son retour, elle se refermerait sur elle comme une prison. Il n'y aurait pas de va-et-vient entre leurs appartements et elle resterait seule, confinée à cette chambre exiguë. Elle pleura à chaudes larmes au souvenir de la relation merveilleuse qu'avaient entretenue ses parents. A la différence de la plupart des gens de leur condition, ils étaient restés amoureux l'un de l'autre, et elle avait toujours rêvé qu'il en irait de même pour elle et son futur mari. A présent, ses rêves avaient tourné au cauchemar parce qu'elle avait voulu défendre ce qui lui était le plus cher.

Assise sur son lit, elle réfléchissait, les yeux perdus, et la lueur du feu jouait sur son visage. S'était-elle montrée trop fière de l'opulence de Greystone et avait-elle ainsi attisé la convoitise des vautours ? Elle connaissait nombre de domaines et de titres que Jean sans Terre avait volés pour les offrir aux coquins de son entourage. Et nombre de femmes aussi.

Elle fut parcourue d'un frisson de dégoût. Elle revoyait encore le sourire lubrique de son tourmenteur quand il avait passé la langue sur le dos de sa main en faisant mine d'y poser un baiser. Un tel homme pouvait transformer en cauchemar le plus anodin des gestes. Sa simple présence faisait naître en elle l'envie irrépressible de courir se laver tant elle se sentait souillée de se trouver près de lui, et, quand elle se remémorait cette nuit funeste, elle avait du mal à réprimer ses hauts-le-cœur.

Emalie s'allongea sur le lit pour calmer le trouble qui l'agitait et réfléchir calmement à la situation. Respirant profondément, elle baissa les paupières et essaya d'évoquer un souvenir heureux.

Quatre yeux noirs pleins de concupiscence la fixaient. Hagarde, le souffle court, elle lutta pour s'arracher à l'étreinte de sa mémoire et effacer de son esprit le bruit des rires et l'odeur du vin, les visages enfiévrés et vainqueurs de Jean et de William, leur convoitise lubrique. Elle tenta furieusement de penser mais en vain. Son cerveau embrumé était comme engourdi au souvenir du vin qu'on lui avait fait boire. La bile lui vint aux lèvres et elle se précipita hors du lit, juste à temps.

Quelques minutes plus tard, elle se traîna jusqu'à sa couche et s'effondra en pleurs. Un torrent de larmes trop longtemps retenues inonda le drap blanc. Jamais elle ne connaîtrait le bonheur que ses chers parents avaient partagé, et qu'ils avaient tant souhaité pour leur fille ! Sa vie entière, elle resterait prisonnière, mariée à un homme qui pensait que son déshonneur était le prix de sa faute, et qui lui lancerait *cette fameuse nuit* au visage chaque fois qu'il en aurait l'occasion, pour le reste de ses jours. En cela, il était comme tous les autres hommes, et si cela plaidait un peu en sa faveur, elle n'en avait pas moins espéré mieux de lui.

Sentant le sommeil la gagner, Emalie se mit à prier comme elle le faisait toutes les nuits, comme chaque matin dans la chapelle. Elle implora le Seigneur de lui permettre d'aimer un peu l'enfant qu'elle portait. Elle ne voulait pas, une fois qu'il serait né, faire porter à cet innocent le poids de son péché et le considérer avec horreur. Oh ! Comme elle aurait voulu que son époux montre un peu d'humanité à son égard et comprenne ce qui s'était passé ! Comme elle aurait voulu être aimée !

Submergée de fatigue, elle s'endormit.

— Ce vin ne vaut pas celui que l'on sert à ta table, milord, mais nous nous en contenterons ce soir.

Christian fourragea dans ses cheveux et regarda son compagnon. Luc tenait à la main deux gobelets d'étain cabossés et une grande outre gonflée de vin.

— J'ai peur que la chapelle ne soit pas l'endroit idéal pour noyer notre chagrin et nos soucis dans le vin ! répondit-il en se relevant pour accueillir son ami.

— Allons ! Notre-Seigneur n'en a-t-il pas bu lui-même à son dernier repas ? rétorqua Luc en lui tendant un gobelet.

Il ouvrit l'outre avec ses dents et remplit largement chaque timbale. Replaçant le bouchon sur le goulot, il fit un signe à Christian pour l'inviter à se rasseoir.

— Je suis sûr que Notre-Seigneur ne verra aucune objection à ce que deux de ses fidèles s'enivrent un peu dans sa maison.

Christian obtempéra et vida son gobelet d'un trait, puis il posa sa tête contre la pierre froide du mur en essuyant ses lèvres d'un revers de la main. Luc but une ou deux gorgées, fit quelques pas vers le centre de la nef et ramassa un objet sur le sol.

— C'est à toi ?

Il tendit à Christian le couteau dont il tenait la lame entre ses doigts. Celui-ci s'en saisit, le remit à sa ceinture et lui tendit sa timbale. Luc s'assit près de lui et, posant la sienne par terre, remplit généreusement celle de son ami.

— Souviens-toi que nous n'avons que cette outre, et qu'il est fort improbable que je puisse trouver à la remplir à cette heure.

Christian fixait Luc en buvant de longues gorgées. La nouvelle de son inconduite s'était-elle déjà répandue dans le château ?

Comme s'il avait répondu à sa question muette, Luc murmura :

— Ne crains rien. Personne ou presque ne sait que le comte de Harbridge a brandi un couteau devant sa femme avant de s'enfuir dans la nuit.

Comme Christian l'interrogeait du regard, il répondit :

— L'un des serviteurs qui passait par les écuries a assisté à votre… rencontre, et m'en a informé.

— Et mon épouse ?

— Elle est en sécurité dans sa chambre. Je t'y ai cherché, mais l'ai trouvée seule. Elle m'a supplié d'aller à ta recherche et de m'assurer que tu étais sauf. Il but un long trait avant d'ajouter : apparemment, tu l'es.

Christian posa son gobelet sur le sol, se leva puis se mit à marcher de long en large. Luc était venu en ami, mais il ne voulait pas lui révéler l'étendue de son malheur.

— La comtesse… Emalie, bredouilla-t-il.

— Oui, en effet, la comtesse s'appelle bien Emalie, railla Luc.

— Tu me provoques ? dit-il en frappant du pied le sol de terre battue.

Luc épousseta ironiquement la poussière de sa tunique et rit de nouveau.

— Comme le vin et les bonnes paroles n'ont eu aucun effet sur toi, j'ai pensé qu'il fallait recourir à d'autres méthodes pour t'aiguillonner un peu.

Christian se frotta les yeux longuement et regarda l'homme qui se tenait en face de lui. Jusqu'à quel point pouvait-il lui révéler la vérité ?

Plus nombreux seraient ceux admis dans la confidence, plus le risque de voir cette histoire sordide se répandre serait grand. Et plus seraient en péril les intérêts du roi dans cette affaire, et son honneur.

— J'ai passé un marché avec le roi. Emalie en fait partie.

— Christian ! Cela n'a rien d'extraordinaire ! C'est ainsi que les choses se passent chez les gens de notre condition.

— Il s'agit de bien autre chose que d'un simple transfert de titres et de biens, Luc, tu n'as pas idée…

Il hésitait à en dire plus.

Luc tourna la tête un instant et but une longue gorgée. Quand il regarda de nouveau son ami, il dit d'une voix douce mais non moins assurée :

— Ta femme porte un enfant qui n'est pas le tien.

Christian en eut le souffle coupé. Comment diable avait-il eu vent de la vérité ?

— Cela aussi est le lot de nombre d'entre nous, assura Luc. Certains ont épousé des femmes déjà grosses, pour les protéger et leur donner un nom.

— Des veuves assurément ! Des femmes qu'ils avaient engrossées eux-mêmes, sans doute ! Mais elle n'est ni l'une ni l'autre, et l'enfant qu'elle porte n'est point de mon sang ! Et je ne savais rien !

— Ah ! Je comprends ! Tu t'es trouvé pris au piège des intrigues de la famille royale, comme ton père ! dit Luc, et un sourire grave assombrit son visage.

— Comment as-tu appris la vérité sur la grossesse d'Emalie ? Etait-elle connue de tous sauf de moi ?

Il fut submergé de honte. Avait-il été le seul à se laisser berner par sa prétendue virginité ?

Tous les manants de Greystone étaient-ils au courant du rôle qu'on lui faisait jouer ? Emalie l'avait-elle trompé alors même qu'il tentait de sauver sa réputation en faisant couler son propre sang le soir de leurs noces ? Et combien avaient-ils été à se gausser de lui, publiquement ou en secret, en découvrant au matin le drap souillé ?

— Jamais je n'ai rencontré des gens aussi taciturnes, dit Luc. Ils refusent de dire un mot sur leur maîtresse. Si quelqu'un ici sait quoi que ce soit de son déshonneur, il n'en parlera à personne et encore moins à ceux de ton entourage.

— Comment as-tu appris mon infortune, dans ces conditions ? demanda Christian, la tête lourde du vin qu'il avait bu et des événements de la nuit.

— Encore une fois, c'est un des nôtres qui a surpris quelques murmures quand la sage-femme t'a annoncé que ton épouse attendait un enfant, et m'en a informé.

— Et l'idée de m'en parler ne t'est jamais venue ? demanda Christian dans un souffle, tête baissée, les yeux clos.

— Je n'avais nul désir de te forcer à admettre la vérité, ou à la nier. J'ai jugé qu'il valait mieux que tu croies que chacun ici pensait que l'enfant était de ton sang.

— Mais justement, il semble que ce n'est pas ce qu'on pense ici ! Comment l'idée t'est-elle venue que ces *murmures* pouvaient être fondés ?

Christian leva les yeux vers son compagnon et le regarda finir son vin et se lever. Il attendait sa réponse.

— J'ai bien vu dans quel état tu es rentré au château d'Azure. Tu étais incapable d'esquisser le moindre geste, sans parler de faire un enfant ! D'ailleurs, je suppose que ta virilité t'est revenue maintenant, en même temps que tes forces ?

— Et tu dis que tu as voulu m'épargner la honte ? Que crois-tu que je ressens à présent ?

— Christian ! je ne mets pas en doute tes capacités au lit ! Nous avons commis trop de frasques ensemble pour que j'ignore de quelles prouesses tu es capable. J'ai vu trop de filles quitter ta couche au matin, les yeux perdus, pour savoir que tu sais donner du plaisir aux femmes. Mais je t'ai vu, et j'ai vu ce que les privations avaient fait de toi dans les geôles de Richard. Aucun homme n'aurait pu honorer son épouse dans ton état.

Il acquiesça de la tête. Ce que disait son ami n'était que trop vrai. Ce n'était qu'après leur retour au château d'Azure qu'il s'était rendu compte que Geoffroi et lui avaient frôlé la mort de très près. Il se demandait encore comment il avait pu survivre au voyage qu'il avait dû faire pour rejoindre l'Angleterre depuis Poitiers, alors que, plusieurs mois plus tard, il commençait à peine à se sentir mieux.

— Et maintenant, Christian, que vas-tu faire ? Peux-tu te dégager de l'accord que tu as passé avec Richard ?

— En ce cas, le roi reprendra l'honneur qu'il m'a rendu, et c'est précisément pour cela que j'ai accepté sa proposition les yeux fermés.

— C'était le marché ?

— Oui, j'ai recouvré mon honneur, mes titres, mes biens, tout. En contrepartie, je devais accomplir la tâche que tu sais.

Quelque chose sonnait faux dans les paroles qu'il venait de prononcer, mais il n'avait pas le temps d'y songer. Il était comte de Langier et de Harbridge, et avait l'intention de le rester.

— Mais ce soir, que s'est-il passé ?

— J'ai cru qu'elle allait rencontrer son amant, celui qui l'a déshonorée, et n'ai pu contrôler ma colère à cette idée.

— Je me demande ce qu'en dirait notre maître d'armes ! Il t'a pourtant enseigné la conduite à tenir sur le champ de bataille. La situation, ce soir, était-elle donc si différente que tu aies oublié la leçon ?

— « Si tu perds le contrôle, tu perdras la vie », non, Luc, je n'ai pas oublié. Je vais reprendre les choses en main et personne n'aura plus rien à craindre de ma colère. Pas même ma femme, ajouta-t-il devant l'air incrédule de son ami.

— Il est temps d'aller dormir. Va rejoindre Emalie, Christian, elle sera sans doute rassurée de savoir que tu n'as plus l'intention de lever un couteau sur elle, dit Luc en ramassant l'outre et les gobelets.

— Merci pour ta franchise, Luc, et pour le vin.

— Tâche d'apprécier la chance que tu as, Christian. Tout ce que tu désirais, tu l'as obtenu, et plus encore. Tu ferais bien d'accepter les inconvénients de ce marché, tu risquerais sinon d'en perdre les avantages.

Sur ce, Luc fit une rapide génuflexion devant l'autel et sortit.

Christian savait que son ami parlait juste, il fallait qu'il se fasse une raison car il ne pouvait vivre ainsi entre deux accès de rage. Il devait ravaler sa colère et assumer les conséquences du marché qu'il avait conclu avec le roi.

Il regarda la petite chapelle obscure et vide. Maintenant il savait ce qui lui restait à faire.

Il inspira profondément et sortit à son tour, résolu à accepter la situation. Cela rendrait sa vie et son mariage plus agréables. Il avait donné sa parole au roi, il la tiendrait.

Son honneur était à ce prix.

14.

L'aube pointait, avec son cortège de lumière et de chants d'oiseaux. Christian scruta l'horizon par la petite fenêtre de la chambre, inquiet de savoir si le soleil se lèverait bientôt. Il était rentré une heure plus tôt, mais avait décidé d'attendre qu'Emalie se réveille d'elle-même. Son visage endormi portait à l'évidence la marque des affres dans lesquelles sa colère l'avait plongée, car, sous ses paupières gonflées, deux petites traînées de larmes avaient laissé leur trace. L'odeur âcre qui flottait dans la pièce le remplissait de honte comme un reproche muet.

Il s'assit sur un tabouret, loin du feu, et regarda sa femme dormir. C'était à peine si, parfois, un léger soubresaut venait la déranger, et il se demanda si elle dormait toujours aussi paisiblement. S'il parvenait à la convaincre, peut-être aurait-il l'occasion d'obtenir la réponse à sa question. Pour l'instant, il attendait aussi patiemment que possible l'heure propice où la rumeur de l'aube réveillerait Emalie.

Le silence fit bientôt place au bruissement de la maisonnée qui s'éveillait. Avant longtemps, Alyce allait se présenter à la porte de sa maîtresse… Christian se leva sans bruit, passa dans la pièce attenante et secoua la femme de chambre :

— La comtesse dort encore, ne la dérangez pas, lui dit-il, certain que ces mots lui donneraient l'occasion d'être seul avec Emalie pendant un moment.

Puis il retourna dans la chambre et reprit sa veille.

Les bras de la jeune femme s'agitèrent un peu et elle tourna la tête sur le côté. Elle ne pouvait le voir, assis près du feu. Elle bâilla légèrement et se frotta les yeux en se retournant, sous l'œil attentif de Christian. Elle s'étira puis, délicatement, se mit à caresser son ventre en murmurant. Christian vit ses lèvres bouger mais n'entendit aucun son.

Il porta son regard sur les mains d'Emalie qui décrivaient maintenant de petits cercles sur la fine étoffe de sa chemise tandis qu'elle chuchotait. Incapable de résister à la curiosité, il se leva, et sa voix dans le silence fut comme un coup de tonnerre :

— Qu'est-ce donc que vous dites ? Une prière ?

Emalie sursauta violemment dans son lit et resta interdite à sa vue. Il ne sut que dire devant ses yeux épouvantés, mais la pâleur mortelle qui envahit soudain son visage le força à sortir de son silence.

— Pardonnez-moi, dit-t-il, la gorge nouée, tandis qu'elle le regardait comme un fantôme surgi du plus profond de ses rêves. Je vous ai effrayée hier soir, et encore ce matin.

Il s'avança vers elle et elle eut un mouvement de recul. Chaque nouveau pas qu'il faisait la rapprochait un peu plus du bord du lit et elle était sur le point de tomber. Il s'arrêta.

— Emalie, prenez garde !

Sa main glissa et elle perdit l'équilibre. Sans hésiter un instant, Christian se précipita et la retint dans sa chute, puis la reposa doucement sur le lit et, après s'être assuré qu'elle y était en sécurité, regagna son siège.

— J'ai demandé à Alyce de ne point vous déranger afin que nous puissions, vous et moi... parler de certains sujets qui nous concernent tous deux.

Le silence retomba sur ces mots, seulement troublé par le chant des oiseaux, et il attendit sa réponse. Elle secoua légèrement la tête et leva vers lui son regard clair.

— Je vous écoute, monseigneur.

Rien dans sa voix ne l'avait renseigné sur son état d'esprit ; il fallait se jeter à l'eau.

— Ces derniers mois ont été fort pénibles. Bien sûr, nous savions tous deux que notre condition sociale nous obligerait à faire un mariage de raison plutôt que d'amour, mais il me semble aujourd'hui que nous avions espéré malgré tout qu'il en irait autrement, le temps venu.

Elle acquiesça en silence.

— Quand mon père a épousé la mère de Geoffroi, j'ai bien observé la manière dont il a pris le contrôle de ses biens, et j'ai trouvé qu'il avait bien agi en tout, c'est pourquoi j'ai cherché à l'imiter ici. Comme je vous l'ai dit voici quelques semaines, je n'avais nulle intention de vous blesser.

En disant ces mots, il guettait à la dérobée les réactions de sa jeune épouse, espérant que le rappel de cette nuit-là éveillerait en elle un souvenir heureux, mais son visage resta impassible.

— Geoffroi et vous n'êtes pas nés de la même femme ? s'étonna-t-elle seulement. Pourtant, vous vous ressemblez à s'y méprendre !

— Mon père a épousé sa mère après la mort de la mienne ; il faut croire que le sang des Dumont domine dans nos veines.

Elle hocha la tête plusieurs fois, mais ne se dérida point.

— Mon père a pris le contrôle de terres qui étaient entre les mains de la famille de son épouse, reprit-il, et j'ai bien peur d'avoir suivi son exemple de trop près en ne vous offrant point l'occasion d'administrer les vôtres avec moi.

Il se leva et s'approcha du lit. Tendant la main vers elle, il effleura sa joue du bout des doigts, et nota qu'elle luttait de toutes ses forces pour demeurer imperturbable sous cette caresse.

— Je pense avoir été fort jaloux de tout ce que vous avez accompli ici et sur vos autres domaines, car c'est un exploit inouï pour une femme. Et il m'a également fallu entendre chanter vos louanges sur tous les tons. Même le père Elwood, votre vieil abbé, y est allé de son couplet !

— Mais, monseigneur, je…

— Attendez ! Laissez-moi finir, sans quoi je crains de perdre le fil de mes pensées.

Il tira une chaise à lui et s'installa près d'elle.

— Je commençais à me rendre compte à quel point ma façon de vous traiter était imbécile lorsqu'on m'a annoncé la nouvelle de votre grossesse. J'avais pourtant accédé à votre prière de différer notre union, même si, certain soir, nous avions failli… Je dois avouer que la colère a pris le meilleur sur moi. Dans ma rage, je m'en suis pris à vous et ai cherché à vous tenir sous ma coupe, alors que j'étais incapable de me maîtriser moi-même. Et malgré ma conduite inadmissible, vous avez fait face à toutes ces épreuves avec un courage et une dignité que je n'ai pu m'empêcher de trouver admirables.

Il prit la main de la jeune femme et la porta à ses lèvres.

— Emalie, je vous supplie de pardonner mon geste d'hier soir. Je ne puis vous promettre que ma colère soit totalement apaisée, mais je vous jure que vous n'avez plus rien à craindre de moi.

Les yeux de sa jeune épouse s'emplirent de larmes et elle eut du mal à lui répondre tant sa gorge était nouée :

— C'est moi qui implore votre pardon, mon doux seigneur, car vous aviez raison. Je vous ai menti depuis le premier jour.

— Je crains qu'en cette affaire nous n'ayons été le jouet des manigances d'Aliénor. Bien malin qui peut comprendre les Plantagenêt ! Je voudrais vous proposer de reprendre entre nous les choses depuis le début, Emalie, car c'est la seule façon d'être fidèles aux vœux que nous avons formés devant l'autel, vous et moi. Je serais heureux si vous vouliez bien consentir à m'éclairer de vos conseils dans la gestion de nos domaines.

Il se leva et l'aida à descendre du lit. Portant la main à sa ceinture, il en décrocha le trousseau de clés et le lui tendit.

— Je vous serais obligé de m'informer des changements éventuels que vous souhaiteriez voir apporter à ceux que j'ai moi-même ordonnés.

— Bien sûr, monseigneur, dit-elle d'une voix noyée par l'émotion, avec grande joie !

— Je vais vous laisser, madame, car je crains fort que nous n'ayons dormi que très peu, vous et moi, la nuit dernière.

— Merci, mon doux seigneur, pour ce que vous venez de faire, répondit-elle, le trousseau à la main. Je mesure combien il a pu vous être pénible d'aller ici de surprise en surprise depuis le jour de votre arrivée.

Il hocha la tête en signe d'assentiment et ouvrit la porte. « Encore une fois, la dernière, se dit-il, et peut-être le doute qui me ronge me laissera-t-il un peu de répit. »

— Me direz-vous son nom ?

Son visage se figea.

— Je ne puis, monseigneur, répondit-elle d'une voix blanche.

— Si je savais son nom, je ne vous imaginerais plus au lit avec chaque homme que je croise dans ces couloirs.

Elle fit un pas vers lui et posa la main sur son bras :

— Si je vous le révèle, votre imagination ne vous laissera plus de repos.

La déception qui se lisait sur son visage l'incita à en dire plus, et elle ajouta :

— Je puis vous jurer que je n'ai jamais parlé de lui à quiconque, et ne le ferai jamais. Cela ne peut-il vous suffire ?

Après tout, pourquoi pas ?

— Qui d'autre que vous connaît le père de cet enfant ?

Emalie eut soudain l'air triste.

— Quelques personnes, mon doux sire, très peu, mais je suis certaine qu'elles garderont ce secret jusqu'au tombeau.

Il aurait pu sans risque de se tromper nommer ceux qui savaient, mais il préféra s'abstenir. Le silence était le meilleur garant de son honneur.

— J'accepte votre promesse, madame, déclara-t-il en quittant la chambre.

Tout allait bien se passer désormais, se dit-il en souriant. Du moins fallait-il l'espérer…

Pendant les semaines et les mois qui suivirent, Emalie crut vivre enfin le bonheur auquel elle avait toujours rêvé. Elle était redevenue indispensable à Greystone et, à la fin de l'été, une fois la récolte rentrée, une torpeur satisfaite sembla s'installer sur le domaine. Christian était certes toujours arrogant, voire distant parfois. Rien ne semblait pouvoir changer cela, mais il lui demandait toujours son avis et suivait ses conseils. Le jour où il l'invita à présider avec lui la cour de justice, elle pleura longuement. Grâce au ciel, elle put se présenter devant l'assistance sans laisser paraître aucune émotion car son mari lui avait parlé plusieurs heures avant l'ouverture de la séance. Ce fut toutefois à cette occasion qu'elle prit conscience d'être en train de tomber amoureuse de lui…

Geoffroi, de son côté, se rétablit et recouvra la santé. Bientôt, il ne s'intéressa plus, comme tous les jeunes gens de son âge et comme elle l'avait prédit, qu'aux jeunes filles du château. La rumeur lui rapporta qu'une chambrière et au moins l'une des filles de la lingerie le rejoignaient régulièrement dans les écuries le soir. Ce qui le rendait le plus attachant cependant, c'était sa loyauté indéfectible envers son frère.

Quelle que soit la tâche qu'il lui assignait, Geoffroi faisait tout ce que lui demandait Christian. Et la jeune comtesse savait que la plus ardue de ces tâches restait à venir, car elle avait entendu son mari lui dire qu'il comptait renvoyer le jeune homme à Poitiers au printemps. Elle ne savait à qui Geoffroi manquerait le plus, une fois rentré chez lui.

S'arrachant à ses pensées, la jeune femme se leva et marcha vers la fenêtre. Elle s'en voulait d'être restée longtemps assise dans la chambre haute à ne rien faire et décida d'aller marcher un peu dans la fraîcheur de l'aube avant d'aller rejoindre son mari dans la salle à manger. Ses nausées matinales avaient disparu, mais certaines odeurs lui soulevaient encore le cœur. Ce matin, elle avait senti quelque chose bouger dans son ventre, pour la première fois. Avant longtemps, son corps allait s'alourdir et elle devrait ralentir ses activités.

Elle sortit dans la cour, Alyce sur ses talons. Avisant Christian en train de faire travailler ses chevaux près des écuries, elle décida de l'observer un instant. Il faisait encore très doux pour la saison, bien qu'on fût presque à la Saint-Matthieu. Les vignes profitaient bien du beau temps et le maître de chais avait prédit une belle vendange et un beau millésime.

Christian s'entraînait avec le cheval qu'il montait durant les tournois. Il n'avait plus besoin de prendre part à ces joutes désormais car il était suffisamment riche, mais il refusait de voir ses chevaux s'empâter et les faisait travailler régulièrement avec l'aide de Luc. Sous le regard de la jeune femme, il fit une démonstration de ses talents. Elle se sentit un peu jalouse de ceux qui avaient eu la chance de le voir en selle dans les tournois, car il faisait montre d'une habileté stupéfiante à s'accorder avec sa monture et à la guider au combat.

Il s'arrêta un instant dans ses évolutions et, remarquant la présence de sa jeune épouse, s'approcha d'elle en relevant son heaume.

— Comment allez-vous ce matin, madame ? demanda-t-il en saluant Emalie de la tête.

— Fort bien, monseigneur, et vous-même ?

— Je suis assez content de moi. J'ai fait mordre la poussière à Luc lors de nos quatre derniers assauts, répondit-il en lançant un regard de défi à son ami.

Celui-ci releva son heaume à son tour et fusilla Christian du regard, ce qui réjouit la jeune femme. Quels enfants !

— N'en croyez rien, milady ! Votre époux a cherché à me vaincre par la ruse.

— La ruse, monseigneur ? Moi qui vous croyais incapable de tricher ? ajouta la comtesse d'un ton moqueur, se piquant au jeu.

— Je savais bien que lady Emalie trouverait à redire à vos méthodes, Christian ! railla Luc d'un air suffisant.

Celui-ci mit pied à terre, s'avança vers la lice et tendit ses armes et son casque à l'un de ses écuyers tandis que son ami restait en selle.

— Messire Luc ferait bien de monter son cheval un peu plus souvent que sa f...

— Monseigneur ! s'écrièrent Emalie et Luc en chœur.

— Ce n'est pas ma faute s'il est si souvent distrait ! lança Christian en riant de bon cœur. Fatim a toujours été son point faible, et un bon soldat doit savoir profiter des faiblesses de son adversaire.

Un messager survint, coupant court à cet échange. Emalie lui fit signe d'approcher, perplexe. Il était courant qu'on apportât ainsi des nouvelles d'un autre domaine mais le visage de l'homme lui était inconnu.

Il s'inclina devant le petit groupe et tendit à Christian les lettres qu'il tenait à la main, attendant une réponse.

Le comte ouvrit le premier parchemin et se mit à lire.

— Lord Durwyn de Lemsley nous invite au mariage de sa fille, qui aura lieu dans quinze jours ! Que dites-vous de cela, madame ? dit-il en se tournant vers Emalie.

L'idée de revoir son amie la remplit de joie. Les fiançailles de Fayth avaient été l'un des derniers événements que son père avait approuvé avant de tomber malade, et elle avait attendu de longs mois qu'on se décide à publier une date pour la noce. Avant qu'elle puisse répondre, Christian éclata de rire :

— Je peux lire sur votre visage que cette union a toute votre approbation !

— Certes monseigneur, Fayth et messire Hugh sont vraiment faits l'un pour l'autre !

— J'ai bien peur cependant que la date soit mal choisie pour nous, madame, car le temps va bientôt tourner à l'hiver et nous avons encore beaucoup à faire pour nous y préparer. Peut-être serait-il sage d'adresser aujourd'hui nos félicitations aux futurs époux, et de leur rendre visite en des temps plus propices.

Emalie chercha désespérément un moyen de le convaincre sans le blesser ni le supplier par trop. Elle tenta de rassembler à la hâte les arguments qui pourraient le fléchir, mais au moment où elle allait ouvrir la bouche, elle leva les yeux vers lui et vit qu'il réprimait mal un sourire.

— Je vous taquine, madame. Je vous ai souvent entendue parler de lord Durwyn et de sa famille et ne saurais vous retenir de vous joindre à eux en une telle occasion.

Elle crut son cœur près d'éclater et ses larmes jaillirent sans qu'elle puisse les retenir. Elle pleura longuement, secouée de sanglots irrépressibles, tant et si bien que Christian la prit dans ses bras et la berça doucement pour la calmer. Quand ses larmes s'apaisèrent, elle appuya la tête calmement contre sa poitrine et respira profondément pour retrouver son souffle.

— Pardonnez-moi, monseigneur, je suis fort lasse et ne fais que pleurer ces derniers temps.

Sans relâcher son étreinte, il lui tendit un mouchoir de lin, et elle s'aperçut, à sa grande surprise, qu'elle n'avait aucune envie de quitter la chaleur de ses bras. Elle jeta autour d'eux un regard inquiet, car elle était consciente de l'inconvenance de la situation, mais s'aperçut qu'ils étaient seuls. Même Alyce avait disparu.

— Ne vous inquiétez pas, madame, je sais que vous pleurez de joie à l'idée de revoir votre amie.

— Je ne l'ai plus vue depuis la mort de ma mère, monseigneur, et ce me sera un grand bonheur de passer quelque temps avec elle.

— Nous pourrons rester un peu à Lemsley après la noce, si le cœur vous en dit.

Les larmes lui vinrent de nouveau et elle ferma les yeux pour les retenir. C'était pour lui qu'elle pleurait, et non pour son amie, mais de cela il n'avait aucune idée.

— Comme il vous plaira, monseigneur.

— Venez, madame, dit-il en posant un baiser sur son front, allons donner au messager la réponse qu'il attend, vous pourrez ensuite lire la missive que Fayth vous a adressée.

Il lui tendit un petit parchemin.

— Vous allez avoir des préparatifs à faire.

Il lui offrit son bras et tous deux se dirigèrent vers la grande salle en marchant côte à côte.

Emalie luttait pour tempérer son enthousiasme. Il l'avait embrassée ! Jamais plus depuis cette fameuse nuit où il était venu la rejoindre dans sa chambre il ne l'avait touchée, et elle se remémorait avec passion la douloureuse impatience que ses caresses et ses baisers avaient éveillée en elle. Quelque chose au plus profond de son âme vibrait à l'unisson de ce souvenir et elle était, à cet instant même, aussi troublée qu'elle l'avait été ce soir-là.

Elle se demandait s'il se rendait compte qu'il l'avait embrassée. Comme elle aurait aimé que leurs lèvres se touchent ! Elle n'osait le regarder, de peur qu'il s'aperçoive à quel point ce simple baiser avait pu l'émouvoir, mais elle aurait donné beaucoup pour qu'il recommence.

Est-ce que les maris cherchaient leur plaisir auprès de leurs épouses quand elles étaient enceintes ? Ils avaient fait la paix en quelque sorte, mais son époux n'avait pas pour autant fait mine de vouloir la rejoindre dans sa chambre. Elle n'avait plus entendu dire que Lyssa ou Belle partageaient sa couche, mais il était possible qu'il soit simplement devenu plus discret. Elle ne pouvait interroger personne à ce sujet et n'avait aucun désir d'en parler avec lui.

Peut-être Fatim saurait-elle quelque chose ? Elle connaissait bien les hommes. Elle les comprenait. Ses remarques à leurs propos étaient toujours très pertinentes et pleines d'enseignements. Emalie décida cependant d'attendre un peu avant d'aborder un sujet aussi délicat.

Les semaines à venir s'annonçaient épuisantes car il allait falloir faire les préparatifs pour le voyage, puis le voyage lui-même. Mais, pour la première fois depuis longtemps, elle se sentait presque heureuse.

15.

Dès que le soleil plongea vers l'horizon, une fraîcheur soudaine s'abattit sur eux. Les après-midi étaient froids en cette saison, en dépit de l'équinoxe qui approchait. Christian se retourna pour vérifier que son manteau se trouvait à portée de main. Dans quelques heures, ils seraient arrivés et pourraient enfin se réchauffer devant un bon feu.

Derrière lui, Luc toussa avec insistance, cherchant à attirer son attention. Il regarda dans la direction que lui indiquait son ami et aperçut Emalie qui semblait près de tomber de son cheval tant elle était fatiguée. Il jura entre ses dents et fit faire demi-tour à sa monture. Arrivé auprès d'elle, il l'appela doucement :

— Madame !

Pas de réponse. La tête d'Emalie se mit à dodeliner un peu plus.

— Emalie !

Pour éviter de la réveiller en sursaut au risque de la faire tomber, il s'approcha au plus près et saisit son bras pour la retenir en appuyant sa jambe contre celle de la jeune femme. Elle s'éveilla et ouvrit doucement les yeux.

— Monseigneur ! M'avez-vous appelée ? demanda-t-elle en essayant de rétablir sa position sur sa selle.

La grâce et l'innocence de son visage émergeant de sa douce torpeur émerveillèrent Christian. A sa grande surprise, il se rendit compte qu'il avait furieusement envie de la voir ainsi se réveiller chaque matin. Le désir monta en lui de nouveau comme un torrent impétueux.

— Si vous êtes fatiguée, vous feriez bien de faire le reste du voyage dans le chariot avec votre femme de chambre, dit-il en luttant de son mieux pour cacher son émoi.

Il ne pouvait se laisser aller à désirer une femme qui portait l'enfant d'un autre.

— N'ayez crainte, monseigneur. Je vous remercie de votre sollicitude.

Elle secoua la tête pour dégager sa chevelure mais, ce faisant, fit tomber son manteau. Le geste brusque qu'elle fit pour le retenir surprit sa monture, qui fit un écart. Sans réfléchir, Christian la saisit par la taille et, l'arrachant de sa selle, l'assit sans ménagement contre lui.

— Monseigneur, je sais monter à cheval, cette intervention est inutile, murmura-t-elle pour lui seul.

Comme elle se penchait en avant pour tenter de se saisir du manteau qui traînait à terre, il craignit qu'elle ne se rende compte de l'émoi qu'avait provoqué son désir et il la souleva un peu pour l'éloigner de lui.

— Vous avez failli tomber ! Vous ne courez aucun danger maintenant.

Elle se pencha en arrière et le regarda fixement, interdite. La perplexité se lisait sur son visage et elle se mit à secouer la tête en un geste de refus mais, se rendant compte qu'on les observait, elle reprit, sous les yeux attentifs de Christian, l'attitude d'une épouse modeste et soumise.

— Qu'il soit fait selon votre désir, monseigneur, soupira-t-elle d'une voix douce.

Christian sentit le corps de sa femme qui tremblait contre lui. Jamais encore elle n'avait fait mine de vouloir faire le premier pas, et il s'inquiétait de sentir son désir enfler un peu plus chaque jour.

Il essaya encore de se convaincre qu'il n'avait pas envie d'elle mais il lui fallait se rendre à l'évidence : il n'avait pu se tenir à sa décision de la bannir de sa vue, et, en vérité, tous deux s'accordaient bien ensemble.

Son corps avait maintenant retrouvé sa vigueur d'antan et son désir le soumettait à une torture pour laquelle il n'y avait qu'un seul remède. Mais il refusait d'y recourir. C'était impossible.

Pourquoi la tenait-il serrée si fort contre lui ? Son parfum délicat agaçait ses narines et chaque mouvement qu'elle faisait décuplait son désir. Il aurait tant voulu s'engloutir en elle, s'abandonner au milieu des effluves de roses et de miel ! Il repoussait cette idée de toutes ses forces en même temps qu'il la tenait plus étroitement pour s'enivrer encore.

— Pourquoi n'allez-vous donc pas dans le chariot ? demanda-t-il en reprenant son rang dans la colonne.

Elle ne répondit pas. Il la serra encore un peu dans ses bras et répéta :

— Pourquoi n'allez-vous pas rejoindre votre femme de chambre ?

— Le balancement du chariot me rend... malade, monseigneur, murmura-t-elle sans le regarder.

C'était l'enfant qu'elle portait qui était la cause de son mal. Beaucoup de choses pouvaient incommoder une femme enceinte, il le savait pour avoir observé les paysannes et les bourgeoises de ses domaines. Pendant sa grossesse, sa belle-mère s'était souvent plainte que l'odeur du pigeon rôti lui soulevait le cœur.

Elle n'avait fait allusion à l'enfant que parce que sa question l'y avait contrainte, mais la colère l'envahit de nouveau malgré tout. Il n'arrivait pas à s'y faire. Il respira profondément pour tenter de se calmer. Elle avait suivi à la lettre l'ordre qu'il lui avait donné dans la chambre haute, le jour où il avait découvert son infortune, et ne s'était jamais plainte de son état ou des désagréments qu'il lui causait.

Pour conserver son honneur et sa fierté, il lui fallait boire le calice jusqu'à la lie et faire comme si c'était bien son enfant qu'elle portait. Il savait que de toute façon aucun noble ne se souciait de sa femme jusqu'à l'accouchement car tous se mariaient pour les terres et l'argent, et la seule chose qui importait était que leurs épouses leur donnent un héritier. Il convenait bien sûr de poser de temps en temps quelques questions polies pour s'informer de leur santé, mais la grossesse était avant tout une affaire de femmes, et il suffirait de s'en préoccuper une fois que l'enfant serait né. Il se surprit toutefois à dire :

— Les femmes enceintes se plaignent souvent de cela, en effet. Chevauchez donc avec moi encore un peu, et voyons si cette nausée vous passe.

De nouveau, Emalie s'écarta un peu et le regarda, interloquée, mais comme il évitait son regard, elle tourna la tête et fixa le chemin. Ils chevauchèrent ainsi quelques minutes et il sentit bientôt le corps de la jeune femme se détendre. Elle s'était endormie, la tête contre sa poitrine, et il appuya son menton sur ses cheveux. Leur parfum entêtant le tortura longtemps, jusqu'au bout du voyage.

Elle dormait encore quand ils pénétrèrent dans la cour du château de lord Durwyn où s'activait un personnel nombreux. Christian tenait toujours Emalie dans ses bras engourdis, émerveillé de la voir dormir si profondément. Il dirigea son cheval vers les marches du donjon et s'apprêta à mettre pied à terre. Il aurait été plus simple de la réveiller mais quelque chose en lui refusait de mettre un terme à leur douce intimité.

Comme il l'avait prévu, elle fut surprise de se trouver blottie contre lui en ouvrant les yeux. Elle glissa à bas du cheval, aidée en cela par son nouvel écuyer. « Que le diable emporte ce garçon si zélé ! » pensa Christian. Elle reprit son équilibre en mettant pied à terre et un sourire illumina son visage. Christian vint se mettre à son côté et tous deux firent face à la foule qui descendait vers eux depuis le haut des escaliers.

L'étiquette voulait qu'elle restât près de lui et elle n'y dérogea pas, mais il sentait qu'elle brûlait d'impatience en scrutant les visages qui s'approchaient. Un homme et une femme d'un certain âge — sans doute lord Durwyn et lady Herta, son épouse — précédaient le cortège. Une jeune fille les suivait, et il devina que ce devait être Fayth, l'amie d'enfance dont Emalie lui avait parlé avec tant d'enthousiasme, et qui devait épouser bientôt un nobliau des environs.

Lord Durwyn descendit les marches et s'inclina profondément devant ses hôtes. Tous l'imitèrent et se tinrent immobiles jusqu'à ce que Christian prenne la main du maître des lieux et le prie de se relever. N'y tenant plus, la jeune fille courut vers Emalie, poussant ses parents au passage, et jeta ses bras autour d'elle en poussant des cris de joie.

— Ma fille ! hurla lord Durwyn d'une voix vibrant d'indignation, vous n'avez pas encore été présentée au comte de Harbridge ! N'avez-vous donc aucun sens des convenances ?

Fayth se figea un instant puis relâcha doucement son étreinte, libérant Emalie. Elle fit un pas en arrière et baissa la tête, penaude.

— Pardonnez-moi, milord, s'excusa-t-elle en s'adressant à Christian. J'ai grand peur que ma joie de revoir Ema... la comtesse de Harbridge ne m'ait fait oublier les règles de l'étiquette. J'espère que vous voudrez bien ne pas me tenir rigueur de cet impair, ni à mes parents non plus.

Christian scruta les visages autour de lui et s'aperçut que tous étaient pendus à ses lèvres, ne sachant trop à quoi s'attendre de lui. Même Emalie semblait inquiète.

— Relevez-vous, je vous en prie, lady Fayth. Je sais que vous avez été l'amie de mon épouse pendant de nombreuses années. Votre excitation est compréhensible et légitime.

Un soupir de soulagement parcourut la foule. Il avait laissé parler son cœur. Il se souvenait de son exaltation quand Geoffroi et Luc étaient arrivés au château, et il imaginait sans peine la joie que pouvaient éprouver les deux jeunes amies à ces retrouvailles. Pour autant qu'il sache, Emalie n'avait personne à Greystone à qui se confier ni avec qui discuter des potins du château. Elle tenait son rang de comtesse avec rigueur et, si elle était toujours très polie à l'égard des épouses des chevaliers du domaine, elle restait toujours sur son quant-à-soi.

— Avec votre permission, milord, nous avons préparé un repas en votre honneur, vous serait-il agréable de vous restaurer un peu ? demanda lady Herta en s'avançant légèrement.

— Je goûterais fort une coupe de vin, mais je pense que mon épouse aimerait d'abord se rafraîchir un peu, car le voyage a été long. Si vous voulez bien vous occuper d'elle, peut-être lord Durwyn acceptera-t-il de s'occuper de moi ?

A l'idée de pouvoir passer un peu de temps avec son amie et ses parents, le visage d'Emalie rayonnait de joie. Il eut un petit pincement au cœur en la voyant s'éloigner, escortée des deux femmes qui l'embrassaient en riant aux éclats. Avant qu'il puisse faire un pas, elles disparurent dans le donjon et cela lui fit chaud au cœur d'entendre leurs rires résonner dans l'escalier.

Ce fut alors qu'il comprit que la politesse de sa femme et son obéissance ne lui suffisaient plus. Il voulait qu'elle le gratifie des mêmes sourires et éprouve avec lui la même joie qu'avec Fayth. Il voulait qu'elle se réjouisse à l'idée de le voir, comme elle l'avait fait pendant tout ce voyage en pensant à son amie. Il voulait que… il la voulait, tout simplement. Il savait qu'il ne pourrait contenir plus longtemps son désir de la faire sienne, advienne que pourrait.

Christian regarda lord Durwyn et, sur un signe de tête, le suivit vers le donjon. Il avait beaucoup de questions à lui poser sur la gestion de ses domaines, et surtout sur les projets que Gaspar de Harbridge avait formés pour sa fille. Et puis il voulait aussi savoir ce que le prince

Jean avait manigancé avec les Montgomery. Il fallait mettre à profit ce séjour chez lord Durwyn pour essayer d'en savoir plus et de comprendre.

Il avait feint d'oublier la deuxième partie du contrat passé avec Richard aussi longtemps qu'il l'avait pu, mais il allait maintenant falloir la remplir sous peine de se voir retirer définitivement son honneur et ses titres. Une fois cette tâche accomplie, il pourrait renvoyer Geoffroi au château d'Azure comme prévu, et cesser enfin de s'inquiéter.

Il suivit lord Durwyn et se retrouva bientôt une coupe de bière à la main, attablé devant un plateau de victuailles. Il mangea un peu puis se tourna vers son hôte.

— Connaissiez-vous bien le comte de Harbridge ?

— Oui, milord. Nous avons grandi ensemble, et puis le destin a voulu que je devienne son vassal en recevant ces terres.

— Quand lui avez-vous parlé pour la dernière fois ?

— Quelques jours à peine avant qu'il ne tombe malade, répondit le vieil homme à voix basse. Il est mort si brusquement que nous avons tous été surpris, ajouta-t-il avant de boire une longue gorgée de bière.

— Pourquoi a-t-il laissé Emalie sans protection ? Pourquoi n'était-elle pas fiancée ?

— Elle l'était, milord, mais le jeune homme est mort pendant la croisade.

— Et que s'est-il passé ensuite ?

— Il attendait le retour de Richard. Quand on a appris que l'empereur allait exiger une rançon pour le délivrer, Gaspar a pensé demander au roi lui-même — à son retour — de choisir un parti pour sa fille.

— Mais sa captivité a duré beaucoup plus longtemps que prévu, et il n'a pas eu le temps d'en voir la fin, affirma Christian avec un sourire amer. Emalie était-elle son unique héritière ?

— Oui, milord, la seule. Mais on dirait que Richard a finalement trouvé un fiancé convenable pour Emalie, comme Gaspar le souhaitait, ajouta-t-il en levant sa coupe à l'adresse de Christian.

Buvant en silence, celui-ci cherchait un moyen d'amener la conversation sur le sujet du prince Jean. Il s'approcha d'une fenêtre et regarda dans la cour en contrebas. Le domaine de Durwyn n'était pas aussi grand que Greystone, et n'était constitué que d'un petit château fortifié et d'un village et, de là où il se trouvait, il en embrassait toute l'étendue d'un seul regard.

— Jean sans Terre est-il toujours auprès de son frère ? demanda-t-il, conscient que la réponse à sa question le renseignerait sur la confiance qu'il pouvait accorder à son hôte.

— Pour autant que je sache, il y est toujours. Si j'étais à la place de Richard, cette présence m'inquiéterait plus qu'elle ne me rassurerait, d'ailleurs.

— Si le roi veut récupérer toutes les terres que Jean a perdues, cela va lui prendre des années.

Durwyn s'approcha.

— Richard a négligé l'Angleterre et l'a mise en grand danger. Seuls des nobles résolus peuvent s'unir et la protéger de ceux qui veulent sa ruine.

Christian fit face au vieil homme :

— Gaspar est-il resté fidèle au roi ?

— Jusqu'à son dernier souffle, milord !

Il pesa les mots de Durwyn et hocha la tête. Gaspar avait résisté au prince Jean, et il semblait que sa mort prématurée ait éveillé la suspicion de son hôte. Il garderait cela pour lui en attendant.

La conversation était terminée. Durwyn proposa de lui faire visiter les lieux et Christian accepta avec joie car il brûlait de se dégourdir les jambes. Toutes ces heures passées à cheval l'avaient fatigué.

16.

Après s'être endormie pour la deuxième fois, Emalie regagna sa chambre sous le regard de Christian. Il avait pensé qu'elle se retirerait d'elle-même assez tôt, car il savait à quel point elle devait être épuisée, mais elle fit preuve ce soir-là du même entêtement que celui dont il avait souvent été le témoin ces derniers mois. Elle avait veillé beaucoup plus tard qu'il ne l'avait prévu.

Elle avait finalement cédé au conseil de Fayth et l'avait accompagnée jusqu'à ses appartements. Les deux jeunes femmes s'étaient retirées, bras dessus bras dessous, en chuchotant comme des enfants, au grand soulagement de Christian. Son épouse ne risquait plus de s'effondrer de sommeil au milieu des pâtisseries qu'on avait apportées à la fin du repas de fiançailles !

Le sommeil le gagna bientôt lui-même et, sur un signe de son hôte, un serviteur le guida jusqu'à sa chambre. Au bout de quelques minutes, il arriva devant sa porte. Quand il l'ouvrit, quelle ne fut pas sa surprise en trouvant Emalie assise près du lit !

— On manque de place, monseigneur, pour loger tous les invités.

— Je n'en suis point surpris, ce château n'est pas aussi grand que Greystone.

— Lord Durwyn vous… nous a attribué la plus grande chambre du château, car vous êtes son suzerain.

Elle était mal à l'aise. L'idée qu'il allait leur falloir partager cette pièce et ce lit pendant toute la durée de leur séjour la rendait nerveuse.

Lui aussi. Son estomac ne lui laissait aucun doute à ce sujet.

— Grâce au ciel, nous n'aurons pas à faire chambre commune avec Geoffroi, il ronfle si fort qu'il réveillerait une armée en campagne !

Elle rit et se leva de sa chaise.

— Nous nous débrouillerons, monseigneur, dit-elle en faisant tomber sa robe d'un mouvement d'épaule et en se glissant entre les draps.

Il avait l'habitude de dormir nu, mais comme la situation lui commandait de rester pudique, il se contenta d'ôter sa tunique et sa chemise en gardant toutefois son haut-de-chausses. Elle avait fermé les yeux, mais il sentait qu'elle l'observait malgré tout et il se hâta de se glisser dans le lit à son tour.

Comment faire ? Il venait à peine de s'avouer à lui-même qu'il la désirait passionnément. Le moment était vraiment mal choisi ! Il essaya de s'installer pour la nuit en évitant de trop s'approcher d'elle.

Allongé sur le côté et lui tournant le dos, il chercha le sommeil, en vain. Ni sa fatigue ni le silence du château ne lui étaient d'aucun secours. Espérant qu'elle avait eu plus de chance que lui et s'était assoupie, il se retourna aussi doucement que possible pour la regarder dormir.

Elle avait les yeux grands ouverts.

La lueur des flammes jouait sur son visage et il la contempla longuement, luttant désespérément contre l'envie folle qu'il avait de l'embrasser.

Puis, n'y tenant plus, il suivit du doigt le contour de ses joues, de son nez. A chaque effleurement, elle retenait son souffle sans chercher pourtant à se soustraire à sa caresse.

— Ce n'est pas possible, Emalie, chuchota-t-il en faisant courir ses doigts sur son cou, puis sur le drap qu'elle tenait serré contre elle.

Elle se remit à respirer et il sourit.

— Quoi donc, monseigneur ?

— J'ai envie de vous, madame, répondit-il en avançant sa main plus bas, mais sans rejeter les draps de peur qu'elle ne le repousse.

Il posa la main sur le renflement de ses seins et attendit sa réaction. Celle-ci ne se fit pas attendre. Ils étaient plus gonflés encore que la dernière fois, et il sourit à l'idée qu'il pouvait si bien faire la différence, mais ce qui n'avait pas changé, en revanche, c'était la façon dont les pointes se raidissaient sous la caresse.

— Monseigneur, murmura-t-elle en posant sa main sur la sienne.

— Oui, Emalie ?

— Ne vous croyez pas obligé de faire cela.

— Que voulez-vous dire ?

— Je suis certaine qu'il se trouvera bien ici quelque soubrette disposée à satisfaire vos désirs, monseigneur.

Il retira sa main brusquement et sauta à bas du lit en repoussant la courtepointe, éberlué.

— Une soubrette, madame ? Est-ce là ce que vous croyez que je veux ?

Elle s'était assise dans le lit, ses cheveux défaits encadrant son visage de longues mèches dorées dans lesquelles dansait la lueur des flammes. Il avait une envie furieuse d'y enfouir ses mains et n'avait plus la force d'y résister.

Avait-elle peur de ce qui avait failli se passer entre eux la dernière fois ? Il savait qu'elle y avait pris du plaisir. Se pouvait-il que cela aussi ait changé ?

— Avez-vous peur de moi, Emalie ?

— Non, monseigneur, répondit-elle en secouant doucement la tête.

— Avez-vous peur de ce qui va se passer si nous continuons ?

— Je ne pense pas, monseigneur.

— Alors pourquoi suggérez-vous que j'aille chercher une ribaude au lieu d'honorer ma propre femme ? demanda-t-il.

Il avait cherché à la faire rougir. C'était fait.

— J'ai… pensé que… puisque vous aviez passé de nombreuses nuits avec Lyssa et Belle… vous préféreriez quelqu'un d'autre que moi, bégaya-t-elle.

Si elle n'avait pas eu l'air si grave et triste, il aurait éclaté de rire ! Lui préférer une soubrette ? Toutes ces nuits au château n'avaient été qu'une longue et lamentable suite d'échecs. Fallait-il le lui dire ?

Il s'assit sur le bord du lit, la forçant à se déplacer un peu.

— C'est de vous dont j'ai envie, Emalie, aujourd'hui comme la première fois où je vous ai vue penchée audessus de moi dans ma baignoire.

— J'ai entendu dire que, lorsque le désir l'envahit, un homme peut trouver son plaisir avec n'importe quelle femme.

— Et qui donc vous a révélé ce secret si plein de sagesse ? s'esclaffa-t-il.

Elle hésita un instant puis se décida finalement à parler :

— Lady Fatim.

Sa réponse le fit sourire, car si quelqu'un connaissait les hommes, c'était bien Fatim. Il n'osait s'imaginer combien Emalie et tant d'autres seraient choqués d'apprendre qu'elle avait passé des années dans le harem d'un riche marchand levantin qui la partageait avec ses meilleurs clients. C'était d'ailleurs dans ces circonstances que Luc l'avait rencontrée.

Il brûlait de savoir quel autre secret de son art Fatim avait bien pu partager avec sa jeune épouse.

— Vous avez discuté de ces choses avec Fatim ? Qu'est-ce qui a bien pu vous inciter à lui poser des questions à ce propos ?

— Je connais son passé, monseigneur. Je n'ai trouvé qu'elle avec qui discuter de ces choses, comme vous dites.

C'était son tour d'être éberlué. Une fois encore, elle l'avait surpris.

— Vous savez quelle a été sa vie avant de rencontrer Luc et pourtant vous tolérez sa présence ? Vous dînez avec elle et la défendez contre vos dames de compagnie ?

— D'aucuns diraient que, entre Fatim et moi, il n'y a pas de différence, monseigneur.

Il tressaillit à ces mots, comme s'il avait reçu un coup violent. Elle avait raison. Toute femme qui se donnait à un homme en dehors des liens sacrés du mariage était une catin, et l'argent ne changeait rien à l'affaire. Mais peut-être ce mot ne s'appliquait-il pas vraiment dans le cas d'Emalie. S'il fallait l'en croire, elle avait été une victime bien malgré elle. Jamais elle n'avait fait mine de chercher à attirer l'attention d'un homme. Pas même la sienne, d'ailleurs, à son grand regret !

— Est-ce ainsi que vous vous considérez ?

— Je me suis aperçue que ceux qui m'appellent ainsi ne se soucient pas de ce que je pense, et que la vérité, si elle leur était connue, ne les ferait pas changer d'avis.

Elle disait vrai, et il en était atterré. Quand une dame de la noblesse perdait son honneur, elle perdait tout. Il secoua la tête. Il ne pouvait pas dire cela d'Emalie. Pas d'elle.

Son infortune n'avait pas entamé la douceur de son caractère et elle avait fait montre d'une grande qualité d'âme. Elle avait certes perdu sa vertu mais tout ce qu'il y avait de bien et de bon en elle était toujours là, il suffisait d'ouvrir les yeux pour s'en apercevoir. Tous ceux qui avaient une autre opinion...

C'était son cas, hélas.

Il demeurait incapable d'ouvrir simplement son cœur et de passer outre son maudit sens de l'honneur.

Il se leva et prit sa tunique et sa chemise. Il fallait qu'il réfléchisse à tout cela. Tant qu'il n'aurait pas tiré les choses au clair, il lui serait impossible de consommer ce mariage.

— Pour dire vrai, j'avais résolu de vous séduire ce soir, Emalie, dit-il en rajustant sa ceinture, mais vos paroles m'ont perturbé et je crois qu'il va me falloir réfléchir un peu.

— Restez, monseigneur, je vous en prie.

Sa voix tremblait ; la colère de Christian l'inquiétait visiblement.

— Ne craignez rien, madame, je ne vais point partager la couche d'une autre femme. Je ne l'ai pas fait depuis notre mariage, quoique j'aie essayé, je vous l'avoue, mais sans succès.

— Mais... Lyssa, Belle ? s'étonna-t-elle.

Elle avait du mal à prononcer le nom de ces filles.

— Même le vin ne m'a été d'aucun secours. Comment aurais-je pu trouver mon plaisir avec elles quand c'était vous que je désirais ?

Il se pencha et posa doucement un baiser sur ses lèvres. Il aurait pu jurer qu'elles étaient venues à la rencontre de sa bouche, mais il recula et se dirigea vers la porte.

— Je serai de retour dans un instant. J'ai besoin de prendre un peu l'air.

Il quitta la chambre sans bruit et descendit l'escalier jusqu'à la grande salle puis gagna l'unique grange qui se trouvait à l'intérieur du mur du château en passant par la cour. Durwyn avait fait flèche de tout bois pour loger ses hôtes et leur suite et c'était là que dormait Luc. Il passa sans s'arrêter devant plusieurs gardes qui le saluèrent.

Il ouvrit la porte et attendit quelques instants que ses yeux s'habituent à la pénombre de la grange qui n'était éclairée que par une ou deux lanternes. De sourds ronflements emplissaient le silence de la nuit, entrecoupés d'autres sons dont il n'était pas difficile de deviner la nature, et qui provenaient du fenil. On batifolait là-haut !

Il trouva Luc parmi les dormeurs alignés sur le sol et le réveilla. Ils se retrouvèrent à l'extérieur de la grange quelques minutes plus tard et s'éloignèrent un peu car Christian craignait qu'on les entende.

— J'étais venu ici pour dormir un peu car Fatim me laisse peu de répit la nuit, maugréa Luc.

— Allons, ne rechigne pas ! Ne peux-tu sacrifier à ton meilleur ami quelques instants de ton précieux sommeil ? Viens, marchons un peu, rétorqua Christian en faisant un signe de la tête en direction de la cour.

Ils se mirent à marcher en suivant le mur d'enceinte. Luc bâillait à s'en décrocher la mâchoire tandis que son compagnon cherchait désespérément un moyen de lui poser la question qui le hantait. Quand ils passèrent pour la troisième fois devant le même garde, Luc s'arrêta et fit face à Christian.

— Allons ! pose-moi ta question tout de suite ou je retourne à ma paillasse ! lança-t-il en croisant les bras, refusant de faire un pas de plus.

Il n'avait plus le choix, il fallait qu'il demande son avis à son ami s'il voulait comprendre ce qui le taraudait si fort.

— Comment peux-tu garder Fatim en sachant qu'elle a eu d'innombrables amants avant toi ?

Le visage de Luc s'empourpra violemment et il donna une chiquenaude sur la tête de Christian. Le coup n'était pas fort mais ce dernier comprit qu'il avait blessé son ami. Jamais auparavant ils n'avaient abordé ce sujet, pas même pendant leur voyage de retour de Terre sainte. Luc avait simplement informé son suzerain que la belle indigène qui les accompagnait était maintenant sa femme et ce n'était que plus tard, un soir qu'ils avaient bu bien plus que de raison pour tenter d'oublier les dangers de leur équipée, qu'il lui avait finalement révélé la vérité.

— Parce que, imbécile que tu es, je me moque de ceux qu'elle a connus avant moi et me satisfais de l'idée qu'elle n'en connaîtra point d'autres désormais.

— Mais tu ne souffres pas de penser qu'elle a...

Le reste de la phrase se perdit dans sa gorge car Luc avait empoigné sa tunique et l'étranglait pour le faire taire.

— Si tu n'étais pas mon suzerain, je te ferais rentrer six pieds sous terre pour avoir insulté ma femme ! maugréa-t-il en serrant les dents et en repoussant Christian contre le mur.

— Je n'ai nul désir de l'insulter, Luc, je cherche à comprendre ! assura le comte, hors d'haleine.

— Je l'ai sauvée du massacre en souvenir du plaisir qu'elle m'avait donné, mais si elle a accepté de m'épouser, c'est qu'il y avait bien autre chose entre nous !

Christian savait qu'il aurait dû s'en tenir là, mais il ne put s'empêcher de poser une dernière question :

— Comment peux-tu accepter le déshonneur de sa vie avant toi ?

Le coup partit si vite qu'il se retrouva dans la poussière avant d'avoir le temps de regretter ses paroles. Luc se tenait au-dessus de lui, et ses yeux lançaient des éclairs. D'un geste de la main, Christian lui fit signe de se calmer.

— Quel déshonneur ? rugit Luc. Je ne prétends pas comprendre les mœurs des infidèles, mais il se trouve que Fatim a été élevée précisément pour devenir ce qu'elle est devenue, et il n'y avait aucun déshonneur là-dedans. Elle est bonne, généreuse et attentionnée. C'est tout ce qui compte pour moi.

Au lieu de se relever, Christian resta à terre, pesant les mots de son ami. Il avait raison, l'honneur ne s'achetait pas, c'était la manière dont on vivait sa vie qui importait. Emalie n'avait pas perdu le sien, car elle était restée fidèle à elle même et continuait de se préoccuper avant tout du sort de ses gens. Cet honneur-là, aucune nuit de honte ne pouvait le lui enlever.

Aucun décret royal ne lui rendrait le sien non plus. Seuls ses actes pourraient le lui ôter, ou le lui conserver. Son comportement à l'égard d'Emalie était dangereux de ce point de vue, car il ne pouvait traiter celle qu'il avait prise pour femme de cette façon sans risquer de se déshonorer lui-même.

— Grand merci, Luc, tu m'as ouvert les yeux, dit-il en se remettant debout et en tendant la main à son ami.

Luc hésita un instant avant d'accepter.

— Je croyais que tu avais fait la paix avec ta femme.

— En effet, sauf sur un point cependant.

— Allons donc ! Quel entêté tu fais ! Laisse-moi te donner un conseil de bon sens : fais la paix une bonne fois pour toutes, avant qu'il ne soit trop tard et que tu ne perdes tout ce qu'Emalie peut t'apporter.

Sans lui laisser le temps de répondre, Luc ajouta :

— Je ne parle point ici de terres ou de titres. Oublie cela et considère plutôt le trésor que tu as reçu en l'épousant. Va maintenant ; je retourne dormir et rêver au joyau que j'ai, moi, laissé en ton château.

Et sans rien ajouter de plus, il planta là son ami.

Dans leur sagesse, les paroles de Luc avaient touché juste, il s'en rendait bien compte. C'était à lui maintenant de passer à l'action et de remettre les choses en place.

17.

Au matin, il avait changé.

Emalie s'était réveillée quand il était rentré mais ils n'avaient échangé aucune parole. Il s'était dévêtu rapidement et glissé entre les draps. Elle avait attendu un geste, un mot, quelque chose, mais son attente avait été déçue, car il s'était bientôt mis à ronfler. Elle avait mis des heures à trouver le sommeil.

Elle s'était réveillée dans ses bras et, quoiqu'elle n'eût aucun souvenir de s'être approchée pendant la nuit, elle avait trouvé cette situation bien agréable. Qu'il était doux d'être si près de lui, enfin !

Elle jeta un regard vers son époux et le trouva en grande conversation avec lady Herta. Sous la table, cependant, elle sentait sa jambe contre la sienne. Il le faisait exprès, elle en était sûre. Pendant le repas, il avait même mis la main sur son genou tout en posant une question à propos de Fayth.

Elle aurait juré que l'endroit où il avait posé sa main en retenait encore la chaleur et lorsqu'il lui parlait à l'oreille, son souffle lui caressait le cou et la faisait frissonner. Ce qu'il lui disait n'avait rien de très intime, mais c'était la manière dont il le faisait qui l'émouvait.

Parfois, il s'approchait si près qu'elle sentait la chaleur de sa bouche sur sa peau.

Elle se rendit compte, soudain, que depuis qu'ils s'étaient arrachés aux bras l'un de l'autre ce matin, il avait saisi toutes les occasions possibles pour la toucher. Il avait embrassé sa main, avait pris sa taille en marchant, sa jambe avait caressé la sienne sous la table et il lui avait parlé de si près qu'elle le sentait respirer.

Et puis ils avaient dansé.

Christian l'avait surprise en l'invitant à le rejoindre lorsque les musiciens s'étaient mis à jouer un air enlevé. C'était une danse compliquée et elle lui avait fait remarquer qu'elle ne l'avait jamais vu danser auparavant, mais qu'il semblait s'y entendre fort bien.

— Mes maîtres d'armes m'ont toujours dit que l'escrime et la danse étaient deux arts jumeaux. Ils m'ont enseigné les armes, j'ai appris à danser.

Il prenait cependant des libertés avec la chorégraphie, car plusieurs fois il avait fait glisser ses mains sur sa poitrine en la faisant tourner sur elle-même, et l'avait tenue bien plus serrée que nécessaire, surtout quand il l'avait lancée en l'air et l'avait rattrapée en la serrant très fort contre lui. Elle avait agrippé ses épaules et planté ses yeux dans les siens. Un désir violent l'avait submergée. C'était ainsi qu'elle voulait qu'il la serre lorsqu'ils étaient nus ! Elle avait une envie folle de sentir la chaleur de son corps contre sa peau.

Elle secoua la tête, comme pour s'arracher à sa rêverie. Elle avait beau chercher à chasser ces pensées honteuses, son corps, lui, avait commencé à réagir. Sa poitrine tendait l'étoffe de sa robe et elle sentait des gouttes de sueur perler entre ses seins gonflés. Du plus profond d'elle-même montait un tremblement qui s'amplifiait à chaque seconde et elle sentait une douleur inconnue l'envahir.

Malgré ses efforts, elle ne pouvait cacher son émoi. Christian se tourna vers elle avec empressement et lui tendit une coupe de vin.

— Je vous ai négligée, madame, permettez-moi de prendre soin de vous.

A ces mots, elle se sentit devenir folle et de violents frissons secouèrent son corps car elle en avait senti toute l'ambiguïté.

Il tint la coupe pendant qu'elle buvait puis posa ses lèvres là où elle avait bu. Quand il passa la langue sur sa bouche pour y chercher une goutte de vin, elle crut défaillir, et lorsqu'elle s'aperçut qu'il faisait mine de vouloir faire la même chose sur elle, elle saisit un mouchoir pour l'en empêcher.

Il prit sur son couteau un morceau de pigeon rôti, mais au lieu de le lui tendre, il le tint devant elle et, tout en la fixant intensément, approcha la bouchée fumante de la bouche d'Emalie, millimètre par millimètre, puis, au moment où elle allait toucher ses lèvres, il les en caressa avant de la poser délicatement sur sa langue. Elle ne put soutenir son regard et mâcha longuement, les yeux clos, mais elle était si tendue qu'elle n'arrivait pas à avaler.

— Tenez, madame, buvez.

Elle prit une longue gorgée de la coupe où tous deux avaient posé leurs lèvres.

C'était fou. Elle luttait de toutes ses forces pour ne pas l'implorer de la toucher enfin. Etait-il en train d'essayer de la séduire, comme il disait ? Cherchait-il à l'exciter et à l'habituer à lui comme on entraîne un faucon ?

En tout cas, cela fonctionnait à merveille, car à chaque baiser, chaque fois qu'il posait la main sur elle ou lui murmurait un mot à l'oreille, elle avait du mal à se retenir de lui demander de la prendre là, tout de suite. Et il savait très bien ce qu'il faisait. Elle en aurait mis sa tête à couper !

Il se leva soudain et lui offrit son bras, puis comme elle y posait la main, il s'adressa à ses hôtes :

— Milady de Harbridge et moi-même vous remercions pour cette agréable soirée. A demain.

Sans ajouter un mot, il fit un signe de la tête à l'adresse de lord Durwyn et se dirigea vers la sortie, Emalie à son bras, et lorsque Alyce fit mine de vouloir les suivre jusqu'à leur chambre, il la renvoya d'un geste de la main.

— Je m'occuperai de milady moi-même, Alyce.

— Fort bien, milord, répondit celle-ci en faisant une révérence.

— Et ne vous avisez pas de venir frapper à notre porte avant que je ne vous appelle, conclut-il en passant devant elle.

Toute à son attente fiévreuse, Emalie resta muette et ne sut jamais si Alyce avait acquiescé ou non. Tout ce qu'elle savait, c'était qu'il allait devenir son amant ce soir, et cela attisait encore plus son désir. Son corps rendu fou par ses caresses palpitait comme un brasier.

Ils coururent presque jusqu'à leur chambre et il ne lâcha sa main que pour faire glisser la clenche, après quoi il la prit dans ses bras et l'embrassa fougueusement.

Cette étreinte pleine de promesses enflamma son corps et elle sentit naître une onde de chaleur au plus profond de son ventre. Il butina ses lèvres et elle trouva sur lui le goût du vin qu'ils avaient partagé. Puis il glissa la main dans ses cheveux pour en ôter la coiffe, et eut tôt fait de défaire les nattes qu'Alyce avait tressées avec tant de patience et de soin. Jamais, pendant tout ce temps sa bouche ne quitta la sienne.

Ils s'embrassèrent à perdre haleine sans s'arrêter un instant, ne s'arrachant l'un à l'autre que pour respirer un peu et mieux recommencer encore et encore. Cela dura longtemps, des heures, des journées entières, elle ne savait plus.

— Et maintenant, je vais jouer à la servante, laissez-moi vous aider, madame, dit-il en s'écartant un peu.

Il commença à délacer doucement les longues manches de sa robe sans jamais que ses mains ne cessent de la toucher. Quand il en eut terminé, il les fit glisser délicatement de ses épaules puis le long de ses bras et les laissa tomber sur le sol. Il fit ensuite remonter ses mains jusqu'à son cou sans cesser d'effleurer sa peau puis :

— Bien. La tunique maintenant. Tournez-vous, madame.

Elle hésita à lui tourner le dos, mais il la fit se placer en face du feu en sorte qu'il se trouvait maintenant derrière elle. Il fit glisser ses mains le long du vêtement, défaisant un à un les lacets jusqu'à ce qu'il atteigne la ceinture de sa robe. Avant qu'elle ait le temps de saisir la tunique, il glissa ses mains à l'intérieur et l'ôta lui-même, découvrant ses épaules en la laissant tomber. Avant qu'elle touche le sol, il frôla les hanches d'Emalie, sa taille, son ventre, ses seins. Elle avait gardé sa chemise, mais sentait sa caresse comme si elle avait eu la peau nue.

Il se serra un peu plus contre elle et commença à défaire sa chemise. Son souffle sur sa nuque était brûlant et elle pouvait presque suivre les mouvements de ses muscles contre sa peau. Des muscles d'homme. De guerrier. Tout en lui était dur, sauf ses caresses. Elle ne put s'empêcher de rejeter la tête en arrière et il l'embrassa dans le cou en même temps qu'il ouvrait la chemise.

Alors il se mit à la tourmenter. Il lui demanda de lever les bras au-dessus de sa tête et fit courir ses doigts depuis ses mains jusqu'à ses épaules, doucement, comme pour la rendre folle, puis suivit la courbe opulente de ses seins, s'attardant sur le mamelon, en agaçant la pointe impatiente d'un doigt léger comme une plume avant de poursuivre sa route, toujours plus bas.

Sous la caresse qui se faisait plus pressante, elle se raidit, mais les mains s'arrêtèrent au bord de sa féminité. Elle attendit avec fièvre qu'il la touche et constate l'émoi qu'il avait fait naître en elle, mais rien ne vint. Elle s'ouvrit alors lentement à lui, impatiente.

Il ne bougea pas.

Son corps se mit à trembler. Elle était prête, elle le voulait, elle avait besoin qu'il la touche. Quand il effleura soudain sa toison, elle serra les cuisses, mais il eut pitié d'elle. Il la retourna contre lui et prit sa bouche, la couvrant de baisers enfiévrés.

Elle s'enivrait de se sentir nue contre lui mais elle en voulait plus : elle voulait sentir sa peau contre la sienne.

— Mon doux seigneur, murmura-t-elle après un long baiser, pourquoi gardez-vous vos vêtements ?

Avec une rapidité sidérante, il s'écarta un peu et arracha littéralement sa tunique et son haut-de-chausses. Elle en eut le souffle coupé. L'homme qui se tenait maintenant nu devant elle n'avait rien à voir avec celui qu'elle avait un jour regardé dormir dans sa baignoire.

Il ne s'était pas contenté de simplement guérir mais, il avait en outre, à force d'entraînement, considérablement musclé son corps. Avec ses larges épaules et son torse puissant, il ressemblait au guerrier qu'Aliénor lui avait décrit. Ses bras aussi étaient forts, et elle osa même vérifier, sans pour autant y arrêter son regard, que le reste de son anatomie l'était également. Elle tourna le regard vers lui et vit qu'il lui souriait.

— Nous voici à égalité, Emalie.

— Mon doux sire, vous raillez ! Vous êtes bien plus fort que...

Ses mots se perdirent dans le tumulte de leur étreinte. Le contact de sa peau nue contre la sienne lui fit perdre toute retenue et elle se mit à le caresser à son tour en suivant la ligne de ses épaules, de son dos, de ses hanches. Tout son corps était dur comme du marbre.

Ils tombèrent enlacés sur la couche profonde. Allongée sur lui, elle pouvait sentir sa virilité impatiente qui palpitait contre son ventre brûlant. Cela ne dura que quelques instants. Christian la renversa sous lui et s'immobilisa pour la fixer.

Elle allait le supplier d'en finir mais il l'embrassa doucement et demanda :

— Voulez-vous être ma femme ?

— Mais je suis à vous, mon doux sire.

— A moi, et seulement à moi, comme vous l'avez promis ?

Elle comprit soudain qu'il voulait sceller leurs vœux de mariage.

— Oui, mon doux seigneur, à vous seulement, je vous le promets.

— A moi seul, répéta-t-il en s'enfonçant en elle, si facilement et si profondément qu'elle en eut le souffle coupé.

Quand il fit mine de se retirer, elle entoura ses hanches de ses jambes pour le garder en elle.

Et ils ne purent plus ni retenir ni ralentir le torrent de leur passion. Leurs doigts enfiévrés exploraient les moindres recoins de leurs corps à la recherche de ravissements insoupçonnés. Sous les assauts de son amant, les vagues du plaisir, l'une après l'autre, submergèrent Emalie jusqu'à ce que, dans un ultime spasme, il s'écarte enfin d'elle.

Il resta un moment sans bouger puis fit rouler leurs corps sur le côté en prenant soin de rester en elle. Elle crut s'être endormie mais Christian recommença bientôt à onduler lentement et, cette fois-ci, la passion qui les emporta, pour être moins impétueuse, n'en fut que plus enivrante car le plaisir rendait fous leurs sens exacerbés. La troisième fois leur apporta la plénitude et l'apaisement, et ils glissèrent tous deux dans un sommeil ravi.

Avant de sombrer, elle l'entendit toutefois qui murmurait :

— A moi seul…

Les jours suivants passèrent trop vite à son goût. Bien sûr, on célébrait les noces de Fayth et de Hugh, mais Emalie se sentait comme si elle eût été la jeune mariée. Les commentaires égrillards qui fusaient à tout propos la faisaient rougir et son mari était sans cesse à ses côtés, échangeant avec elle des caresses et des baisers fougueux. Il ne la quittait à l'occasion que pour suivre lord Durwyn à la chasse, mais il savait toujours lui donner le sentiment qu'elle lui avait beaucoup manqué chaque fois qu'il revenait d'une battue.

Après que les jeunes époux s'en furent retournés chez les parents de sir Hugh, Emalie et Christian prirent le chemin du retour, qui fut fort différent de l'aller car ils étaient toujours si près l'un de l'autre que le temps et la distance leur semblèrent abolis.

Une fois arrivés à Greystone, Emalie se rendit compte qu'on jasait beaucoup sur son compte, des chambres hautes aux cuisines. Tous avaient remarqué le changement radical qui semblait être intervenu dans leurs relations, et la jeune femme en fut transportée de joie. Elle avait cru voir ses rêves exaucés quand il lui avait rendu ses prérogatives au château mais elle s'était trompée, car, en acceptant enfin qu'elle se donne à lui corps et âme, il avait fait d'elle son égale et lui avait permis de s'épanouir. Le seul motif d'inquiétude qui persistait en elle, c'était le petit être qui poussait dans son ventre.

Son mari prenait toujours grand soin d'elle, qu'ils soient à cheval sur leurs terres ou qu'il lui fasse passionnément l'amour. Il se préoccupait de son confort avant tout, et veillait à ce que tous ses désirs soient exaucés. Mais jamais il ne faisait la moindre allusion à l'enfant.

En cela cependant, il ne dérogeait point à la coutume. La plupart des hommes ne s'intéressaient nullement à leur progéniture car il était admis une bonne fois pour toutes que c'était l'affaire des femmes. Quand l'enfant était légitime, cela pouvait se comprendre. A plus forte raison dans leur cas.

L'été passa et bientôt ce fut l'automne. Greystone bruissait des préparatifs pour l'hiver et Emalie sentait l'appréhension monter en elle. Elle avait le sentiment qu'un malheur approchait, qu'un sort funeste allait s'abattre sur l'homme qu'elle aimait, sur elle et tout ce qu'ils avaient commencé à bâtir.

Chaque jour qui passait la voyait plus assidue à la chapelle, et elle assistait à la messe aussi souvent que possible. Tous autour d'elle croyaient qu'elle demandait au ciel de faire en sorte que l'accouchement ait lieu dans de bonnes conditions mais tel n'était pas le cas : en réalité, elle priait pour que Christian lui pardonne, quand il apprendrait enfin la vérité sur l'enfant, de l'avoir entraîné dans le complot des Plantagenêt.

18.

Les gardes vinrent l'avertir que des visiteurs approchaient. Christian monta sur les remparts et observa la petite troupe qui sortait du bois et se dirigeait vers le château. Le vent jouait dans ses cheveux tandis qu'il s'efforçait de distinguer les visages et il fit un signe en direction du chevalier qui se tenait à son côté, l'interrogeant du regard. Celui-ci secoua la tête, les arrivants étaient encore trop loin.

On n'était encore qu'en novembre, mais le vent annonçait un hiver rude et précoce. Tous à Greystone travaillaient d'arrache-pied en prévision du pire.

Le petit groupe de cavaliers emprunta le chemin qui menait à la grande porte et c'est alors seulement que Christian vit la bannière royale frappée des trois lions des Plantagenêt sur fond d'or. C'étaient les nouvelles armoiries de Richard, mais n'importe lequel des membres de la famille royale pouvait se déplacer sous cette bannière.

Ils allaient trop vite pour que ce pût être Aliénor. Le roi, pour sa part, était bien trop occupé à essayer de reprendre le contrôle de ses terres de France pour voyager en Angleterre en ce moment. Cela ne laissait qu'une seule possibilité.

Jean sans Terre.

— M'est avis qu'il en a eu assez de devoir sans cesse s'humilier devant son frère, remarqua Luc d'un ton grinçant, ces Plantagenêt se font la guerre et se réconcilient à une vitesse effrayante.

— Mais leur mansuétude ne s'étend pas au-delà de leur famille ! Nous autres, il nous faut payer pour nos erreurs.

Christian cracha par terre en se retournant. Son père avait tout perdu à cause d'eux.

— Tu devrais aller le saluer, Christian, car il est ombrageux et très attaché à ces petites marques de déférence.

— J'en ai peur, en effet. Emalie a dû être prévenue de son arrivée, je crois qu'il vaut mieux que nous l'accueillions ensemble.

— Fatim ne viendra pas, milord.

Christian s'immobilisa et regarda son ami.

— Pourquoi donc ?

— J'ai trop entendu parler de sa propension à convoiter les femmes des autres pour la laisser paraître en sa présence.

La beauté opulente de Fatim et sa sensualité orientale ne manqueraient pas d'exciter le désir du prince, en effet, et Christian pensa que son ami faisait bien de la soustraire à sa concupiscence, car ce qu'il voulait, Jean le prenait, que ce soit de l'or, un château ou une femme. Et l'on ne pouvait rien refuser au frère du roi.

— Malheureusement, Emalie ne peut pas se dispenser de venir le saluer, mais je la renverrai dans ses appartements tout de suite après. Elle ne se sent pas très bien ces derniers temps de toute façon.

Elle n'était jamais malade, mais si ce prétexte pouvait lui éviter d'avoir à se trouver en présence de Jean, il profiterait de l'occasion.

— Très bien, dit Luc. Allons ! les voici qui passent sous les remparts, nous ferions bien de descendre à leur rencontre.

Christian rejoignit la grande salle et y trouva Emalie, comme il s'y attendait, occupée à donner des ordres aux serviteurs pour qu'ils préparent à boire et à manger ainsi que des chambres pour les visiteurs. Elle semblait ne pas connaître leur identité. A tout le moins, elle n'en laissait rien paraître, mais quand elle le vit qui la regardait, un sourire illumina son visage et elle lui tendit la main.

— Nous avons de la visite, monseigneur.

— Je sais. Je les ai vus depuis les remparts et suis descendu pour les accueillir.

Ils s'avancèrent jusqu'au dais et attendirent leurs hôtes. Il jugea bon de lui révéler de qui il s'agissait.

— C'est un membre de la famille royale.

Emalie se tourna vers lui.

— Aliénor ? demanda-t-elle, nerveuse.

Il secoua la tête.

— Je n'en suis pas certain, mais il m'a semblé que c'était Jean.

Il sentit sa main trembler sur son bras et tourna les yeux vers elle, mais elle évita son regard. Elle se mit à respirer de plus en plus vite, mais sembla se calmer quelque peu comme les visiteurs approchaient.

— Que vient-il faire ici, monseigneur ?

— Je ne sais, mais nous serons bientôt fixés. Ah ! Altesse ! Soyez le bienvenu à Greystone !

— Soyez remercié pour cet accueil, messire Dumont, répondit le prince en hochant la tête.

Il s'approcha d'Emalie et prit sa main.

— Chère comtesse, je vous trouve fort bonne mine. Mais vous voilà enceinte ! Comme c'est charmant !

Sous les yeux de Christian, il embrassa les doigts de la jeune femme qui luttait visiblement pour cacher sa répugnance.

— Quelle affaire vous amène en ces lieux, milord ? demanda-t-il, impatient de savoir à quoi s'en tenir.

— Je suis venu vous apporter le salut du roi mon frère, et de la reine. Ils n'ont pu se déplacer eux-mêmes.

Richard préférait l'Anjou à la brumeuse Albion, et aussi l'Aquitaine et le Poitou, c'était de notoriété publique. Il y avait peu de chances qu'il revienne jamais sur ses terres d'Angleterre. Quant à Aliénor, elle allait où elle voulait, quand elle voulait.

— Voyez, William ! La comtesse n'est point seulement ravissante, la voilà qui s'épanouit maintenant ! lança le prince à l'adresse de l'un des chevaliers de sa suite.

Un homme s'avança, tout de noir vêtu, et hocha la tête. Il était grand et à peu près du même âge que Christian. Emalie se remit à trembler. Du coin de l'œil, le jeune comte vit soudain Alyce et Walter s'approcher doucement de leur maîtresse. Quelque chose clochait.

— Ma chère Emalie ! Laissez-moi vous féliciter pour cette grossesse. Qu'en dis-tu, William ?

— Comment allez-vous, milady ? demanda celui-ci.

S'il avait au début salué la comtesse avec une voix où perçaient la colère et l'hostilité, il la couvait maintenant du regard avec une expression de tendresse que Christian jugea déplacée. Il s'agissait de *sa* femme ! Il s'aperçut que William avait les yeux rivés sur le ventre d'Emalie.

— Je ne suis pas sûr de vous connaître, messire, lança-t-il, résolu à mettre un terme à ce manège.

— En effet, milord, répondit l'autre sans détacher son regard de la jeune femme, mais, moi, je connais Emalie.

Cette grossièreté hérissa Christian. Comment osait-il l'appeler par son nom ? Une douleur sourde commença à le tarauder lorsqu'il remarqua l'air goguenard de Jean qui se repaissait du spectacle. Sa perplexité et le trouble de sa femme semblaient l'amuser au plus haut point.

— Comment cela ? dit Christian en interrogeant William du regard.

Emalie semblait près de s'évanouir et il craignait de savoir pourquoi.

— Les Séverin et les Montgomery sont de vieilles familles angevines. William et Emalie se connaissent depuis leur plus tendre enfance, répondit le prince à la place de son vassal.

Emalie était livide, et Christian se dit qu'il était temps de la soustraire à cette épreuve.

— Vous vous êtes encore fatiguée plus que de raison, madame, vous devriez vous retirer dans vos appartements pour vous reposer un peu, dit-il en lui souriant. Alyce, ajouta-t-il en se tournant vers la femme de chambre, accompagnez milady de Harbridge jusqu'à sa chambre, et veillez à ce que nul ne la dérange.

La camériste s'exécuta et sortit en soutenant sa maîtresse, suivie de Walter qui veillait à ce que personne ne s'interpose.

Christian invita le prince à prendre place auprès de lui, mais celui-ci attendit qu'Emalie soit sortie, la suivant des yeux jusqu'à la porte en échangeant d'étranges regards avec Séverin. Fitzhugh avait envoyé quérir à la cave quelques flacons du meilleur vin mais Christian était bien trop préoccupé par la réaction d'Emalie pour en apprécier le goût.

— A quelle date est prévu l'heureux événement ? demanda le prince après avoir bu un peu de vin et entamé une miche de pain.

— La sage-femme a dit que ce serait au printemps, mais elle a ajouté qu'étant donné que c'est la première grossesse de milady de Harbridge, on ne pouvait guère être précis.

— Au printemps ? A Dieu ne plaise ! lança John à la cantonade.

— Plaît-il ? rétorqua Christian en fixant son hôte.

— Qu'en dis-tu, William ? Il m'étonnerait fort que cet enfant naisse après la Chandeleur, n'es-tu pas de cet avis ?

William acquiesça en grognant et leva sa coupe comme pour saluer l'assistance.

Christian comprenait parfaitement de quoi il retournait, mais il refusait d'entrer dans leur jeu sans en connaître les règles ni l'enjeu, quoique celui-ci fût clair si on voulait bien y réfléchir un instant : le vainqueur empocherait les biens et les titres d'Emalie, et elle-même par-dessus le marché.

Il n'eut pas le temps de poursuivre cette conversation car Luc apparut soudain à son côté et, se penchant à son oreille, murmura quelques mots qui le glacèrent d'effroi. Il ne voulait en aucun cas donner à ces vautours le plaisir d'apprendre à quel point ils avaient réussi à terroriser sa femme, aussi se leva-t-il calmement et, sans laisser à Jean le loisir de le retenir, dit :

— Votre Grâce, je dois à l'instant résoudre un grave problème. Mon intendant veillera à ce que vous ne manquiez de rien.

Là-dessus, il suivit Luc hors de la salle et, la porte passée, se précipita dans l'escalier jusqu'à ses appartements. Sans prendre la peine de frapper, il se rua dans leur chambre et trouva Emalie allongée sur le lit, le souffle court, blême.

— Où est la sage-femme ?

— On l'a fait appeler, milord, et Timothy également.

Alyce était assise au chevet de sa maîtresse, impuissante et affolée. Christian prit place à son côté et tenta de réchauffer les mains glacées de la jeune femme. Celle-ci gardait les yeux fixés au plafond, évitant de croiser son regard et répétant sans cesse des mots inaudibles.

La porte s'ouvrit soudain et Enyd entra. Il fut tenté d'exiger de rester auprès d'elle, au motif qu'il était le mari et que de toute façon le corps de son épouse ne lui était plus inconnu, mais il jugea que ce n'était pas le moment de se lancer dans un tel débat et sortit après avoir tendrement embrassé la main d'Emalie.

Au dîner, en dépit des provocations de Jean, il garda son calme. Il connaissait bien la tactique de son hôte pour l'avoir lui-même maintes fois employée sur le champ de bataille :

Surprendre.

Désarmer.

Détruire.

Il ne savait rien de ce qui se passait à l'étage et choisit de ne pas réagir aux questions ni aux allusions insultantes du prince. Le temps viendrait d'y répondre comme il convenait, plus tard. Quand il jugea qu'il avait rempli ses obligations eu égard à la qualité de son hôte royal, il s'excusa et regagna sa chambre pour venir aux nouvelles.

Alyce lui ouvrit sans même lui laisser le temps de poser la main sur la poignée et lui fit signe d'entrer. Emalie était éveillée, mais semblait en proie à une terreur mortelle et son visage était d'une pâleur effrayante. Enyd l'arrêta au bord du lit et lui donna ses instructions :

— Il faut absolument qu'elle se repose, milord.

— Bien sûr, cela va de soi.

— Timothy a préparé quelques décoctions qui devraient lui redonner des forces, ainsi qu'à l'enfant. Veillez bien tous les deux à ce qu'elle suive ses recommandations, ajouta-t-elle en regardant Christian et Alyce d'un air grave.

— Est-ce qu'elle va…

Il ne pouvait prononcer ce mot.

— Elle a eu quelques contractions et a perdu du sang, mais, avec des précautions, tout devrait bien se passer.

Elle le salua et sortit, suivie d'Alyce, le laissant seul avec Emalie.

— Avez-vous besoin de quelque chose, ma mie ? Avez-vous soif ? Ou faim ?

Elle secoua doucement la tête en guise de réponse. Christian vit ses yeux se remplir de larmes et, s'asseyant sur le bord du lit, il la prit tendrement dans ses bras. Elle se blottit contre lui sans hésiter et sanglota lentement en répétant combien elle était désolée et en le suppliant de lui pardonner.

— Calmez-vous, Emalie, je vous en conjure, calmez-vous.

Il la serra contre lui et la berça doucement, tant et si bien qu'elle cessa de pleurer et s'endormit enfin, épuisée, dans ses bras. Il laissa s'écouler un long moment avant de relâcher son étreinte et de la reposer sur le lit.

Il ne l'avait jamais vue dans un tel état, pas même quand elle avait dû affronter sa fureur. Jamais elle ne s'était effondrée à ce point. Certes, elle était enceinte, et cela pouvait expliquer les choses en partie, mais il restait persuadé que c'étaient plutôt les circonstances de sa grossesse, et leur possible révélation, qui l'avaient affectée de cette façon. Depuis l'arrivée du prince et de son acolyte, la vérité qu'elle redoutait tant et qu'elle avait toujours refusé de lui révéler était devenue aveuglante, mais il refusait encore de se l'avouer.

On frappa doucement et la porte s'ouvrit un peu, découvrant Luc. Il lui fit signe d'entrer sans bruit et attendit que son compagnon lui explique le motif de cette intrusion, certain qu'il devait avoir pour cela une très bonne raison, puisqu'il savait dans quel état se trouvait Emalie.

— Son Altesse désire te parler. Tout de suite.

— Cela ne peut-il attendre ? Je ne veux point la laisser seule.

— Si tel était le cas, crois-tu que je serais venu jusqu'ici ? Il a dit qu'il voulait sans attendre s'entretenir avec toi d'affaires privées. La menace était claire, et j'ai jugé bon de venir t'en avertir.

Christian quitta doucement le lit en prenant soin de ne pas réveiller Emalie. Elle avait eu tant de mal à trouver le sommeil.

— A-t-il précisé où il voulait que je le retrouve ?

— Aussi sacrilège que cela puisse paraître, il a dit qu'il t'attendrait dans la chapelle, répondit Luc sans pouvoir cacher son mépris.

— Peux-tu rester ici ? l'interrogea Christian qui refusait de laisser sa femme sans surveillance.

— Fatim est dans le couloir, elle restera à son chevet. Moi-même, je monterai la garde devant sa porte jusqu'à ton retour, et nul n'entrera ici avec des intentions hostiles, je te le promets.

— Grand merci, Luc.

Il sortit et attendit un instant que Fatim soit près du lit. Rassuré à l'idée qu'Emalie ne serait pas dérangée, il se dirigea rapidement vers la chapelle.

Le prince l'attendait devant l'autel. Luc avait raison : la présence d'un tel personnage avait quelque chose de sacrilège dans ce lieu sacré. Il fit signe à Christian d'avancer et celui-ci s'exécuta, se préparant à subir une attaque en règle.

Le prince ne mâcha pas ses mots.

— Cela fait longtemps que je convoite Greystone, Dumont, ou plutôt Harbridge, et toutes les terres qui y sont attachées. Sans l'intervention de mon frère et de ma mère, tout cela serait déjà entre mes mains, comme prévu, et la comtesse également. Je vais vous faire la même offre que celle que j'ai faite à Séverin.

Quelle audace ! Christian bouillait de rage, mais il savait que sa survie, ainsi que celle d'Emalie, dépendait de sa capacité à garder son sang-froid.

— Et cette offre, quelle est-elle ? s'enquit-il d'un ton égal.

— Vous garderez les titres et administrerez les terres, mais tous les revenus de Harbridge seront à moi. Et, bien sûr, j'exercerai à ma discrétion mon droit de cuissage sur la charmante Emalie.

Jean ne se doutait pas à quel point la mort l'avait frôlé de près à cet instant.

Il poursuivit :

— William et moi n'avons pas eu le temps d'en faire une experte, mais je suis certain qu'un homme raffiné comme vous l'êtes lui a appris beaucoup de choses pendant ces quelques mois. J'avoue que, en voyant ses seins gonflés, j'ai eu envie de prendre cette louve sans attendre qu'elle ait mis bas son louveteau.

La fureur fit passer un voile devant les yeux de Christian. Il ne le tuerait pas tout de suite, non ! Cet homme-là méritait de mourir à petit feu. Il repoussa l'envie de le mettre à mort ici et maintenant en songeant à Emalie. S'il mourait, qui la protégerait de ce monstre ? Il inspira profondément et répondit :

— Je crains de devoir refuser votre offre généreuse, Altesse.

— Refuser mon offre ? Dumont ! vous semblez ne pas vous rendre compte de la situation. Je vous offre mon amitié.

— Je suis le vassal du roi.

— Mais moi aussi ! Je viens de passer ces derniers mois à lui prouver mon affection et à me dédouaner auprès de lui de toutes sortes d'accusations mensongères selon lesquelles j'aurais tenté de profiter de sa captivité !

Comment pouvait-il mentir avec tant d'impudence ? « Seigneur, pria-t-il, punissez-le pour ses péchés ! Ne le laissez pas profaner ainsi votre demeure ! »

Sa prière resta vaine.

— Vous ai-je dit qu'il m'avait fait son héritier et qu'ainsi je régnerai sur toute l'Angleterre à sa mort ? J'aurais cru que vous choisiriez de compter parmi mes amis plutôt que mes ennemis, Dumont !

— Encore une fois, soyez remercié pour votre offre si généreuse, Altesse, mais permettez-moi de la refuser de nouveau, répliqua Christian qui n'en pouvait plus de cette mascarade abjecte.

Il se dirigea vers la sortie.

— Saviez-vous que feu le comte de Harbridge avait promis sa charmante fille à mon ami William Séverin avant de quitter ce monde un peu... précipitamment ?

Christian se figea et attendit la suite.

— Et que William, dans sa hâte d'épouser une jeune fille si gracieuse, a quelque peu — comment dirai-je ? — brûlé les étapes ? Mais qui songerait à l'en blâmer ? Qui pourrait résister à une femme qui a tant à offrir à un homme, et surtout si elle vous tend les bras ? Je suis certain que ni vous ni moi n'aurions su rester sages à sa place !

La fureur étouffait Christian. Il se voyait déjà en train de l'étrangler, mais se retint de se jeter sur lui à l'idée que ce serait une mort trop douce.

— Et voilà, reprit le prince, que maintenant Emalie est enceinte et que Séverin a en sa possession des documents qui attestent de ses fiançailles ! Il a bien l'intention de plaider sa cause et de réclamer qu'on lui rende sa fiancée et son enfant.

— Mais pourquoi me faire cette offre ?

— Parce que je me suis rendu compte que vous feriez un bien meilleur comte de Harbridge que de Séverin, Dumont ! Vous, au moins, semblez capable d'administrer ce domaine avec succès, et donc de m'enrichir !

Christian l'entendit s'approcher.

— Alors ? Est-ce que je soutiens sa requête ou bien est-ce que je m'arrange pour qu'on égare ces documents ? demanda le prince en posant sa main sur l'épaule de Christian. Je quitte ce château demain à l'aube. Je veux votre réponse avant mon départ.

Christian acquiesça.

— Il y a une autre solution, Dumont, ajouta le scélérat. Si vous le désirez, je peux obtenir une annulation discrète de votre mariage. Vous vous en retournerez tranquillement chez vous sans déshonneur et pourrez vous marier pour de bon une fois que vous aurez trouvé une épouse à votre goût.

Et, comme Christian faisait mine de s'éloigner, il s'esclaffa :

— Songez au sort de votre père, Guillaume Dumont. Il va vous falloir choisir entre deux Plantagenêt, et si vous misez sur le mauvais cheval, vous pourriez bien aller pourrir dans un fossé en compagnie de ceux qui ont déjà commis cette erreur.

Là-dessus, il s'éloigna en riant, mais il était le seul à rire. Christian bouillait de rage. Il avait envie de hurler et de tailler ce monstre en pièces. Il avait la nausée. Pourtant il savait qu'il devait garder son calme sous peine de mettre en danger tout ce qu'il avait de plus cher au monde.

Après une nuit passée à veiller Emalie, sa résolution n'avait pas faibli, et il décida de ne pas revoir le prince. Ce dernier comprendrait que son silence équivalait à un refus.

Les mots que Jean avait prononcés l'avaient aidé à prendre sa décision. Il avait dit qu'il pourrait se marier pour de bon, s'il acceptait de rentrer chez lui.

Se marier pour de bon.

C'était exactement ce qui s'était passé la nuit où ils s'étaient unis pour la première fois. Cet acte d'amour avait scellé le serment qu'ils s'étaient fait quelques mois plus tôt et les avait rendus mari et femme. Emalie était devenue sienne cette nuit-là et rien ni personne ne pourrait plus défaire ce qui avait été fait devant Dieu et les hommes. C'était cela qui comptait le plus à ses yeux, et la décision avait été facile à prendre.

Il ne lui restait plus qu'à attendre la réaction du prince, et à agir en conséquence le temps venu. Il aurait aimé connaître le détail des faits pour se faire une idée claire de la situation, mais, vu l'état d'Emalie, il ne pouvait courir ce risque.

Jean ne tarderait sans doute pas à se manifester ; peut-être même avait-il commencé à ourdir ses plans contre lui au moment même où il lui offrait son amitié.

Christian secoua la tête. Il savait que le prince avait sans doute pris ses dispositions pour réagir vite quelle que soit sa réponse.

Il ne pouvait l'affronter sans l'aide d'Emalie. Et même dans ces conditions, il n'était pas sûr de pouvoir le faire : et s'il avait vraiment en sa possession les fameux documents ?

Ce qui le perturbait le plus, c'était le fait que Jean avait laissé entendre que lui aussi avait eu des relations charnelles avec Emalie. Pour être honnête, il ne pouvait s'imaginer sa femme dans les bras du prince, ni dans ceux de William non plus. Etait-il tout bonnement en train de se monter la tête ?

Il la regarda qui dormait. Combien de fois l'avait-il observée dans son sommeil depuis qu'ils étaient revenus de Lemsley ? Il aimait ces instants. C'était stupide, mais il aimait rester allongé près d'elle et la contempler en silence.

Elle poussa un léger soupir, le tirant de sa rêverie. La lueur des flammes dansait sur son visage et il remarqua qu'elle avait les yeux moins gonflés. Elle respirait toujours avec difficulté cependant. Combien de temps cela allait-il durer encore ?

Il se remémora leur première nuit d'amour à Lemsley. Et aussi celle où ils avaient été tout près de s'aimer. Il y avait en elle une innocence au lit qui prouvait sans doute possible qu'elle n'avait pas subi la déchéance d'une relation avec le prince Jean, car son comportement en eût inévitablement porté la marque. Quand il l'avait menée aux portes du plaisir, son émerveillement avait été sincère et elle n'avait pas fait semblant d'être heureuse.

Elle faisait preuve maintenant d'un peu plus d'audace dans leurs ébats, mais elle gardait sa fraîcheur. Décidément, non, la dépravation du prince débauché n'avait point déteint sur elle.

Ce qui ne signifiait pas nécessairement que l'enfant n'était pas de lui. Il était toujours possible après tout qu'il ait volé la politesse à son complice, et nul ne pourrait s'aventurer à jurer de la paternité de l'un ou de l'autre, à moins bien sûr que le bambin ne porte une marque qui prouve sans doute possible que l'un des deux était le père.

Christian se leva et se frotta les yeux. L'aube allait poindre bientôt et mettre fin à cette longue nuit sans sommeil. Au fond de lui-même, cependant, il craignait de n'en avoir pas encore fini avec les ténèbres.

Surprendre.

Désarmer.

Détruire.

Jean l'avait surpris en se présentant chez lui sans prévenir.

Il cherchait à le désarmer en lui offrant de garder son titre de comte de Greystone, mais le prix qu'il demandait pour cela était exorbitant.

Comment allait-il chercher à le détruire ? Avec quelles armes ? Il en avait de nombreuses à sa disposition : il pouvait jouer de la peur qu'il inspirait à Emalie, et profiter de celle que Christian avait de tomber dans le même piège mortel que son père. Et il pouvait aussi se servir de William de Séverin, son complice.

Une boule d'angoisse gonflait en lui avec chaque heure qui passait. « Les dés sont jetés », se dit-il en s'endormant.

Que Dieu les protège.

19.

Emalie n'arrivait pas à ouvrir ses yeux douloureux et gonflés. Elle avait beau faire, ils refusaient tout service. Elle avait la migraine et chaque mouvement lui causait une douleur affreuse.

— Allons, milady, laissez-moi vous aider.

— Fatim ? C'est vous ?

— Oui, milady. Alyce est simplement allée chercher quelque chose et sera de retour très bientôt. Je veille sur vous.

La jeune femme réussit enfin à ouvrir les yeux et regarda autour d'elle. Les rayons du soleil qui illuminaient la pièce la persuadèrent de ce que la nuit avait passé sans qu'elle s'en aperçoive. Elle avisa sur sa table de chevet, soigneusement alignés, plusieurs flacons qui ne pouvaient avoir été préparés que par Timothy.

— Oui, milady, j'ai ordre de vous administrer ces potions, expliqua Fatim en saisissant la première fiole. Votre époux m'a juré que j'en répondrais sur ma tête.

Emalie se redressa dans le lit et lança :

— Je n'ai nul désir de vous voir mettre à mort à cause de moi, Fatim. Je vous promets de vous obéir.

Elle but la potion d'un long trait, sans respirer, car elle se doutait des ingrédients que Timothy avait utilisés et savait bien qu'on pouvait difficilement masquer leur amertume. Fatim lui offrit obligeamment une coupe de vin pour la faire passer un peu.

— Où se trouve mon époux ?

— Il vaque à ses occupations, mais a demandé qu'on le fasse prévenir dès votre réveil.

— Et le prince ?

Fatim eut une moue de dégoût, comme si elle avait mangé de la charogne, et répondit :

— Il est parti ce matin avec toute sa troupe, Dieu soit loué !

Une question lui brûlait les lèvres.

— Quelqu'un a-t-il été... blessé ?

Fatim hésita, comme si elle répugnait à lui répondre.

— Oui, milady, une fille du village, mais Enyd a dit qu'elle s'en sortirait.

Le cœur d'Emalie chavira. Encore une fois, l'un de ses sujets avait souffert parce qu'elle avait été trop timorée. Si seulement elle avait eu le courage de s'arranger avec l'une des ribaudes du village ! Elle en aurait sans doute trouvé une que les goûts très spéciaux du prince n'auraient pas rebutée. D'habitude, cela lui suffisait et les jeunes filles étaient à l'abri. Il faudrait qu'elle demande des détails à Alyce sur cette affaire.

— J'ai un service à vous demander, Fatim.

— Je vous écoute, milady.

— Pourriez-vous demander au père Elwood de venir me voir avant de faire prévenir mon époux ?

— Vous désirez voir le prêtre avant votre mari, milady ?

— S'il vous plaît, Fatim. Je vous implore à genoux.

Fatim acquiesça et, depuis le pas de la porte, lança :

— Votre époux a aussi promis la mort à celui qui vous laisserait quitter votre lit, milady. Ne mettez pas ma tête en péril pendant que je vais quérir le chanoine.

Emalie la regarda sortir, avec en tête une seule certitude : elle devait agir avant que le courage lui manque, car, hier, elle avait cédé devant les forces du mal. Elle reposa sa tête sur l'oreiller et attendit.

Un coup léger fut bientôt frappé à la porte et après un instant d'attente, Fatim poussa le battant et entra, suivi du prêtre qui était le guide spirituel des Harbridge depuis de longues années. Après s'être assurée que tout allait bien, elle partit prévenir le comte et laissa Emalie et le père Elwood en tête à tête.

Luc surprit le regard inquiet de Christian et aperçut au même moment Fatim qui approchait. Le moment était peut-être mal choisi, mais il ne désirait pas moins sa femme pour autant, et le sourire qu'il lui adressa ne laissait aucun doute à ce sujet. Son ami, en revanche, était préoccupé car Fatim aurait dû se trouver au chevet d'Emalie pendant qu'Alyce s'occupait ailleurs.

— Votre épouse s'est éveillée, milord, dit-elle en faisant une révérence.

— Je vous avais ordonné de rester auprès d'elle, Fatim. Pourquoi n'avez-vous pas envoyé un valet à votre place ?

Le visage de Luc devint cramoisi, mais, à cette heure, Christian s'en moquait.

— Je ne veux point qu'elle reste seule ! rugit-il en guise d'explication.

— Elle ne l'est point. Le prêtre est avec elle et j'ai pensé qu'ils avaient besoin de parler seule à seul, milord, rétorqua-t-elle en insistant sur ce mot avec une pointe d'irrévérence dans la voix qui n'échappa pas à Christian.

— Pourquoi cette visite ? J'ai dit que je ne voulais personne dans sa chambre jusqu'à ce qu'elle puisse se lever ! Ne me dites pas qu'elle a quitté son lit ! cria-t-il en se dirigeant vers la porte.

— Votre épouse ne s'est point levée ! Et c'est elle qui a demandé à voir le chanoine. Je suis allée le chercher avant de venir ici, mais j'ignore ses raisons. Pourquoi donc, vous les chrétiens, avez-vous tant besoin des conseils de vos prêtres ?

Pour oser tenir de tels propos — qui confinaient à l'hérésie —, il fallait qu'elle soit sérieusement émue, car elle savait le danger qu'elle courait ce faisant, si l'on venait à l'entendre. Christian s'arrêta et se tourna vers elle. Luc, qui lui avait emboîté le pas, se tenait à son côté.

— Pardonnez-moi, Fatim, pria-t-il, je suis à bout de nerfs car l'état d'Emalie me cause beaucoup d'inquiétude. Je n'avais nul désir de vous offenser.

Elle hocha la tête pour lui signifier qu'elle acceptait ses excuses.

— Je vous suis fort reconnaissant d'avoir veillé sur elle, d'autant que vous êtes sa seule véritable amie.

Luc sembla rasséréné par ces paroles et sourit.

— Je comprends ton émoi, cher Christian. Quand ceux que nous aimons sont en péril...

— Qui te parle d'amour ? l'interrompit son ami. Elle est ma femme, il est normal que sa santé me préoccupe.

Il éprouvait de tendres sentiments à l'égard d'Emalie, certes, mais il ne pensait pas qu'il l'aimait. Ils s'entendaient bien et s'accordaient encore mieux. Il la respectait, il aimait sa compagnie et, Dieu oui ! il avait envie d'elle ! Mais l'aimer ? Il secoua la tête vers ses deux amis en signe de dénégation. Non, décidément, il se refusait à parler d'amour. De toute façon, cela ne ferait que rendre les choses un peu plus compliquées encore.

Il pénétra dans le donjon et monta par l'escalier du fond, faisant sursauter au passage deux lingères qui marchaient trop lentement à son goût, les bras chargés de ballots imposants. Arrivé au sommet des marches, il se dirigea vers la porte de la chambre et y plaqua son oreille. On parlait à voix basse. Il attendit aussi longtemps qu'il pouvait, mais son impatience fut la plus forte et, au bout d'une minute, il frappa. Sans attendre qu'on l'invite à entrer, il pénétra dans la pièce.

Le vieux prêtre priait doucement, sa main droite posée sur la tête d'Emalie. Christian se tint près de la porte et les observa. Il vit des larmes qui coulaient sur les joues de sa femme et voulut interrompre leur prière, mais l'inquiétude qu'il lisait sur le visage du chanoine le fit se raviser. Le père Elwood termina son oraison et, prenant le menton d'Emalie, la força gentiment à le regarder dans les yeux. D'un mot, il prit congé et se leva.

— Ah, milord ! vous voici, dit-il.

— J'avais donné l'ordre qu'on ne dérange pas la comtesse, mon père, répondit Christian en s'approchant d'Emalie pour s'assurer qu'elle allait bien.

— Parfois, mon fils, les larmes sont un remède pour l'âme.

Il ramassa son étole et son crucifix. Avant de sortir, il lança doucement :

— Je vais prier pour vous, milady, venez assister à la messe dès que vous serez rétablie.

Elle acquiesça de la tête et Christian vint s'asseoir au bord du lit.

— Comment vous sentez-vous ?

— Je suis épuisée, monseigneur, en dépit des heures que j'ai passées à dormir, mais hormis cette fatigue, je vais bien.

Il eut le même geste que le prêtre et, soulevant son menton, essuya doucement ses larmes à l'aide d'un mouchoir de lin.

— Avez-vous faim, ou soif ?

— Non, monseigneur, merci.

— Emalie ! je vous ai demandé de m'appeler par mon nom.

— C'est que je n'étais pas sûre de vos sentiments, monseigneur.

— Parce qu'à présent je connais la vérité ?

Elle le fixa, effrayée. Il n'avait pas vu cette expression de terreur sur son visage depuis longtemps, et en fut atterré. Elle eut un mouvement de recul presque imperceptible. Pas assez cependant pour qu'il ne s'en avise.

Il se leva et s'éloigna du lit puis, se retournant, planta son regard dans le sien et lui posa enfin toutes les questions auxquelles il avait déjà répondu lui-même au cœur de la nuit.

— Sommes-nous bien mari et femme, Emalie ?

— Certes, monseigneur ! répondit-elle, perplexe.

— Y a-t-il quoi que ce soit qui puisse faire que nous ne soyons pas légitimement mariés comme le roi l'a souhaité ?

— Pas que je sache.

— Et nous avons consommé ce mariage, n'est-ce pas ?

Les joues de la jeune femme s'empourprèrent, sa poitrine se souleva d'une façon qui piqua la fierté de Christian.

— Oui, Christian, sans aucun doute !

Elle l'avait appelé Christian ! Le souvenir de leurs nuits monta en lui comme un torrent furieux. Elle s'était donnée à lui. Elle était sienne.

— Avez-vous fait une quelconque promesse au père de votre enfant ?

Le sang quitta son visage et elle eut du mal à respirer.

— Pourquoi… toutes ces… questions, monseigneur ? balbutia-t-elle.

— Je cherche simplement à m'assurer que vous et moi partageons les mêmes vues sur les liens qui nous unissent.

Pour toute réponse, elle hocha la tête en tremblant, puis ajouta néanmoins :

— Je n'ai fait nulle promesse.

Il eut une moue de satisfaction car il pensait qu'elle avait dit la vérité. Ses paroles confortaient de celles de lord Durwyn : il n'y avait pas eu de fiançailles, et si son père avait fait une promesse, c'était à l'insu de sa fille et de son meilleur ami. Ce qui semblait pour le moins étrange, car Durwyn étant le parrain d'Emalie, Gaspar lui aurait sans nul doute fait part d'un tel projet, s'il en avait eu un.

En outre, les fiançailles avaient toujours lieu en présence d'une quantité de témoins, presque autant que pour un mariage, car les tribunaux et l'Eglise considéraient qu'elles unissaient officiellement un homme et une femme, et qu'il suffisait qu'ils consomment cette union pour qu'elle devienne valide à leurs yeux. Pour toujours.

Gaspar discutait de toutes les affaires du domaine avec sa fille, pourquoi lui aurait-il tu une décision de cette importance ? Cela n'avait aucun sens. De toute façon, tant que Jean n'engageait pas les hostilités, il ne faisait que perdre du temps et des forces à s'inquiéter de tout cela.

— Pourquoi avez-vous tenu à voir votre confesseur ? s'enquit-il, curieux de comprendre pourquoi elle avait fait quérir le vieux prêtre, elle qui d'habitude ne le rencontrait qu'à la messe et ne lui demandait jamais conseil.

Emalie le regarda d'un air affolé, et quelque chose lui fit penser qu'il avait dépassé les bornes. Il l'avouait, il aurait aimé pouvoir violer le secret de la confession. Les mains de la jeune femme glissèrent sur l'étoffe à la recherche de la lisière du drap et, quand elles la trouvèrent, se mirent à la griffer nerveusement comme si elles étaient agrippées à une corde tendue au-dessus du vide. Il l'avait déjà vu faire ce geste.

— J'ai souhaité m'en débarrasser !

— De qui donc ? s'enquit-il, intrigué, en tendant l'oreille car la voix de la jeune femme n'était plus qu'un murmure.

— De l'enfant ! avoua-t-elle en posant les mains sur son ventre. J'ai souhaité sa mort.

— Oh, Emalie ! murmura-t-il, bouleversé, en s'asseyant sur le bord du lit.

Comment blâmer la malheureuse ? Jean avait infecté son âme. Il ressentait sa peine et sa douleur.

— Quand je me suis retirée hier soir, j'étais terrorisée par la visite inopinée du prince, expliqua-t-elle. Et l'idée m'est venue que si l'enfant disparaissait, il ne pourrait plus nous menacer.

Elle se mit à pleurer et des larmes roulèrent sur sa joue. Elle en avait déjà tant versé que Christian s'étonna qu'il lui en reste encore, et il l'embrassa doucement pour essayer d'apaiser ses sanglots. Il pensait qu'elle n'en dirait pas plus mais elle se força à poursuivre :

— Dans l'escalier, je me suis prise à souhaiter sa mort, à prier pour qu'elle me libère de cette menace atroce.

— Calmez-vous, Emalie, rien de tout ceci ne peut vous être reproché, affirma-t-il en caressant son cou et ses épaules.

— Ne comprenez-vous donc pas, Christian ? J'ai prié pour la mort d'un enfant ! Un pauvre petit innocent qui n'a rien demandé à personne, et tout ça pour ne pas avoir à avouer la vérité et assumer mes erreurs !

— Vous vous accablez à tort, Emalie ! Personne ne peut vous tenir pour responsable des dégâts commis par le prince.

— Il y a autre chose que vous ne savez pas ! insista-t-elle d'une voix rauque. A cause de moi et de ma lâcheté,

Jean a fait du mal à une jeune femme du village. Je n'ai pas su la protéger, et maintenant elle va...

Le reste de ses mots se perdit dans les larmes et Christian la serra dans ses bras en priant que Dieu abatte sa colère vengeresse sur le prince. Il n'éprouva aucun remords à implorer le ciel pour qu'il fasse subir les tortures les plus inhumaines à cette incarnation du diable qu'était Jean Plantagenêt.

Il évita d'ergoter avec sa jeune épouse, mais il savait que, si les choses continuaient ainsi, ni Emalie ni l'enfant ne seraient plus en sécurité. Il attendit que ses sanglots s'apaisent et la sentit progressivement se détendre contre lui. Bientôt, elle cessa de pleurer et il crut qu'elle s'était endormie, mais elle ouvrit la bouche pour murmurer :

— Je ne savais pas que je voulais cet enfant avant d'avoir souhaité sa mort. Tous ces derniers mois, j'ai fait semblant d'ignorer sa présence en moi et de le rejeter, mais hier, quand je me suis mise à perdre du sang, j'ai su au plus profond de mon âme que j'aimais ce petit. Peu importe comment et pourquoi il est venu au monde, il est à moi. A moi seule.

Il fut frappé de l'entendre prononcer ces mots qu'il avait si souvent employés lui-même, car il savait ce qu'ils signifiaient pour lui et comprenait d'autant mieux le sens qu'ils pouvaient avoir pour elle. Et il se rendait bien compte que se battre pour Emalie à présent, c'était également se battre pour cet enfant. De toute façon, s'il voulait déjouer les plans du prince, il ne pouvait ignorer son existence.

Il se pencha au-dessus d'elle et posa sa main sur le ventre de sa femme. Elle ne bougea pas, mais il nota qu'elle avait bloqué sa respiration. Soudain, il sentit un mouvement léger contre sa paume et resta interdit, émerveillé de sentir pour la première fois dans sa chair la présence du petit être. Il bougeait ! Ebloui, il regarda Emalie qui lui souriait, hésitante, et posa un baiser sur sa bouche.

— Comme vous êtes et serez toujours à moi seul.

Et en prononçant ces mots, il sut qu'il venait de lier définitivement le sort de l'enfant et de sa mère au sien.

20.

Seul son état permettait à Christian d'éviter qu'Emalie n'apprenne la nouvelle. Comme elle était confinée au lit dans sa chambre, il pouvait savoir qui lui rendait visite et contrôler les nouvelles qu'on lui apportait. Bien sûr, elle ne savait rien de tout cela, mais il avait réussi à calmer ses tourments et ne permettrait à personne de venir troubler la paix qu'elle avait retrouvée au prix de tant d'efforts.

La première attaque arriva sous la forme d'une petite troupe de moines envoyés par l'évêque de Lincoln qui se présentèrent à la porte du château à l'heure précise où on s'apprêtait à la fermer. Ce ne fut que le lendemain matin, après avoir conversé avec le père Elwood, qu'ils évoquèrent le motif de leur visite. On avait déposé devant une cour ecclésiale une requête en annulation de mariage. Ils ne pouvaient communiquer à Christian les détails de l'enquête, mais ils étaient venus à Greystone pour établir les faits relatifs à cette union.

Christian se retint de leur rire au nez, car il se rendait compte qu'il y allait de sa vie. Ces moines ne se doutaient probablement pas qu'ils étaient manipulés par un suppôt de Satan et auraient sans doute été horrifiés de l'apprendre, mais, en attendant, ils se contentaient d'appliquer consciencieusement les ordres de l'évêque sans savoir qu'il était devenu la créature du prince.

Il était toutefois nécessaire que Christian les autorise à interroger ses vassaux et ses serfs, à quoi il consentit car, d'une part, il n'avait pas le choix et, en outre, cela lui permettrait de comprendre la stratégie de son ennemi. Il imposa la présence de Luc à chaque interrogatoire, en qualité de témoin. Peut-être les moines trouvèrent-ils cette exigence exorbitante mais ils ne protestèrent point. Quand ils lui présentèrent la liste de ceux qu'ils allaient interroger, il eut un sourire sombre.

Il n'était pas surpris.

La seule requête à laquelle il opposa un refus catégorique fut de leur permettre de parler à Emalie. Il invoqua le prétexte de sa maladie et dit qu'il n'était pas question de mettre en péril sa difficile convalescence en la soumettant à un interrogatoire éprouvant. Il leur rappela qu'il était son époux et que, en tant que tel, il pouvait parler en son nom sur tous les sujets qu'il leur plairait d'évoquer, ce qui leur sembla une sage conception des choses, car, dirent-ils, il était bien connu que les femmes mentaient sans cesse, incapables qu'elles étaient d'utiliser la raison pour gouverner leurs actions, au contraire des hommes. Plus tard, il remercia le ciel d'avoir fait choisir à ces moines la solitude de leur cloître et de les avoir ainsi soustraits au commerce des femmes et, en conséquence, à la réalité du monde.

Ils interrogèrent des serviteurs, des soldats, des fermiers, des villageois, et tous furent invités — c'était le mot qu'ils employaient — à leur répondre. Christian n'avait pas fait prévenir ceux-ci et s'aperçut qu'ils étaient aussi peu diserts que possible et défendaient leur maîtresse avec obstination, comme Luc le lui avait rapporté quelque temps auparavant. Tous louèrent sa bonté, et se tinrent à cela. Les moines n'apprirent rien de plus.

Une seule fois, Luc lui rapporta que l'un des moines, exaspéré par ce torrent de louanges, avait exigé qu'on lui réponde, et que la ribaude à qui il avait posé la question avait regardé les religieux un à un et avait fondu en larmes. Cette lamentable manifestation d'hystérie féminine avait excédé si fort l'inquisiteur qu'il l'avait renvoyée, écœuré. Christian fut tenté de rire, mais il se souvint de ses tentatives pour faire parler les gens d'ici et remercia le ciel de les avoir de son côté cette fois-ci.

Deux jours seulement après leur arrivée, les moines repartirent comme ils étaient venus.

Jean n'avait fait qu'éprouver sa résistance et ne tarderait pas à lancer un nouvel assaut. Il en était tellement persuadé que, quand celui-ci arriva, il était à la porte du château, prêt à faire face. Mais cette fois-ci, l'attaque était frontale, et le mutisme obstiné de quelques villageois ne suffirait pas à la repousser.

Un prêtre arriva, suivi d'une escorte de soldats. C'était encore un émissaire de l'évêque de Lincoln, mais cette fois-ci le ton avait changé. Les documents qu'il portait enjoignaient à Christian de répondre sans délai aux questions de l'Eglise concernant son mariage illégal avec la comtesse de Harbridge. On exigeait qu'il se rende sur l'heure devant la cour ecclésiale pour y être interrogé et, pire encore, qu'Emalie également s'y présente pour répondre de ses actes. Les deux phrases qui concluaient le document lui glacèrent le sang :

« Notre très saint et très vénéré évêque, dans sa grande bonté, ordonne que lady Emalie Montgomery, qui porte aujourd'hui le nom de Dumont, vienne se placer sous sa protection jusqu'au terme de la présente procédure. Un émissaire de Son Excellence se présentera dans trois jours à Greystone, accompagné d'une escorte et de religieuses de notre couvent de Marie, à Lincoln, pour appliquer ce décret avec diligence. »

L'idée de devoir confier Emalie à la garde de l'évêque le rendait malade, car il ignorait si elle s'y trouverait en sécurité ou si, au contraire, elle y serait livrée pieds et poings liés à Jean et William de Séverin. Mais il n'avait pas le choix.

Le messager lui tendit un petit paquet avant de sortir et Christian cassa le sceau qui le tenait fermé. C'était la dernière offre du prince. Jean lui promettait de trouver une explication valable pour apaiser Richard, n'importe laquelle, et de lui laisser regagner la France sain et sauf, sans que son honneur ait à en souffrir. Tout ce qu'il devait faire, c'était renoncer aux titres, aux terres, aux richesses, et à la personne de la comtesse de Harbridge.

Il avait un goût de cendres dans la bouche.

Luc s'approcha avant que Christian ait eu le temps de lire le reste des documents et l'informa qu'Emalie arrivait. Il la regarda traverser doucement la grande salle en direction du dais sous lequel il était assis.

— Prends ceci, Luc. Elle n'est pas prête pour entendre cette affreuse nouvelle, murmura-t-il en rassemblant les parchemins et en les tendant à son ami.

Il fouilla dans sa poche et lui tendit une petite clé.

— Range tout cela dans son laboratoire, elle est trop faible pour pouvoir s'y rendre encore. Et ferme-le à clé avec ceci.

Luc s'exécuta promptement et disparut avant qu'Emalie n'arrive au milieu de la pièce. Elle avançait lentement car tous voulaient la saluer et lui dire combien ils étaient heureux de la voir enfin rétablie, ce qui réjouit Christian. Sa santé s'améliorait peu à peu et elle n'avait pas eu de nouveaux saignements ni de contractions, mais il mesurait le danger qu'elle courrait quand il faudrait lui révéler ce qu'il voulait encore lui cacher aussi longtemps que possible. Il fallait absolument trouver un moyen de lui expliquer la situation sans l'affoler.

— Qui étaient ces messagers ? s'enquit-elle doucement en s'asseyant à son côté tandis qu'Alyce se précipitait pour poser une couverture sur ses genoux.

— Des messagers, madame ?

— Oui, je les ai vus de ma fenêtre, mais ils sont partis si vite ! Que voulaient-ils ?

— Rien, Emalie. Rien en tout cas qui vaille qu'on gâche votre premier repas parmi nous depuis si longtemps !

Elle regarda autour d'elle et salua un à un les convives. Cela lui réchauffa le cœur de la voir si heureuse. Il aurait donné n'importe quoi pour que cela dure toujours.

Sur un signe de Christian, les serviteurs commencèrent à servir le dîner. On avait préparé tous ses mets favoris et le bruit des conversations et des rires résonnait dans la grande salle toute embaumée du fumet des viandes et de l'arôme des vins et de la bière qu'on buvait à profusion. Il s'aperçut bientôt — bien trop tôt — qu'Emalie donnait des signes de lassitude et lui suggéra de se retirer. Elle tenta bien un peu de minimiser sa fatigue, mais accepta

quand même que Luc la raccompagne jusqu'à sa chambre où Christian promit de la rejoindre très vite.

Il se rendit dans son laboratoire afin d'étudier de plus près les parchemins que le prêtre avait apportés et de voir comment William de Séverin entendait plaider sa cause. Il prit le risque d'aller voir le père Elwood et de lui demander de l'aider à juger de la valeur des parchemins. Il trouva le vieux prêtre dans la chambre qui jouxtait la chapelle. Les minutes puis les heures passèrent sans que le chanoine puisse trouver la moindre faille dans la requête du seigneur angevin. Christian voulait essayer encore, mais il réalisa soudain que son épouse devait l'attendre depuis longtemps.

Il retourna au laboratoire pour ranger les documents et trouva Emalie assise, la lettre de Jean à la main. Ouverte.

— Il semble que ce n'est pas la première fois que Jean vous fait cette offre, dit-elle d'une voix blanche, visiblement meurtrie par ce qu'elle venait de lire.

— C'est exact. La première fois, il me l'a faite de vive voix ici même, à Greystone.

— Etait-elle différente de celle-ci ?

Il fut surpris de sa réaction. Ou plutôt de son absence de réaction. Elle était pâle. Le bruit à table et toute cette excitation, sans parler de l'atterrante nouvelle qu'elle venait d'apprendre, l'avaient épuisée, mais elle semblait calme.

— Emalie, je ne veux pas que tout cela vous bouleverse.

— Il me reste bien peu de temps pour cela, monseigneur. L'escorte a sûrement déjà quitté Lincoln et sera ici dans trois jours.

Elle lui tendit la lettre et le décret de l'évêque.

— Depuis quand savez-vous ? demanda-t-elle en évitant de croiser son regard, les yeux fixés sur la lanterne qui éclairait la pièce.

— Retournons dans notre chambre, Emalie, je préfère m'entretenir de tout ceci avec vous dans un endroit plus discret, et vous pourrez vous installer plus confortablement.

Elle se leva et accepta de le suivre jusqu'à leurs appartements. Il apporta avec lui tous les documents en sa possession car, s'il était peiné qu'elle ait découvert leur existence, il lui serait néanmoins reconnaissant si elle pouvait l'éclairer de ses conseils à leur sujet. Arrivés dans la chambre, il verrouilla la porte. Ils n'avaient pas un instant à perdre.

— Jean m'a fait cette offre lors de sa dernière visite, alors que vous étiez ici, inconsciente, à bout de forces. Il m'a proposé de prendre la place de Séverin si j'acceptais de vous céder à lui, ainsi que les richesses de Harbridge.

— Me céder à lui ? répéta-t-elle.

— Exactement. Selon ce plan, je resterais votre époux et administrerais les domaines, et vous seriez donc toujours mon épouse et comtesse. Jean, pour sa part, puiserait à sa guise dans les caisses de Harbridge et userait de vous aussi souvent qu'il lui plairait.

Elle fut parcourue d'un frisson si violent qu'il se précipita auprès d'elle. Prenant une coupe, il y versa un peu de vin qu'il s'efforça de lui faire boire à petites gorgées.

— Il me semble que c'est ce sur quoi il s'est mis d'accord avec Séverin. Il a dû croire que j'accepterais sa proposition à mon tour, mais il aura senti ma réticence, voilà pourquoi il m'offre une porte de sortie.

— Que voulez-vous dire ? balbutia Emalie.

— Il me propose de m'en aller avec Geoffroi et tous mes gens et de rentrer en France chez moi. Il se débrouillerait pour faire annuler ce mariage et je serais délivré de tous mes tracas une bonne fois pour toutes.

— Annuler le mariage ? Mais en vertu de quoi me libérerait-on de mes vœux envers vous ? s'étonna-t-elle en regardant les documents qu'il avait placés sur la table.

— William de Séverin a produit un contrat valant promesse de mariage, signé de lui et de votre père...

Elle secoua la tête. Ce n'était pas possible.

—... avant sa mort, Emalie.

— Il n'y a jamais eu de fiançailles, Christian, vous devez me croire !

Il leva la main.

— Je vous crois, mais ils ont des preuves. Ce contrat d'abord, et une copie du testament de votre père. Tous deux portent le nom de William de Séverin comme votre fiancé légitime et votre tuteur au cas où le comte de Harbridge viendrait à mourir. Les cours de justice, qu'elles soient ecclésiales ou non, accordent énormément de valeur aux preuves.

— Ces... documents ne valent pas même l'encre avec laquelle on les a écrits ! Ce sont des faux, mon père n'a jamais signé quoi que ce soit avec Séverin !

— Comment prouver que ce sont des faux, Emalie ? Vous dites que votre père n'a rien signé, Séverin a un contrat et un testament. Vous prétendez que votre père ne vous a pas fiancée à lui, et les deux actes prouvent le contraire. Dites-moi comment me battre contre cela. Dites-moi seulement si je dois me battre.

— Voulez-vous dire que vous allez partir ? Allez-vous... m'abandonner ?

Il ne répondit pas tout de suite. Il savait comment tout cela allait finir pour eux deux.

Mal.

Que fallait-il faire ?

Mettre un terme à tout cela et tenter d'adoucir au mieux, s'il parvenait à calmer la fureur du prince, le sort d'Emalie. Ou bien affronter Jean, et tout perdre en fin de compte ? Valait-il mieux rentrer honorablement chez lui ou finir aussi pauvre et nu que dans son cachot ?

Il laissa tomber les documents devant elle sur la table et, pendant quelques minutes, Emalie les examina de nouveau en silence.

Christian se dit que, s'il voulait qu'elle puisse éventuellement comprendre ce qui pouvait bien le pousser à ne pas refuser l'offre du prince sans réfléchir, il fallait qu'elle connaisse les raisons de leur mariage, et il vint s'asseoir en face d'elle de l'autre côté de la table.

— Je vous ai épousée, expliqua-t-il, parce que j'ai passé un accord avec le roi, et que ce mariage en faisait partie. Ma liberté, ma vie et celle de mon frère étaient le prix de ce contrat.

— Votre liberté ? dit-elle à voix basse.

Enfin ! elle comprenait pourquoi à son arrivée, il avait le corps couvert de blessures et d'abcès. Quand il était arrivé à Greystone, il venait de quitter un cachot !

— Nous avons passé huit mois, presque neuf, à crever de faim au milieu des rats dans une puanteur et une saleté abjectes, expliqua-t-il. Et nous avons souvent été frappés par d'autres détenus. Je suis parvenu à nous maintenir en vie tous les deux mais nous étions près du trépas quand on est venu nous chercher. Geoffroi n'aurait pas tenu plus d'un jour ou deux dans son état, et je crois que je n'aurais pas tardé à le suivre.

— Mais pourquoi, Christian ? Quel crime aviez-vous donc commis ?

— Un crime ? Aucun, Emalie, je vous jure. Nous avons payé pour la trahison de mon père envers le roi. Avant que l'empereur ne le capture et ne demande rançon pour sa liberté, mon père avait pris le contrôle de plusieurs domaines et juré allégeance aux ennemis de Richard. Avant même sa libération, le chancelier de la Couronne a décidé d'agir et de venger son souverain. La répression a été terrible, et à l'heure où je parle, le roi la poursuit sur ses terres d'Anjou, et en Poitou également.

— Avez-vous été mêlé à tout cela de quelque façon ? Et Geoffroi ?

— Je l'avais emmené avec moi passer l'année chez des cousins en Ecosse. Nous avons appris le sort de notre père — et le nôtre — à notre retour.

— Est-il…

Elle ne pouvait prononcer ce mot.

— Il a été pendu. Par ordre du chancelier. Nous étions condamnés à le suivre sur l'échafaud, mais je pense que nous serions morts de faim avant de monter au gibet.

Elle eut une grimace de dégoût qui n'échappa pas à Christian.

— Un jour, on m'a traîné devant le roi, et il m'a offert de me laisser la vie sauve et de me rendre mes titres, mes terres et mon honneur. Bien sûr, j'ai eu peur de ce qu'il allait inévitablement me demander en échange, mais

avais-je le choix ? Quelques jours encore et Geoffroi allait mourir. J'ai accepté sans même demander ce qu'il attendait de moi.

— Ainsi, vous l'ignoriez ? Il m'avait bien semblé que les paroles d'Aliénor vous avaient surpris !

— J'ai été abasourdi, en effet, mais pour être franc, j'étais prêt à mendier, à voler ou même à tuer si on me l'avait demandé. Le mariage m'a semblé une tâche bien plus agréable.

— Même avec moi ?

— Même avec vous. En dépit de votre animosité et du fait que vous m'ayez demandé un sursis en quelque sorte, cela me semblait quand même préférable à tout ce que j'avais imaginé qu'on me demanderait de faire. Comprenez-moi bien, Emalie, le plus important pour moi, c'était de laver le nom que je porte de l'opprobre que mon père avait attirée sur lui. Richard n'était pas responsable de sa mort, c'était mon père qui était coupable. Si j'avais refusé d'obéir aux ordres du roi, j'aurais commis la même erreur et, comme lui, je me serais déshonoré.

— Y avait-il autre chose dans cet accord avec Richard ? Une autre mission à remplir ?

— Oui, il m'a ordonné de lui rapporter tout ce que je pourrais apprendre sur l'implication de son frère dans cette affaire. M'est avis qu'il avait appris que Jean ourdissait un complot et qu'il voulait le tenir à l'œil.

Christian s'avança jusqu'à la fenêtre et regarda la nuit.

— L'avez-vous informé de ceci ? s'enquit-elle en désignant les parchemins de la tête. Va-t-il intervenir ?

— Les fils d'Henri Plantagenêt passent entre eux de l'amour à la haine comme des girouettes dans le vent.

Si Jean est dans les bonnes grâces de son frère, alors il gagnera, mais s'il a commis quelque forfait que Richard ne peut laisser passer, il est possible qu'ils s'affrontent en cette affaire. Si Jean dit vrai, le roi a une dette envers lui car il l'a beaucoup aidé en Anjou. Par conséquent, poursuivit-il en regagnant sa chaise, si vous ne pouvez me fournir des preuves de ce que vous avancez, je n'aurai d'autre choix que de me plier à sa volonté.

— Vous feriez cela ? Vous me livreriez à ces vautours ?

— Il y va de mon honneur, Emalie.

C'était bien cela le pire ! Tant qu'il avait ignoré les prétentions de William, il avait pu honorer sa promesse envers elle, mais maintenant qu'il en avait appris l'existence et ne pouvait prouver qu'elles étaient sans fondement, elle ne pouvait plus être sa femme. Malgré le désir qu'il avait de se battre pour elle, il n'avait aucun droit de le faire.

Emalie fut secouée de tremblements violents. Elle respirait avec peine et, pour la soulager, il lui fit boire un peu de vin puis attendit qu'elle se calme un peu.

— Après notre mariage, quand j'ai appris que vous étiez enceinte, j'ai accepté la situation en pensant qu'Aliénor s'était arrangée pour dissimuler ainsi quelque erreur de jeunesse de votre part. Il n'est pas rare après tout de voir des gens se marier pour donner un nom à un bâtard. J'aurais pu faire comme s'il n'était pas là, dit-il en désignant le ventre rebondi d'Emalie, et rester marié avec vous sans que mon honneur ait à en souffrir, puisque personne n'était censé savoir que je n'étais pas le père de l'enfant.

— Certains le savaient.

— Certes, mais vous disiez vous-même qu'ils garderaient le secret jusqu'au tombeau.

Elle ferma les yeux un moment puis le regarda de nouveau.

— Vous savez que Jean est derrière tout ceci.

Il acquiesça de la tête.

— Et vous savez que ces documents sont des faux.

— Vous l'affirmez, mais ne pouvez le prouver ! répondit-il sans vouloir la blesser. Moi, je vous crois, Emalie, mais vous ne pouvez aller devant les tribunaux et accuser le prince. Si vous n'avez pas de preuves, c'est un crime de lèse-majesté !

Elle parcourut la pièce des yeux en évitant de rencontrer son regard.

— Et votre décision est prise ?

— Mon Dieu, Emalie ! Vous voyez bien que je suis écartelé ! rugit-il en donnant du poing sur la table avant de se lever. J'étais en train de m'habituer à cet enfant et de me faire à l'idée de vivre avec lui comme s'il était le mien !

— Mais seulement à condition de ne pas savoir qui était le père ? railla-t-elle.

— Si le père était mort ou ignorant de la chose, j'aurais pu, mais comment se battre pour un enfant contre un homme qui affirme qu'il est de lui ?

— Qu'allez-vous faire ? Allez-vous m'abandonner ? Me soutiendrez-vous seulement devant le tribunal ?

Il pouvait entendre dans le ton de sa voix que ses forces la quittaient. Toute cette agitation l'épuisait, il le savait bien.

— Donnez-moi une preuve, une seule preuve dont je puisse me servir, et je m'en servirai !

— Je n'en ai aucune à vous donner.

— Alors dites-moi votre vérité. Ainsi je pourrai y réfléchir et vous…

— Me juger ?

— Oui, madame, en quelque sorte. Dans ce tribunal qui vous attend, vous allez faire face à de nombreux juges, et chaque mot, chaque geste, chacune de vos hésitations seront soupesés et évalués par des hommes qui ne vous connaissent pas. Vous allez être livrée en pâture à des gens qui vont vous tailler en pièces avant de décider de votre sort. Peut-être même ne vous autoriseront-ils pas à parler pour vous défendre ! Donnez-moi… quelque chose, Emalie, je vous en conjure.

— Je ne puis, Christian. Si vous…

Mais ses sanglots étouffèrent sa voix.

— Réfléchissez, Emalie. Le temps nous est compté.

Jetant un regard autour de lui, il se leva et se dirigea vers la porte qui menait à ses appartements. Cela faisait des mois qu'il n'avait pas dormi sans elle, mais cette nuit, de toute façon, il n'allait pas dormir.

21.

Si vous m'aimiez.

Voilà ce qu'elle avait failli lui dire quand il l'avait suppliée de lui fournir une preuve.

S'il l'avait aimée, il se serait battue pour elle.

S'il l'avait aimée comme elle l'aimait.

Elle sourit tristement. Il ne savait rien de ses sentiments car elle ne les lui avait jamais avoués. Elle était déjà un tel fardeau pour lui qu'elle ne voulait pas lui peser plus encore en lui exprimant son amour.

Il lui avait fallu beaucoup de temps et d'efforts pour se faire à cette idée simple qu'un tel sentiment n'avait pas sa place dans un mariage moderne entre gens de la noblesse. La tendresse que ses parents s'étaient vouée toute leur vie avait constitué une exception remarquable et, si l'on trouvait parfois dans le mariage quelque chose qui ressemblait au bonheur, l'amour n'existait pas, en général, entre mari et femme.

Elle examina de nouveau les documents étalés sur la table. Peut-être un élément lui avait-il échappé bien qu'elle les ait déjà lus au moins douze fois chacun ? Dès l'aurore, elle courrait voir le père Elwood et lui demanderait conseil. Il connaissait le droit canon, et Gaspar de

Harbridge. L'aube était encore très loin mais elle n'avait toujours pas envie de dormir. Elle avait passé la veille et toute la nuit debout, recluse dans sa chambre, incapable d'affronter le regard des gens du château ou du village. Ou même Christian.

Il fallait qu'elle aille marcher. Elle mit une grande cape sur ses épaules et, sans réveiller Alyce, s'éloigna en direction des remparts du donjon.

Elle rejoignit son endroit favori en respirant l'air frais à pleins poumons et, arrivée au sommet, contempla Greystone qui s'étendait à ses pieds. Christian avait raison, l'hiver allait être précoce cette année. Le froid piquait déjà d'une façon que l'on n'éprouvait généralement que plus tard dans la saison.

Il ne lui restait plus qu'un jour à passer en ces lieux avant le grand bouleversement. Si les tribunaux rendaient un jugement en faveur de William, son mariage serait annulé et elle se retrouverait mariée à Séverin. C'était maintenant qu'elle se rendait compte à quel point elle aimait Christian, et elle eut un rire amer en songeant aux mois qu'elle avait passés à s'opposer à lui dans les premiers temps.

Elle s'abandonna aux rafales furieuses qui frappaient les remparts. Elle s'étonnait toujours de voir à quel point le vent pouvait calmer ses nerfs en dépit de sa violence et du froid qui la glaçait. Elle repoussa le capuchon qui couvrait sa tête pour libérer ses cheveux puis ferma les yeux de nouveau, essayant de faire le vide dans son esprit. Cela ne changerait pas le cours des choses, mais elle aurait au moins quelques instants de répit.

Le pas de la patrouille qui approchait lui fit lever la tête et, émergeant de sa rêverie tandis que les gardes passaient devant elle, elle l'aperçut debout, là, en face d'elle, de l'autre côté du chemin de ronde. Quand leurs regards se croisèrent, il hocha doucement la tête, mais ne s'avança pas vers elle.

Il l'avait fait pas plus tard que quelques semaines auparavant. Il était venu à sa rencontre et l'avait embrassée à perdre haleine. La voyant près de s'évanouir, il l'avait enveloppée de sa pelisse et avait repris sa bouche avec passion en explorant son corps d'une main impatiente. Elle avait bien cru qu'il allait la prendre là, contre le mur d'enceinte, mais ils s'étaient finalement précipités jusqu'à leur chambre et avaient attendu de s'y trouver à l'abri des regards pour faire l'amour avec fougue. Debout contre un mur.

Se rappelait-il aussi ces instants délicieux ? Son visage restait impassible. Elle rassembla ses cheveux et les replaça dans son capuchon. Peut-être valait-il mieux le laisser tranquille et redescendre dans ses appartements ? Jugeant que c'était la meilleure chose à faire, elle regagna l'escalier et disparut, le laissant seul sur les remparts.

Arrivée dans sa chambre, elle repensa à ce qu'il avait dit la nuit d'avant. Il lui avait demandé de lui dire la vérité. Sa vérité. Pouvait-elle la lui dire, et serait-il seulement capable de l'entendre ? Cela ne changerait rien à la situation et ne ferait que le décevoir encore. Allait-il la juger quand il connaîtrait son histoire ? Allait-il penser qu'elle était déshonorée ?

Elle arpenta longuement la pièce, l'oreille aux aguets, attendant qu'il regagne sa chambre. Lorsqu'elle entendit la porte claquer, elle décida de lui révéler enfin ce qu'elle avait toujours voulu lui cacher. Elle entra sans frapper et attendit qu'il s'aperçoive de sa présence. Quand il se retourna, elle s'adressa à lui :

— Je n'avais pas l'intention de troubler votre solitude, là-haut, sur le rempart.

— Je sais, répondit-il avec un sourire amusé, de toute façon, j'étais là depuis un moment.

— Je n'ai point remarqué votre présence.

— En effet, mais moi, je vous ai vue arriver.

Elle comprit soudain pourquoi il aimait tant sentir le vent souffler sur son visage.

Il avait passé des mois en prison.

— Maintenant je sais pourquoi vous montez là-haut, pourquoi vous laissez toujours la porte ouverte et pourquoi vous mangez comme vous le faites !

— Ce sont les tristes séquelles de mon séjour dans un cachot. Je ne croyais pas que qui que ce soit les ait remarquées.

— Je n'ai rien dit mais n'en pensais pas moins. J'ai cru tout d'abord que c'étaient des habitudes de votre Poitou. Les Français sont si mal élevés !

L'insulte le fit sourire.

— Allons, asseyez-vous, suggéra-t-il en tirant une chaise près du feu, vous devez être transie, avec ce vent.

— Je vais vous dire ma vérité, lança-t-elle sans préambule.

Il fallait faire vite. Elle n'était pas sûre d'avoir le courage de parler si elle tardait encore.

Christian prit place sur le bord du lit et la regarda dans les yeux. Leur délicieuse complicité s'était évanouie. Tous les sentiments qu'ils avaient patiemment entretenus et vus s'épanouir entre eux avaient laissé la place à une sollicitude inquiète et une compassion douloureuse, mais rien ne les liait plus l'un à l'autre. Elle en aurait pleuré. Mais elle avait épuisé toutes les larmes de son corps.

— Mes parents étaient un couple extraordinaire, je suis certaine qu'on vous l'a déjà dit.

Il acquiesça de la tête.

— A la mort de ma mère, voici quelques années, mon père s'est rendu compte que je serais son unique héritière, c'est pourquoi il m'a appris à diriger les affaires des domaines et à tenir les comptes. Nous avons travaillé côte à côte pour le bien de nos gens. Il y a presque un an et demi, poursuivit-elle en cherchant une position plus confortable, William est venu voir mon père pour lui demander ma main, ce que celui-ci a refusé tout net, catégoriquement, car il avait dans l'idée de demander à Richard de me choisir un fiancé quand il reviendrait de captivité. J'ai vu la lettre qu'il a adressée au chancelier Longchamp à ce sujet. Je ne comprends pas l'attitude de William. Le prince n'a point menti quand il vous a expliqué que nos familles se connaissaient et que nous avions passé beaucoup de temps ensemble étant enfants. Mais William a changé brusquement et s'est mis à exiger de mon père qu'il lui accorde ma main. Il a beaucoup insisté, mais sans succès. Et puis, un jour, Jean est arrivé ici. C'était la première fois qu'il venait à Greystone, à ma connaissance. Il s'est mis à suggérer à mon père d'accepter la demande de William, mais plus il insistait, plus mon père s'obstinait dans son refus, au point qu'il a interdit à Séverin de mettre les pieds à Greystone.

— Et à Jean également ? demanda Christian d'une voix posée.

— On n'interdit pas sa porte au prince ! Il était ici quasiment en permanence. Et puis mon père est tombé malade. Brusquement.

— Que lui est-il arrivé ?

— Cela s'est passé si vite que je n'ai pas vraiment su. Nous avons eu à peine le temps d'appeler les moines de l'abbaye de Thornton, qui sont médecins. Il s'est senti mal le soir et, au réveil, il a eu des convulsions. Il est mort le lendemain.

— Le prince était-il ici lorsque c'est arrivé ?

— Oui. Il a fait preuve de beaucoup de sollicitude et nous a beaucoup aidés. Après son départ, William est venu souvent m'offrir son aide. J'ai bataillé dur pendant ces mois.

— Je n'en doute pas, vu la taille de vos domaines. Et vous avez fait du bon travail, si l'on songe que vous…

— Que je suis une femme ?

— …que vous êtes jeune et que vous étiez seule.

— Tous, depuis les femmes de chambre jusqu'aux gens du village, m'ont aidée et soutenue dans ma tâche. Même les intendants de mes domaines n'ont pas bronché quand je leur donnais des ordres.

— Ils préféraient sans doute travailler sous les vôtres et ne pas avoir affaire aux hommes du prince.

— En effet, admit-elle, les intentions de Jean étaient connues, et tous avaient entendu parler de ses rapines. A chacune de ses visites, Durwyn me mettait en garde contre lui.

— Continuez, dit Christian qui brûlait d'en savoir plus.

— Ce qui nous amène au printemps dernier. J'avais envoyé une requête au chancelier du roi pour me défaire de ma tutelle et solliciter de Richard qu'il me choisisse un époux mais n'avais point reçu de réponse. J'ai pensé qu'ils étaient occupés à diriger les affaires de l'Angleterre et des provinces françaises des Plantagenêt, et que mon sort pesait bien peu dans la balance.

Elle s'étira un peu. De rester immobile si longtemps lui avait occasionné une douleur dans le dos. Elle se leva et remplit deux coupes de vin, en tendit une à Christian et poursuivit son récit en marchant d'un mur à l'autre.

— J'ai envoyé une missive à la reine pour lui demander conseil, mais les événements ont eu lieu avant qu'elle n'arrive. Une nuit, lorsque je suis entrée dans ma chambre, Jean et William s'y trouvaient déjà. Ils avaient attaché Alyce et l'avaient bâillonnée puis l'avaient enfermée dans un placard pour l'empêcher d'aller chercher du secours.

— Vous ont-ils blessée ?

Elle le regarda intensément. Le souvenir de ce qu'elle avait éprouvé à son réveil le lendemain remontait lentement à son esprit.

— Non, répondit-elle en secouant doucement la tête, je n'ai pas le souvenir d'avoir été violentée. Je me souviens qu'il y a eu une dispute et que William m'a forcée à boire un gobelet de vin. Après cela, ils ont recommencé à se quereller et la pièce s'est mise à tourner autour de moi. Quelqu'un, je crois que c'était William, m'a aidée à marcher vers mon lit et je m'y suis effondrée. Ma tête tournait affreusement et Jean s'est approché de moi.

Elle regardait le mur en face d'elle, fixement, essayant de rappeler les souvenirs à son esprit.

— Je sens encore le goût de sa bouche sur moi, et ses mains qui parcourent mon corps. Je les ai regardés tous les deux et ils se sont querellés de nouveau

— A quel propos ?

— A mon sujet. Jean voulait que je lui résiste. Sur le coup je n'ai pas compris ce que cela voulait dire. Il était en colère parce que William avait mis un somnifère dans mon vin.

Elle fixa Christian et répéta les mots qu'elle avait entendus cette nuit-là :

— « Qu'ai-je à faire d'une poupée de chiffon ? Il me faut de la vie, morbleu ! Je veux qu'elle se débatte ! »

Un long frisson la parcourut. Depuis qu'elle avait connu le plaisir charnel, ces mots avaient pris tout leur sens.

— Il y a eu une nouvelle altercation et puis j'ai senti des mains sur moi qui défaisaient mes vêtements. Le visage de William est apparu au-dessus de moi, ruisselant de sueur. Son corps pesait sur moi et sa chaleur m'étouffait. Je me souviens que les draps étaient froids, collés à mes jambes, et qu'il ne cessait de marmonner quelque chose. J'étais incapable de réfléchir ou de faire le moindre geste. La seule chose que je pouvais faire, c'était de l'entendre murmurer.

— Que disait-il, Emalie ?

— « Pardonnez-moi. »

Il y eut un long silence. Tous deux réfléchissaient à ce qui venait d'être dit. C'était la première fois qu'elle se remémorait ces mots.

— Comme je l'ai dit, William avait changé. Il n'était plus son propre maître ; il était acharné, voulait m'épouser à toute force, comme si Jean l'avait envoûté. S'il fléchissait dans sa résolution, un seul mot du prince suffisait à le relancer à l'assaut.

— Tout le monde a un prix, Emalie. Jean avait peut-être trouvé celui de William, et accepté de le payer, dit Christian avant de marquer une pause. Sont-ils partis, ensuite ?

— Je ne sais. La seule chose dont je me souvienne, c'est qu'au matin Alyce m'a réveillée et qu'il y avait du sang sur les draps.

Il vida d'un trait sa coupe et la reposa bruyamment sur la table. Le récit d'Emalie semblait l'avoir troublé affreusement. Elle-même savait bien qu'il ne se passait pas un jour sans que ce souvenir ne vienne la hanter.

— Ils n'ont pas reparu jusqu'à l'arrivée d'Aliénor et puis, quand elle a été là, William est venu et a déclaré avoir commis l'acte de chair avec moi. Et il a offert de m'épouser.

— Il n'a rien dit de la promesse de mariage dont il argue aujourd'hui ?

— Pas un mot. Il a avoué que ses sens avaient pris le meilleur sur sa raison et prétendu qu'il regrettait l'acte qu'il avait commis, et qu'il souhaitait m'épouser pour me rendre mon honneur perdu. Aliénor ne s'est pas laissé impressionner et les a jetés dehors tous les deux tandis qu'elle faisait sa propre enquête.

— M'est avis que vos gens ont été aussi muets alors qu'ils le sont aujourd'hui !

Elle sourit en pensant au courage dont avaient fait preuve tous ces gens en bravant la fureur du prince. Elle mesurait seulement aujourd'hui les risques qu'ils avaient pris.

— Personne ne m'a trahi. Personne ne s'est souvenu d'avoir vu ou entendu Jean et William dans le château la nuit où ils prétendaient avoir été ici. On n'a pas trouvé trace d'un drap taché de sang. Et Aliénor a refusé qu'on envoie chercher un médecin ou une sage-femme pour m'examiner comme Jean l'exigeait. Comme je ne me plaignais pas d'avoir été abusée, ils ont été incapables de prouver leurs allégations.

Elle retourna s'asseoir.

— Richard a été relâché et a fait un bref séjour en Angleterre avant de rejoindre l'Aquitaine et l'Anjou. Je crois qu'Aliénor lui a parlé à ce moment-là car elle pensait qu'il fallait me marier promptement si on voulait me sauver ainsi que mes gens. Vous n'êtes arrivé que quelques semaines plus tard. Vous connaissez la suite, conclut-elle en souriant tristement à l'adresse de Christian.

Avant qu'il pût ajouter une parole, elle prononça enfin les mots qu'elle avait voulu lui dire et craint de le faire par-dessus tout. Son silence avait fait qu'il se trouvait maintenant dans cette situation et elle ne voulait pas qu'il prenne une décision sans connaître la vérité.

— Je sais que vous avez agi pour des motifs qui n'appartiennent qu'à vous seul, mais je crois que j'ai commencé à vous aimer le jour où vous m'avez invitée à présider la cour de justice à vos côtés. J'ai su que j'étais amoureuse quand vous m'avez emmenée à Lemsley pour le mariage de Fayth, et vous m'avez séduite, corps et âme, une certaine nuit. Je vous aimerai toujours, Christian, ajouta-t-elle en s'apprêtant à sortir, parce que vous êtes un homme d'honneur. Quel que soit le cours que prendront nos existences après ce jour, mon cœur vous appartient à jamais.

Là-dessus, elle sortit sans ajouter un mot, et son âme était légère.

22.

Christian s'enivra à tel point qu'il resta deux jours sans pouvoir se lever. Il avait demandé à sa femme de lui dire la vérité, mais, dans son inconscience, il n'avait pas même imaginé à quel point cela pourrait le toucher au plus profond de l'âme. Et il se rongeait à présent les sangs de ne pouvoir l'aider au moment où elle en avait le plus besoin. Le vin avait dissipé sa honte.

Et maintenant, elle était partie.

Il avait préparé lui-même le voyage, sans le lui dire, ordonnant à sir Walter de l'accompagner jusqu'au couvent et de se tenir auprès d'elle jusqu'à l'ouverture du procès. Il ne lui avait pas assuré qu'il assisterait aux audiences et s'était irrité du regard incrédule que le vieux soldat fixait sur lui tandis qu'il lui donnait ses instructions.

Ne pouvant répondre aux questions muettes qu'il avait lues dans les yeux d'Emalie, il avait noyé dans le vin toute velléité de réfléchir jusqu'à ce qu'elle soit partie, et l'implacable douleur qui l'avait assailli après son départ. Celle-ci était si violente qu'il ne chercha même pas à en déterminer la cause et laissa l'alcool lui apporter un peu de réconfort. Pendant deux jours, il ne mangea ni ne dormit, se contentant de rester vivant. Rien de plus.

Il était facile de les éviter, tous autant qu'ils étaient. Il pouvait dire à Geoffroi d'aller au diable, et Fitzhugh pouvait se passer de ses réponses. Luc était plus coriace, car il ne disait rien et se tenait constamment à sa porte à le regarder comme s'il le voyait pour la première fois. Christian resta cloîtré dans sa chambre.

Au matin du troisième jour — ou peut-être du quatrième — Luc vint lui annoncer qu'Emalie était arrivée à bon port et se trouvait maintenant entre les murs du couvent. On avait dû mettre de l'eau dans son vin, car dans son cerveau embrumé semblèrent émerger confusément des questions qui n'étaient pas entièrement absurdes. Avait-elle fait bon voyage ? Le balancement du chariot ne l'avait-il point trop affectée ? L'avaient-ils traitée avec tous les égards dus à son rang ou bien les nonnes lui avaient-elles fait subir les avanies qu'elles infligeaient d'habitude aux pénitentes dans le secret de leur couvent ? Lui permettaient-elles de prendre l'air quand elle était inquiète, comme elle en avait tant besoin ?

Avant même de se rendre compte qu'il avait quitté sa chambre, Christian se retrouva sur le rempart, à cet endroit qu'elle aimait tellement, et, sans se soucier des rafales glacées et de la pluie qui cinglait son visage, il fit face aux éléments déchaînés et laissa la fureur du vent se mêler à la rage qui bouillait dans son cœur.

Il voulait qu'elle revienne. Il voulait que sa femme revienne.

Il allait se battre.

Le pouvait-il seulement ? Il leva les yeux vers le ciel et hurla sa colère et sa frustration. Il ne comprenait pas ce qui se passait en lui et cette impuissance le rendait fou. Même le vent n'arrivait pas à calmer son tourment et il se sentait plus démuni qu'il ne l'avait jamais été.

Dans sa prison, il avait imploré le Tout-Puissant de lui offrir un moyen — n'importe lequel — de recouvrer son honneur et de sauver sa vie et celle de Geoffroi. Et sa prière avait été exaucée. Mais il avait vendu son âme au diable et leurs vies étaient encore plus menacées qu'avant. Et maintenant, quelqu'un d'autre était impliqué, quelqu'un qui risquait sa vie et son âme éternelle dans cette affaire. Le mal était partout autour de lui.

Il était assailli par le doute. Quel homme pouvait réclamer comme sienne une femme promise à un autre, et qui portait l'enfant de celui-ci de surcroît ? Comment conserver son honneur dans une telle situation ?

Un homme qui aurait aimé cette femme la réclamerait.

Un homme qui aurait aimé sa femme ferait n'importe quoi pour la protéger.

Il ferait tout, et plus encore, pour la garder.

Christian tituba et retomba contre le mur humide, cherchant l'air avec difficulté. Au milieu des brumes de l'alcool, la vérité lui apparut lentement, s'immisçant dans son esprit aussi douloureusement que l'air glacé qui brûlait ses poumons.

A moi seul. Il avait prononcé ces mots en prenant son corps et son âme, sans réaliser que, dans le même temps, il se donnait à elle en retour.

A moi seul. Il n'avait pas compris qu'en s'unissant à elle il lui avait fait le serment de lui appartenir à jamais.

Elle était à lui, à lui seul. Et elle le resterait.

Ce n'étaient pas les sentiments qu'il éprouvait pour Emalie qui lui causaient cette douleur, c'était son refus de reconnaître qu'il l'aimait et d'accepter cet état de fait. Maintenant qu'il avait décidé de ne plus nier son amour et d'en supporter les conséquences, tout était clair.

Il trouverait un moyen. N'importe lequel. Il ferait de son mieux pour que son honneur y trouve son compte, mais Emalie lui était plus chère que tout et il était prêt à faire tout ce qu'il serait nécessaire de faire pour la reprendre et la ramener ici, chez eux.

Il frissonna. Le vent glacial transperçait ses vêtements et il était transi jusqu'au tréfonds. Il se décida à rentrer car il avait du travail : il allait falloir décider d'une stratégie en fonction de ce qu'il pourrait connaître de celle de ses adversaires, et adapter sa conduite en conséquence. Cela supposait de nombreux préparatifs, et de nombreuses discussions.

Surprendre, désarmer, détruire. Lui aussi connaissait la valeur de cette tactique, et il allait montrer à tous que le comte de Harbridge saurait se battre pour ce qui lui appartenait.

C'était l'heure du combat. Son cri de guerre résonna longtemps sur les remparts.

Sans attendre que l'aube pointe, il convoqua quelques serviteurs en plus de Fitzhugh et leur fit connaître ses dispositions. Conscients que l'heure était grave, tous l'écoutèrent en silence en se regardant les uns les autres à la dérobée. Sûr de lui, Christian fit venir ses serviteurs les plus fidèles dans la chambre haute et, arborant fièrement la chaîne d'or des comtes de Harbridge, se mit au travail avec eux.

Il fit adresser des messages à ceux dont il pensait qu'ils soutiendraient sa cause et qu'il ne pouvait informer de ses plans de vive voix. Il envoya ses propres émissaires à Lincoln pour qu'ils préparent son arrivée et celle des gens de sa suite.

Il lui fallait absolument assurer ses arrières s'il voulait avoir quelque chance de succès, aussi appela-t-il en renfort quelques-uns de ses vassaux et les informa-t-il de la requête que Séverin avait formée contre la comtesse et lui-même, en leur jurant qu'il ne lui cèderait Greystone que contraint et forcé, et qu'il savait pouvoir compter sur eux pour l'aider à se défendre.

Le comte de Langier et de Harbridge ne se rendrait pas. Enhardi par le soutien de ses chevaliers et certain que Jean n'attaquait jamais à visage découvert, il se prépara à la bataille en étudiant les documents page après page et en se renseignant du mieux qu'il pouvait sur la personnalité du père d'Emalie et sur les circonstances de son décès prématuré, si opportun pour ses adversaires.

Une semaine après le départ d'Emalie, Christian se mit en route pour Lincoln.

La plupart des congrégations occupaient des monastères situés au cœur de la ville, près de la cathédrale, mais on avait choisi de retenir Emalie à l'extérieur, dans un couvent situé en pleine campagne, au milieu des champs et des fermes qui fournissaient aux religieuses de quoi se nourrir en abondance et subvenir à leurs autres besoins en vendant leurs produits. Il ne fallait qu'une heure pour s'y rendre depuis le logis que Walter avait trouvé pour Christian et son escorte.

Il chevauchait seul, uniquement accompagné de Luc qui avait insisté pour le suivre, arguant du fait qu'un homme seul ferait une cible facile et que, pour certains, cela aurait l'avantage de régler la question une bonne fois pour toutes sans avoir à se donner la peine de tenir un procès. Christian s'était rendu aux sages arguments de son ami et avait accepté qu'il vienne avec lui.

Il n'était pas sûr qu'on lui permettrait de parler à Emalie mais il était urgent qu'il le fasse avant que les audiences ne commencent, car elle avait besoin de savoir à quoi s'attendre. Il avait passé des journées entières à chercher un angle d'attaque, quelque chose sur quoi fonder leur argumentation, mais, si sa résolution restait ferme, leurs atouts étaient faibles, pour ne pas dire inexistants, et même les clercs que l'évêque avait mis à sa disposition pour l'assister de leurs lumières en matière de droit n'avaient pu lui donner le moindre espoir, eu égard au fait que la promesse de mariage existait bel et bien, et qu'elle constituait une preuve pratiquement inattaquable.

Il voulait aussi lui dire qu'il l'aimait. La dernière fois qu'ils s'étaient parlé, la déclaration d'amour qu'elle lui avait faite l'avait laissé abasourdi et il n'avait pas su trouver les mots pour lui répondre, parce qu'il n'avait pas encore compris la vraie nature de ses sentiments.

Ils arrivèrent à la nuit et, comme il s'y était attendu, trouvèrent porte close. Ils frappèrent longuement à coups redoublés, et après un long moment, une petite fenêtre s'ouvrit dans la muraille et un homme leur dit de passer leur chemin et de revenir au matin. Les protestations de Christian ne parvinrent pas à convaincre le cerbère d'aller chercher la mère supérieure, aussi décida-t-il de voir si deux ou trois pièces d'or auraient plus de succès que ses prières. Quelques écus changèrent de main furtivement, et le gardien s'éloigna en traînant les pieds.

Les portes s'ouvrirent bientôt devant eux et un groupe de nonnes les guida à l'intérieur du bâtiment, jusqu'à une grande pièce où les attendait la mère supérieure. C'était une femme déjà âgée, aux mains déformées par des années de labeur mais dont le visage rayonnait de bonté. Christian espéra qu'elle lui permettrait de parler avec Emalie.

— Asseyez-vous, milord, l'accueillit-elle, je vous aurais bien volontiers offert quelque rafraîchissement mais il est tard et les cuisines sont fermées.

Il prit place en face d'elle, sur le siège qu'elle lui avait désigné, et Luc vint se placer derrière lui.

— La comtesse est-elle… ?

Il fallait qu'il sache.

— Milady de Harbridge nous a été confiée par monseigneur l'évêque, milord, et nous prenons cette tâche très à cœur. Elle a passé le plus clair de son temps à se reposer et à prier.

— Elle a été souffrante, expliqua-t-il.

Il avait du mal à garder son calme car l'inquiétude lui tordait le ventre.

— Sa femme de chambre nous a fait part de ses problèmes de santé, et notre médecin s'est occupé d'elle.

— Je désire la voir, ma mère. Maintenant.

— Je crains fort que tous ici ne se soient déjà retirés pour la nuit, répondit-elle en se levant pour lui signifier la fin de leur entretien. Revenez au matin et nous pourrons parler de tout cela.

Il se leva à son tour. Il la dépassait de plusieurs têtes.

— Je veux la voir tout de suite.

Luc murmura quelques mots dans son dos pour le mettre en garde.

— Auriez-vous l'intention de me menacer, milord ? Ici, dans la maison de Notre-Seigneur ?

— Non, ma mère, à moins que vous ne m'y forciez ! Il faut que je la voie !

Elle eut un sourire candide, comme si ce genre de scène l'amusait.

— De plus grands et de plus forts que vous ont tenté de me menacer, mon enfant. Aucun n'a jamais rien obtenu de moi.

Il soupira. Il allait falloir s'y prendre autrement.

— Révérende mère, je vous supplie de me laisser voir Emalie !

— Allons ! Vous me suppliez maintenant, parce que vos menaces n'ont servi à rien ?

— Je tenterai tout ce qu'il faudra pour la voir, admit-il. Je dois absolument lui parler.

— Vous la verrez demain matin, milord. Ce que vous avez à lui dire ne peut-il attendre quelques heures ?

— Non, ma mère ! Il faut qu'elle m'entende cette nuit. Il faut qu'elle sache que je me suis trompé. Il faut qu'elle sache que…

— Que vous l'aimez, milord ? lança la vieille religieuse avec un sourire devant son air éberlué. Ah ! Je le vois à vos yeux, je l'entends dans votre voix.

Elle reprit place sur son siège derrière la table et agita une petite clochette qui s'y trouvait posée. Une minute plus tard, une nonnette entra.

— Allez dire à lady Emalie qu'un autre visiteur est arrivé, et demandez-lui de nous rejoindre ici.

— Je vais aller la voir, ma mère, dit Christian.

— Non, milord ! Les hommes ne sont pas admis dans les autres bâtiments. Vous resterez ici, avec moi, ordonna-t-elle en congédiant la jeune religieuse d'un hochement de tête.

— Un autre visiteur, ma mère ?

C'était Luc qui avait parlé.

— Oui, chevalier. La comtesse a refusé de le voir. Sir William en a conçu un terrible courroux.

Christian regarda son ami. Tous deux se posaient assurément la même question : que venait faire William en ces lieux ? Que voulait-il dire à Emalie ? Le comte avait appris beaucoup de choses à son sujet ces derniers temps, et il avait l'impression de mieux connaître son adversaire, ou plutôt celui qui était le bras armé de ceux qui complotaient à sa perte.

Ils restèrent assis en silence en attendant Emalie. Christian avisa sur les étagères une importante collection de livres précieux.

— Feu le comte de Harbridge a été fort généreux envers notre couvent, milord. Il nous a fait don de la plupart des manuscrits que vous pouvez voir ici.

— Le père d'Emalie ?

— Oui, milord, lui-même. Nous sommes presque voisins, voyez-vous, car les terres de ce couvent touchent les marches de vos domaines, vers le sud-est.

Elle marqua une pause, puis, levant les yeux, s'exclama gaiement :

— La voici, milord ! Entrez, milady.

Christian se leva et tourna les yeux vers la porte. Il ne pouvait voir que son visage car elle était encore sur le seuil de la pièce, et portait une longue cape noire.

La frayeur se lisait dans ses yeux, et il savait qu'il en était la cause, mais il ne pouvait détacher son regard de celui de la prisonnière. La mère supérieure sortit et il lui sembla que Luc échangeait quelques mots avec Emalie avant de s'esquiver à son tour, mais plus rien ne comptait pour lui. Il ne voyait, n'entendait plus qu'elle.

Enfin, ils étaient seuls.

Emalie avait cru qu'elle était prête à le revoir mais elle s'était trompée. A Greystone, il n'avait jamais eu de souci d'élégance mais ici, au contraire, il était paré de tous les attributs de sa qualité. Sa fine chemise, sa longue tunique moirée, sa ceinture de cuir précieux et l'énorme chaîne d'or qu'il portait à son cou attestaient de sa noblesse et de sa richesse.

Elle ne savait pas ce qui lui était le plus pénible, de le voir là devant elle, prêt à rentrer chez lui, ou de savoir qu'au matin, à l'heure où s'ouvrirait le procès, il serait déjà en route pour la France. Il n'avait pas cherché à lui parler après qu'ils se soient séparés la dernière fois, et n'était pas venu la saluer le lendemain, quand l'escorte était venue la chercher pour l'amener ici. Elle avait compris que sa décision était prise, qu'il avait renoncé à se battre et s'apprêtait à rentrer sur ses terres du Poitou.

Il dut se rendre compte qu'elle tremblait et que ses jambes allaient lui manquer car il se précipita vers elle et l'aida à s'asseoir sur la chaise qu'il venait de quitter. Elle plaça les pans de sa cape sur ses genoux et laissa tomber le capuchon qui cachait son visage, sur ses épaules.

Elle était incapable de s'adresser à lui. Que dire ? « Merci, monseigneur, d'avoir la bonté de venir me saluer en passant avant de vous en retourner chez vous. Comme c'est généreux à vous de venir m'informer de votre départ, cela m'évitera de me ronger les sangs nuit après nuit... »

Il s'agenouilla auprès d'elle et attendit un instant avant de lever les yeux vers elle.

— Allez-vous bien, madame ? s'enquit-il d'une voix altérée.

— Oui, monseigneur, les sœurs prennent grand soin de moi, je suis bien nourrie et ma cellule, quoique modeste, est confortable. Et je jouis de la compagnie de dames fort courtoises.

« Et j'ai le cœur brisé », ajouta-t-elle en elle-même.

— Et l'enfant ? s'enquit-il en tendant la main vers son ventre et s'arrêtant brusquement dans son geste.

— Je ne perds plus de sang, monseigneur, et ne souffre plus. Votre sollicitude me touche et je vous en remercie.

Si elle parvenait à mettre rapidement un terme à cet échange poli, elle pourrait rentrer dans sa cellule avant que le chagrin ne l'anéantisse. Elle avait bien essayé de préparer son cœur à la douleur qu'elle n'allait pas manquer d'éprouver, mais elle n'était visiblement pas assez forte pour endurer le désespoir qui envahissait doucement son âme.

— Emalie, depuis votre départ, j'ai beaucoup réfléchi à ce que vous m'aviez dit.

Il se releva et fit quelques pas en silence.

Les ongles plantés dans sa chair, elle tentait de contenir son tourment. Elle savait que ses paroles allaient la tuer et n'aspirait plus qu'à s'enfuir. Mais elle était née Montgomery et connaissait son devoir. Elle ne s'enfuirait pas.

— Je vous ai expliqué mon combat pour recouvrer mon honneur.

— Je connais les devoirs qui s'y attachent, et les récompenses qu'il procure, monseigneur. On m'a inculqué ces principes à moi aussi, depuis ma plus tendre enfance.

— La seule vraie question qui se posait à moi consistait à savoir comment un homme d'honneur pouvait faire valoir ses droits sur une femme promise à un autre, ainsi que sur l'enfant qu'elle porte. J'ai longuement réfléchi et j'ai beaucoup bu. Quand les brumes de l'alcool se sont dissipées, j'ai trouvé la réponse.

— Vraiment, monseigneur ?

Il fallait qu'elle s'en aille. Elle ne pouvait endurer de l'entendre lui expliquer qu'elle ne méritait pas qu'il mette son honneur en péril pour la sauver. Il valait mieux sortir sans entendre un mot de plus.

— J'ai compris que seul un homme qui aimerait sa femme plus que tout au monde, plus que ses titres, sa fortune, plus même que son honneur, pouvait être prêt à tout pour la sauver et la garder auprès de lui.

Les larmes qu'elle tentait de retenir lui brûlaient les yeux. Il était grand temps de partir. Elle ne resterait pas là à l'écouter lui dire qu'il l'abandonnait. Elle repoussa sa chaise et se précipita vers la porte en titubant, mais il la retint avant qu'elle ne puisse l'ouvrir.

— Emalie, je vous en supplie ! Vous vous méprenez ! s'exclama-t-il en la prenant dans ses bras. Je suis cet homme ! Je vous aime plus que tout au monde. Je ferai tout pour vous garder auprès de moi.

Elle le fixait, incrédule. Elle n'était pas sûre d'avoir bien compris ce qu'elle venait d'entendre. Jamais il ne lui avait parlé d'amour, elle savait bien qu'il n'éprouvait pas ce genre de sentiments pour elle. Et voilà qu'il lui disait qu'il l'aimait, dans ce couvent qui lui servait de prison...

Elle fit mine de parler, mais il lui souleva le menton et prit sa bouche. Il lui fit mille serments en la couvrant de baisers. Elle fut près de défaillir de bonheur et ils se retrouvèrent adossés à la porte, haletants, leur bouches encore jointes.

— Milord ?

C'était Luc qui appelait depuis le couloir.

— Il me semble que vous êtes sur le point de vous livrer à une activité incompatible avec la sainteté de ces lieux.

— Tais-toi, donc ! grommela Christian en cessant d'embrasser Emalie.

Après l'avoir remise sur ses pieds, il l'accompagna jusqu'à la chaise et l'aida à s'asseoir. Il prit ensuite un tabouret sur lequel il prit place auprès d'elle afin qu'ils puissent parler un peu. Prenant ses mains dans les siennes, il les posa sur les genoux de la jeune femme et attendit un instant en silence. Elle aurait voulu que ce moment dure éternellement mais essaya d'être attentive à ce qu'il lui disait.

— J'ai l'intention de me battre, Emalie, mais je dois vous avouer que j'ai bien peu d'armes pour le faire. En vérité, je ne dispose que de quelques suppositions incertaines, quelques vagues déductions, quelques bribes d'information et de beaucoup de questions sans réponses. J'ai pensé dans un premier temps contester le fait que William soit le père de l'enfant. Alyce et Walter ont juré que vous étiez vierge quand je vous ai épousée, mais j'ai peur de mettre leur âme en péril si je demande qu'ils en fassent le serment devant Dieu à l'audience.

— Ils feraient cela pour moi, vraiment ?

Elle n'avait jamais voulu mettre leur loyauté à l'épreuve au prix de leur salut, et avait souvent prié pour qu'on n'en vienne pas à cette extrémité.

— Sans aucun doute. D'ailleurs, ils l'ont déjà fait en privé. Mais le père Ignatius a dit que, si nous arrivions à invalider la promesse de mariage, alors la question de savoir qui est le père de l'enfant ne se poserait plus.

— Comment cela ? demanda-t-elle.

S'ils savaient tous qu'elle était enceinte le jour de son mariage, Christian ne pouvait être le père.

— Il a expliqué que la seule vraie question consiste à savoir si le mariage est valable ou non. S'il l'est, alors tout enfant né de cette union sera considéré comme légitime. Tous les tribunaux, aussi bien religieux que civils, ont confirmé cette jurisprudence depuis des lustres, sans exception.

Elle réfléchit un instant, perplexe.

— Peut-être vaut-il mieux ne pas trop chercher à savoir à qui ressemblent les enfants dans notre royaume ? demanda-t-elle soudain, comme si elle venait de comprendre.

Sans doute beaucoup d'héritiers et d'héritières de la noblesse du royaume avaient-ils très peu à voir avec les hommes dont ils portaient le nom. C'était un triste état de fait.

— Exact.

Leurs regards se croisèrent.

— Vous semblez épuisée, Emalie. Je ne tiens pas à vous fatiguer plus que vous l'êtes, car vous avez grand besoin de repos. Si vous pensez à quelque moyen de contester la valeur de ce document, dit-il en l'aidant à se relever, faites-moi prévenir par Alyce, je verrai ce que je peux faire.

Il l'entoura de nouveau de ses bras mais ne la garda embrassée que quelques instants, pendant lesquels Emalie s'efforça de s'imprégner de la force qu'elle sentait en lui, tandis que, de la main, elle s'agrippait aux pans de sa pelisse et caressait la cotte de mailles qui protégeait son corps. Le danger était partout et elle ne voulait plus qu'il s'en aille, maintenant qu'il lui avait avoué son amour.

Elle entendit des pas dans le couloir et comprit qu'ils allaient devoir se séparer. La porte s'ouvrit et la mère supérieure entra, suivie de Luc, d'Alyce et de sœur Marguerite. Emalie remarqua l'air hautain et fier de Luc, et se dit qu'il avait dû avoir raison dans quelque querelle avec Christian. Ces deux-là devaient s'affronter régulièrement, et de belle manière !

— Allons, madame, la nuit est fraîche et il vous faut garder des forces pour les jours qui viennent. Sœur Marguerite, raccompagnez lady Emalie à sa chambre.

Avant de lâcher sa main, Christian se pencha à son oreille et murmura quelques mots pour lui donner du courage.

— Ne craignez rien, Emalie, je ne vous abandonnerai pas.

Elle s'éloigna, le cœur rempli d'espoir pour la première fois depuis longtemps et, se retournant, sourit à la religieuse.

— Mille mercis, ma mère, pour m'avoir accordé cette visite.

— Allons ! Vous voici le cœur léger maintenant ? s'enquit celle-ci en chuchotant.

— Oui, ma mère, répondit la jeune comtesse en regardant tendrement son époux.

— Alors, c'est que j'ai accompli la volonté de Dieu !

Christian posa un baiser sur le front d'Emalie puis laissa Alyce et sœur Marguerite l'accompagner jusqu'à sa chambre.

— Vous aussi, milord, devez faire que la volonté de Notre-Seigneur s'accomplisse.

— Comment cela, ma mère ? demanda Christian, perplexe.

— En vous opposant au mal, sous quelque forme qu'il se présente à vous, répondit la mère supérieure en remarquant l'expression goguenarde de Luc. Combattez-le de toutes vos forces, avec tous les moyens dont vous disposez.

Il acquiesça, mais elle savait bien que son esprit était ailleurs et qu'il ne pensait qu'à la femme qu'il aimait et aux dangers qu'elle courait.

— Il est une prière dont vous devriez vous souvenir, milord. Elle commence par ces mots : « Seigneur, qui aimez les faibles et les justes... »

Christian hocha la tête, car il connaissait ce cantique.

— Rappelez-vous-en, et priez. Une dure bataille vous attend.

— Je n'y manquerai pas, ma mère.

— Allons ! Je m'en vais prier maintenant, il vous faut partir.

Les deux visiteurs se dirigèrent vers la sortie, flanqués du frère portier, tandis qu'elle se rendait à la chapelle.

Arrivée devant l'autel, elle s'agenouilla, croisa les mains devant elle et commença ses oraisons.

Elle en connaissait davantage sur cette affaire qu'elle ne l'avait laissé paraître. Elle savait à quel point celui qui avait la responsabilité du peuple de Dieu sur ces terres du Lincolnshire était corrompu, et qui avait pourri son âme.

Elle s'adressa alors à Celui qui, seul, pourrait sauver les deux jeunes gens. Elle avait déjà beaucoup imploré le ciel de cette façon : « Seigneur, qui aimez les faibles et les justes… »

Elle pria ainsi plusieurs heures. Quand le mal régnait sur terre, c'était tout ce qu'un croyant pouvait faire.

23.

La première journée fut un désastre.

Christian parcourut du regard l'immense salle dans laquelle avaient lieu les débats, et où s'entassait une grande foule de religieux et de gens du peuple, qui appréciaient fort de voir des nobles se déchirer. La seule personne qui manquât à l'appel était l'intéressée elle-même, car on avait refusé qu'elle fût là, bien qu'elle en eût fait la demande.

Après avoir assisté à un long conciliabule entre le prince et l'évêque de Lincoln, Christian comprit que le résultat était couru d'avance. Il en eut la confirmation — s'il en était besoin — lorsque Jean quitta les lieux, car si ce dernier jugeait inutile d'assister au procès, c'était qu'il savait à quoi s'en tenir quant à la suite des événements.

Assis à côté du père Ignatius, il écouta les témoins se succéder pendant des heures, affirmant qu'ils avaient eu connaissance des projets de fiançailles entre Emalie et William. Aucun d'entre eux n'était de Greystone mais tous jouaient leur rôle à la perfection et, s'il n'avait pas connu la vérité, ils auraient réussi à le convaincre.

L'évêque et ses deux assesseurs écoutèrent placidement les plaidoiries, hochant la tête avec conviction devant les preuves présentées par les conseils de Séverin, et s'exclamant qu'on ne pouvait trouver document plus authentique lorsqu'on leur fit remarquer la ressemblance entre la signature de Gaspar de Harbridge sur certaines lettres et celle qui se trouvait sur le testament. Tous trois regardèrent Christian avec dédain.

Son impuissance le rendait fou et son cœur battait la chamade. Il avait des témoins et des témoignages écrits qui attestaient que, parmi les gens qui fréquentaient les Montgomery, personne, absolument personne n'avait jamais entendu Gaspar faire état d'une quelconque alliance avec William de Séverin, ni non plus d'un codicille. Cela n'invalidait pas formellement les documents présentés par la partie adverse mais cela prouvait au moins que le père d'Emalie n'avait pas eu l'intention de donner sa fille en mariage à William, jusqu'à très peu de temps avant sa mort, ni d'en faire son tuteur.

La journée s'acheva enfin et, après la fin des audiences, il retrouva le père Ignatius et Luc pour débattre de la tactique à adopter le lendemain. Ils discutèrent pendant des heures, jusqu'à l'arrivée du colis.

C'était un paquet contenant, entre autres, des lettres de Gaspar de Harbridge adressées à Longchamp, évêque d'Ely, à propos d'un nouveau contrat de mariage concernant sa fille, Emalie. L'une d'entre elles en particulier, datée de plusieurs mois avant le décès du comte, demandait à l'évêque qu'il intervienne pour obtenir le consentement royal à cette union. Une autre, postérieure à la précédente de quelques semaines seulement, accordait licence de procéder aux fiançailles de la comtesse de Harbridge et d'un certain comte de Langier. Le dernier document était un contrat signé de la main de Gaspar et de Guillaume Dumont, son propre père, et portait le sceau du roi et la signature de son chancelier.

Christian eut un sourire sombre à la vue de ces parchemins. « Voilà que les morts se mettent à signer des lettres avec autant d'entrain que les vivants à présent ! » se dit-il.

Il était évident que Richard — ou peut-être était-ce Longchamp — n'avait pas l'intention de laisser tomber Greystone entre les griffes de Jean et de ses complices, et qu'il avait fait fabriquer ces preuves pour contrer celles que ces derniers avaient présentées. Avait-il le droit de les utiliser alors qu'il savait très bien que c'étaient des faux ? Ils ne l'étaient pas moins que ceux dont l'ennemi se servait pour justifier sa requête, mais cela avait-il de l'importance ?

Il se tourna vers le prêtre et lui soumit ce dilemme sans pour autant lui montrer le contenu des lettres.

— Mon père, est-il légitime d'utiliser le mensonge pour faire le bien ?

Le religieux réfléchit un instant avant de donner sa réponse puis leva les yeux vers Christian et Luc en se grattant la barbe d'un air docte.

— Le droit canon est assez clair à ce sujet, milord. Le mensonge ne peut pas être utilisé pour l'accomplissement du bien, car sa nature même risque de corrompre toute l'entreprise, et le résultat en serait également souillé.

— Ainsi, la fin ne justifie pas les moyens ? intervint Luc.

— En effet, messire. On peut le dire comme cela.

— Qu'y a-t-il là-dedans, Christian ? De quoi s'agit-il ?

Il leur tendit le paquet et attendit leur réaction. Un large sourire apparut sur le visage de Luc à la lecture de ces pages. Il exultait.

— Enfin ! Que je sois pendu si ce n'est pas exactement ce dont nous avons besoin ! Il aurait mieux valu que Longchamp nous les fasse parvenir plus tôt, mais ces documents sont les bienvenus quand même. Mieux vaut tard que jamais.

— J'aimerais les examiner plus en détail, milord, avant de les présenter demain à l'audience. Avec votre permission.

Sur un signe de tête de Christian, Ignatius rassembla les parchemins et les emporta dans la pièce attenante. Luc fit mine de parler mais Christian lui imposa le silence. Une fois la porte fermée, il fit signe à son compagnon d'armes de parler à voix basse.

— Que t'arrive-t-il, Christian ? L'un des hommes du roi t'a fait parvenir les preuves dont tu avais besoin pour gagner ce procès, ne me dis pas que tu hésites à les utiliser !

— Tu as entendu la question que j'ai posée à Ignatius. La fin justifie-t-elle les moyens ?

— Prétends-tu que ces documents sont des faux ?

— Tout autant que ceux de Séverin. Mon père ne connaissait même pas l'existence des Montgomery, et Longchamp n'aurait jamais eu le temps, matériellement, de répondre au père d'Emalie à mon sujet. Tout cela n'est qu'une vaste supercherie.

— Tu es en train de me dire que tu ne t'en serviras pas demain matin, c'est bien cela ? demanda Luc avec un rire amer. La vie d'Emalie est en danger et tu te demandes s'il est légitime d'employer tel ou tel moyen pour la sauver ? Tu vas finir par me dire qu'il faut être courtois sur le champ de bataille et laisser l'adversaire frapper le premier !

Christian allait répondre, mais cette fois, ce fut Luc qui le fit taire.

— Quand tu es engagé dans une lutte à mort, et que les infidèles se rassemblent autour de toi pour l'hallali, la seule chose que tu puisses faire, c'est d'utiliser tous les moyens, tous, tu m'entends ! pour sauver ta peau ! Tu dois les tuer sans hésiter, et frapper même un homme à terre s'il le faut ; tu dois leur jeter du sable dans les yeux, ou du vin, n'importe quoi qui te tombe sous la main, et couper les jarrets de leurs chevaux ou les leurs. La seule chose qui compte, c'est de survivre !

— Ceci n'est pas une croisade, Luc.

— C'est toi qui le dis, mais crois-tu que ces mécréants vont hésiter à bafouer les commandements de Notre-Seigneur ? Allons donc ! Ils feront tout pour gagner, eux, affirma-t-il en s'approchant de la porte. Je crains fort qu'Emalie et toi ne surviviez pas à tout ceci, à moins que tu ne te décides à te battre avec les mêmes armes que tes ennemis.

— Luc...

— A demain, milord.

Et la porte claqua sur ces mots.

On permit enfin à Emalie d'assister aux débats. Quoique sa propre vie fût en jeu, sa présence n'était pas considérée comme indispensable, et il avait fallu supplier pendant des heures pour obtenir satisfaction. Comme elle n'avait pas reçu la moindre nouvelle de Christian, elle ne savait rien de ce qui s'était passé la veille ni de ce qui l'attendait aujourd'hui.

On la fit asseoir sur une chaise, un peu loin de l'endroit où se tenaient les débats mais assez près cependant pour qu'elle pût entendre ce qui se disait. Alyce avait eu la permission de se tenir à ses côtés car le prêtre qui l'avait fait entrer avait craint qu'elle ne s'évanouisse et vienne perturber l'audience. Dès qu'elle le put, elle envoya Alyce s'enquérir de la façon dont les choses s'étaient passées jusque-là.

Christian entra, suivi de Luc et d'un prêtre, et se dirigea vers la table qui leur était réservée. Leurs regards se croisèrent et un sourire illumina leurs visages. Rassérénée, elle le vit se diriger vers elle mais la voix sévère de l'évêque l'arrêta net.

— Regagnez votre place, milord ! Nous avons une affaire sérieuse à traiter aujourd'hui, et pas de temps à perdre.

Il sembla hésiter un instant, mais la main du prêtre pesa sur son bras, le retenant, et il hocha la tête en regardant le prélat dans les yeux.

— Pardonnez-moi, monseigneur. Je n'avais nul désir de vous offenser, ni d'offenser la cour.

L'évêque s'adressa alors à Emalie :

— Ecoutez-moi bien, milady. Les femmes n'ont rien à faire dans cette enceinte et vous ne devez d'être là qu'à ma bienveillance et à ma compassion. Si vous perturbez cette cour, je vous ferai emmener.

Emalie acquiesça, sans un mot, terrorisée.

— Frère Amadeus, lisez, je vous prie, le compte rendu de nos débats.

Le clerc se leva et, déroulant un parchemin, commença à lire en latin ce qu'il avait enregistré des témoignages qui s'étaient succédé la veille. L'interminable litanie s'étira pendant de longues minutes et, malgré tous ses efforts, Emalie eut bien du mal à suivre ce qui se disait, mais elle comprit néanmoins que les choses, de son point de vue, étaient mal engagées. Quand le clerc en eut terminé, l'évêque se pencha vers ses deux assesseurs et murmura quelques mots, après quoi il prit la parole.

— Ceci nous semble refléter très sincèrement et très fidèlement ce que nous avons entendu hier. Qu'on appose notre sceau sur ces feuillets, et qu'ils soient versés au dossier.

Ainsi fut fait. En quelques instants, le parchemin fut scellé et placé dans une corbeille qu'on apporta au prélat.

— Reprenons. Sir William, avez-vous quelque preuve supplémentaire à nous apporter à l'appui de votre requête ?

Le prêtre qui assistait Séverin se leva et s'adressa à l'évêque tandis que William fixait Emalie du regard. Dans quel but était-il venu la voir au couvent ? Qu'avait-il voulu lui dire ? Elle détourna les yeux et écouta ce qui se racontait, mais fut vite convaincue qu'il n'avait rien à ajouter aux preuves qu'il avait déjà exposées tant elles étaient inattaquables.

Elle comprenait le silence de Christian. Il n'avait pas dû trouver le courage de venir la voir alors que tout allait si mal, car il s'efforçait toujours de la protéger et de lui épargner les émotions trop vives. L'inquiétude affreuse qu'elle lisait sur le visage de son époux la bouleversa.

Tout à coup, un grand tumulte se fit dans l'immense salle. Christian invectivait William.

— Tu n'as pu obtenir la bénédiction de Gaspar, c'est pourquoi tu l'as fait assassiner ! hurla-t-il.

— C'est un mensonge ! Il m'a donné son consentement, en voici la preuve ! rétorqua l'autre en exhibant le testament.

— Il te connaissait et savait que tu n'es qu'un pion dans cette affaire ! Ce document est un faux, tu l'as fait fabriquer *a posteriori* !

— Il l'a signé de sa main ! Gaspar Montgomery...

— ...n'a jamais signé cela, jamais ! l'interrompit Christian. Cette signature ne vaut pas même l'encre avec laquelle elle est écrite, sauf à convaincre cette cour que les morts peuvent tenir une plume !

En dépit du tragique de sa situation, Emalie sourit en reconnaissant les mots mêmes qu'elle avait employés. L'accusation de Christian l'avait bouleversée. Certes, William était assez faible pour n'être qu'un instrument dans les mains du prince, mais de là à l'accuser d'avoir assassiné son père, il y avait un pas qu'elle se refusait à franchir. Le meurtre était une hypothèse plausible, mais il ne pouvait l'avoir commis.

Christian saisit quelques feuillets et s'approcha de William. Les jetant sur la table devant son adversaire, il attendit sa réaction en le fixant du regard. Celui-ci se mit à rougir violemment et recommença à accuser Christian. Faux et usage de faux, calomnie, diffamation, tout y passa, et plus encore. A la fin, Christian fit un pas en avant vers l'évêque et, calmement, l'interpella.

— Monseigneur, mon honneur a été gravement atteint par l'existence même de cette procédure. Je ne vois plus, pour me laver de toutes ces accusations, qu'une seule solution, et en appelle désormais au jugement de Dieu. En tant que chevalier, j'ai le droit de me battre les armes à la main pour laver mon nom de l'outrage qu'on lui a fait subir.

Emalie secoua la tête, affolée. Non ! Il ne pouvait faire cela ! Elle voulut courir vers lui, mais Alyce la retint d'une main ferme.

Christian avait commencé à réciter la fameuse prière :

— « Je m'en remets à vous, Seigneur, qui aimez les faibles et les justes, car vous frappez leurs ennemis et châtiez ceux qui vous déplaisent... »

— Acceptez-vous le défi, sir William ? demanda l'évêque solennellement.

«Mon Dieu, faites qu'il refuse », pria-t-elle.

Mais il acquiesça de la tête.

Le prélat se concerta avec ses assesseurs et, se levant lentement, annonça sa décision par ces mots :

— Nous tenons pour principe essentiel de notre sainte foi que, en un duel engagé pour régler dispute d'honneur, Dieu armera le bras du juste et lui donnera la victoire en punissant son ennemi. C'est la volonté de cette cour qu'il soit procédé audit jugement de Dieu en cette affaire et que les plaignants se retrouvent les armes à la main dans deux jours, à midi, en un lieu par nous désigné. Que Dieu ait pitié de vos âmes, conclut-il en regardant Christian et William.

Là-dessus, il sortit, suivi de ses clercs, et bientôt ne restèrent plus dans l'immense salle qu'Emalie et les deux hommes qui allaient s'affronter. William allait parler, mais, se ravisant, il sortit à son tour sans un mot. Christian se précipita vers sa bien-aimée et la prit dans ses bras.

— Vous avez perdu la raison ! Pourquoi avez-vous fait cela ? Vous risquez d'être tué.

Il baisa sa main en riant d'un air suffisant. C'était bien un Français !

— N'avez-vous donc aucune confiance en moi ? Je suis célèbre dans tout le royaume pour mes exploits guerriers et mes succès en tournoi. Même Aliénor le sait.

— Il ne s'agit point ici d'un tournoi, mais d'un combat à mort !

— Je le sais, Emalie. Et je peux vaincre.

— Comme tu aurais pu vaincre aujourd'hui, milord, intervint Luc qui s'était approché, si tu avais utilisé toutes les armes en ta possession.

— Que veut-il dire, Christian ? Auriez-vous pu gagner ce procès ?

— Avec ceci, madame, que nous a judicieusement fourni le chancelier du roi, répondit Luc en lui montrant les lettres.

Christian sembla vouloir intervenir mais se tint coi tandis qu'Emalie lisait en secouant la tête, incrédule.

— Tout ceci n'est qu'un tissu de mensonges. Mon père n'a rien signé, il n'y a jamais eu de fiançailles.

— Vous comprenez le dilemme face auquel je me suis trouvé, Emalie ? Fallait-il contester un faux avec un autre, ou bien choisir le jugement de Dieu ? A tout le moins, j'ai une chance de vaincre, et j'ai le choix des armes.

Elle prit son visage dans ses mains et embrassa doucement ses lèvres sans le quitter des yeux.

— Il cherche à recouvrer ce qu'il n'a jamais perdu, Luc, assura-t-elle ensuite. Christian est un homme d'honneur et ces malandrins n'en ont aucun. Ce n'est pas un combat très loyal, n'est-ce pas ?

— Non, milady, en effet. C'est ce que j'ai voulu lui faire comprendre hier soir, quand nous avons reçu ces documents.

Depuis le couloir, Alyce parvint à attirer l'attention d'Emalie. Les sœurs étaient venues la chercher pour la reconduire au couvent avec elles.

— J'ai un service à vous demander, messire Luc.

— Je ferai tout ce qui est en mon pouvoir, milady, répondit celui-ci avec componction, comme pour irriter Christian.

— Quand mon époux aura occis William et que nous retournerons à Greystone...

Elle marqua une pause.

— Oui, milady... ?

— Ne manquez pas de me rappeler le courroux que j'éprouve aujourd'hui contre mon époux, afin que je puisse moi-même le châtier de ma main.

Et là-dessus, elle embrassa Christian à pleine bouche et s'éloigna en hâte. Des sentiments contradictoires agitaient son âme ardente et elle passait en un instant de la colère à la paix et de la terreur au soulagement sans que rien ne pût arrêter ce tourbillon. Elle jeta un dernier regard vers son époux et vit qu'il souriait.

Elle l'aimait. Et elle était aimée de lui.

24.

Les deux jours qui suivirent semblèrent courts à Christian et il eut le sentiment d'avoir trouvé la paix. Pour la première fois depuis des mois, il contrôlait les événements, et il était sûr de sa victoire.

Le jour du combat, sa première surprise fut de trouver, sous la tente qu'on avait installée à son intention près de l'enclos où devait avoir lieu le combat, sa propre armure et son épée. C'était de bon augure car il valait mieux combattre avec cette arme qu'il connaissait si bien dans une cotte de mailles à sa mesure que de se retrouver gêné dans ses mouvements avec, à la main, une lame d'emprunt.

La seconde fut moins agréable. Comme il se retournait pour remercier Luc d'avoir fait venir tout son équipage de Greystone, il se trouva soudain nez à nez avec le prince.

— Votre Altesse, dit-il en s'inclinant de mauvaise grâce.

— Dumont, répondit Jean Plantagenêt en laissant retomber les pans de la tente, je suis venu vous souhaiter bonne chance.

— Vraiment, milord ? J'aurais pensé que ma mort vous serait agréable.

— Je suis fort marri de devoir perdre un homme si plein d'humour, railla le prince. Votre trépas, en effet, assurerait le succès de mon entreprise. Mais ne craignez rien, elle sera victorieuse.

Il fit quelques pas, jetant un coup d'œil à l'armure de Christian au passage.

— Séverin m'a dit que vous aviez des documents qui auraient attesté de vos droits sur Harbridge. Pourquoi ne vous êtes-vous pas épargné ce duel en les produisant devant la cour ?

— C'étaient des faux ! Tout comme ceux que vous lui avez fourni.

— Et vous croyez toujours que l'honneur prévaudra en cette affaire ?

Il ne répondit pas.

— Gaspar aussi croyait ces fadaises, et j'ai eu beau m'escrimer à le convaincre d'accepter pour le bien de tous, il s'est obstiné à refuser au nom de l'honneur. Et voyez où cela l'a mené, Dumont ! s'écria-t-il avec un rire de crécelle. Savez-vous ce qui va causer votre perte aujourd'hui ?

— Je ne doute point que vous brûliez de me le dire, Altesse.

— Vous-même ! Car vous savez bien au fond de votre âme que Séverin va se battre pour son enfant, et parce qu'il aime la comtesse. Vous n'aurez pas la force de le tuer, si l'occasion vous en est donnée. Vous êtes votre pire ennemi.

Christian luttait pour garder son calme, car il connaissait la rouerie du prince. Il devait rester concentré sur le combat à venir et ne pas se laisser distraire par des paroles, si insultantes qu'elles soient.

Jean souleva le pan qui fermait la tente.

— Peut-être le petit de la comtesse aura-t-il les cheveux roux de son grand-père Plantagenêt ! lança-t-il en sortant avec un rire sonore.

Christian resta sans bouger au milieu de la tente, les poings serrés. S'il perdait son calme, ce serait une catastrophe, il le savait, mais Dieu ! qu'il était difficile de toujours rester maître de soi.

— Il a raison, tu es ton pire ennemi, dit Luc en entrant.

— J'ai bien besoin que tu m'encourages de la sorte ! s'emporta Christian, ce qui fit rire son compagnon.

— Le voilà qui s'en va encourager Séverin maintenant, comme un saltimbanque tire les ficelles de sa marionnette.

— Allons, le temps presse, coupa Christian, et nous avons encore beaucoup de choses à nous dire. Aide-moi à me harnacher, ordonna-t-il en saisissant un gantelet d'acier.

— Me voici écuyer à présent ! Jusqu'à quand vais-je devoir subir ces avanies ?

L'heure n'était plus à la plaisanterie et tous deux s'activèrent en silence. Luc aida Christian à faire glisser sa lourde cotte de mailles par-dessus sa chemise de lin et l'épais baudrier qui ceignait ses reins puis y attacha les parements censés protéger ses bras et ses jambes. Quand tout fut assemblé, il était prêt au combat.

Luc lui passa son heaume.

— Tu trouveras une petite boîte dans mon coffre, dit précipitamment Christian. J'y ai laissé mes instructions, si jamais…

— Ce ne sera pas utile, milord.

— J'ai bien l'intention d'y mettre moi-même le feu, mais…

Luc hocha la tête. Tous deux savaient ce qui se trouvait dans le coffret. Il y avait son testament, qui faisait de Geoffroi l'héritier de ses terres du Poitou et de ses titres de noblesse, quelques recommandations pour ses funérailles, et une lettre pour Emalie.

— N'oublie pas, prévint Luc. Il feinte à gauche et c'est de là qu'il place sa botte secrète ensuite.

Christian remercia son ami d'un geste. Il avait rassemblé une foule de renseignements sur les habitudes de William à l'épée. Il savait qu'il affectionnait particulièrement de venir par-derrière couper le jarret de l'adversaire en faisant mine de l'attaquer de front. C'était un coup qu'il avait appris en France.

— Tue-le, Christian ! Pas de fioritures. N'aie aucune pitié.

— Tout est arrangé ?

En enquêtant sur Séverin, Luc avait découvert le défaut de sa cuirasse. Sa jeune sœur était tombée dans les griffes du prince Jean, ce qui expliquait sans doute son comportement. Luc tendit son épée à Christian qui la fit glisser dans le fourreau, et hocha la tête avant de répondre.

— Oui, milord, admit-il avec réticence. Nos hommes sont en route à cette heure. Ce sera fait, quelle que soit l'issue du combat. Ne vois-tu pas que rien ne changera pour elle si tu ne l'occis point ? Qu'il vive, et Jean n'aura qu'à retrouver la fille et à l'utiliser — et Emalie avec elle — pour reprendre le contrôle des événements. Le royaume continuera de subir ses rapines et les innocents continueront de souffrir. Le tuer est la seule solution. Si tu le fais, au moins sauveras-tu cette jeune fille et ta femme.

Il ajusta encore une lanière sur l'armure de Christian puis, se reculant un peu, contempla le résultat d'un air satisfait.

— Ne laisse pas ton cœur faiblir, Christian. Sois dur ! Cesse de te combattre toi-même et retourne ton arme contre ton ennemi. Que Dieu protège les justes !

Là-dessus, il donna un coup sur l'épaule de son ami et sortit. Celui-ci, prêt au combat, quitta sa tente et s'avança vers le lieu choisi pour le duel. Un prêtre attendait les deux adversaires pour les confesser avant l'assaut. Quand ils en eurent terminé, Christian était impatient d'en découdre.

William de Séverin se battait comme un forcené. Christian avait entendu parler des Vikings qui s'enivraient avant la bataille et que le fracas des armes rendait fous, et il pensa qu'ils devaient ressembler à cela. Il soutint les assauts furieux de son adversaire en se contentant de rester ferme sur ses jambes, misant sur sa fatigue pour prendre l'avantage, une fois qu'il se serait usé à force de frapper. Il ne pouvait qu'imaginer les horreurs dont Jean avait dû le menacer pour qu'il se batte avec tant d'énergie et de fureur.

Pendant une heure, les coups s'abattirent sur lui sans s'arrêter. Ils avaient tous deux perdu leur heaume, et leurs boucliers ne tardèrent pas à les rejoindre dans la poussière. Le comte avait une blessure à l'épaule et saignait abondamment, mais il était parvenu à porter sur le plastron de William un coup de taille si violent que le métal s'était tordu et que celui-ci respirait maintenant avec difficulté. Il lui sembla que le combat devenait moins inégal et attendit le moment opportun pour frapper. Le repoussant de son arme, il le força à défendre son côté le plus faible tout en lui présentant complaisamment sa jambe en tournant autour de lui.

William tomba dans le piège comme il l'espérait. Feintant à gauche, il essaya de passer par-derrière, mais Christian l'attendait et le frappa d'un coup violent en pleine mâchoire. Séverin, étourdi, se redressa comme Christian lui lançait :

— Ta sœur est entre mes mains !

S'il avait entendu ces mots, son ennemi n'en laissa rien paraître et se rua à l'assaut derechef.

Sans savoir si c'était pour se convaincre lui-même ou pour soulager son adversaire, Christian répéta :

— Ta sœur est entre mes mains. Elle est libre !

D'abord, surprendre.

Décontenancé, William trébucha, offrant à Christian l'occasion qu'il attendait.

Ensuite, désarmer.

Il tira de sous son plastron une petite dague et s'en servit pour jeter au loin l'épée de son ennemi qui vola dans la poussière.

Stupéfait, William se figea un instant puis se jeta sur son arme pour la reprendre. Christian l'avait suivi et le frappa comme il se penchait pour s'en saisir. Sous l'impact, il tomba lourdement, offrant sa nuque. Quand l'épée de Christian pénétra dans sa chair, le sang jaillit en bouillonnant et se mêla à la terre de l'enclos.

Enfin, détruire.

Il contempla le corps de son ennemi.

— Il fallait que je te tue pour sauver ces deux femmes, chuchota-t-il.

Et les mots de Luc résonnèrent dans sa mémoire.

Jetant son épée auprès du cadavre, il se retourna vers la tribune où se tenaient l'évêque et le prince. Il était si épuisé qu'il pouvait à peine bouger, mais il s'approcha cependant. Tant que le prélat n'avait pas rendu son jugement, il n'en aurait pas fini.

Il ôta ses gantelets et les glissa sous son baudrier, puis chercha des yeux Emalie tout en essuyant la sueur et le sang sur son front. Pendant tout le combat, il avait évité soigneusement de regarder la foule, craignant de faiblir s'il l'apercevait, mais maintenant il fallait qu'il la voie.

Il la regarda venir vers lui, escortée de Luc et, devant l'épouvante qui se lisait sur son visage à la vue du cadavre, craignit une seconde qu'elle ne lui pardonne jamais son crime. Mais il fut vite rassuré : elle voulut se jeter dans ses bras mais il la repoussa doucement car il était couvert de sang et de boue.

— Ecoutons d'abord le jugement de l'évêque, ordonna-t-il en entraînant Emalie plus près de la tribune.

Debout à côté de l'évêque, le prince fulminait et, lorsqu'on lui demanda ce qu'il fallait faire du corps, il quitta les lieux avec un haussement d'épaules furibond, en faisant à l'adresse de Luc un mouvement de la tête pour lui ordonner de s'occuper des funérailles. Celui-ci s'exécuta rapidement.

— Concernant la requête de sir William de Séverin contre lady Emalie Montgomery, la cour déclare qu'il n'a jamais été fait de promesse de mariage.

L'évêque marqua une pause puis poursuivit :

— Concernant la demande d'annulation du mariage de lady Emalie Montgomery, comtesse de Harbridge, avec Christian Dumont, comte de Langier, la cour déclare que le dit mariage est valide et que les droits, titres et propriétés afférents ne peuvent être contestés. En outre, la cour déclare tout rejeton né dudit mariage légitime et héritier de plein droit.

Ayant dit, l'évêque quitta les lieux.

Christian poussa un soupir de satisfaction et Emalie lui sourit tendrement. Un clerc vint bientôt les informer qu'une copie du jugement leur serait envoyée et Christian se sentit rassuré à cette idée, bien qu'il espérât n'en avoir jamais besoin.

Ils passèrent le reste de la journée à faire transférer l'équipage de la comtesse jusqu'à leur logis et Christian put enfin prendre un bain brûlant avant de s'asseoir devant un bon repas. Emalie refusa de l'abandonner un seul instant et il dût la laisser s'occuper de lui aussi bien dans la baignoire qu'à table. Quand il eut rempli ses devoirs de politesse à l'égard de ceux qui étaient venus lui faire part de leur sympathie, il se leva et leur demanda de se retirer. Emalie voulut protester mais il se mit à l'étouffer de baisers et, la prenant dans ses bras, la porta jusqu'à la chambre qu'on avait préparée pour eux.

Le lit n'était pas aussi confortable que celui qu'ils avaient laissé à Greystone mais il ferait parfaitement l'affaire. Il était assez grand pour deux.

Il posa son précieux fardeau à terre et raviva le feu qui brûlait dans la cheminée. Il avait certes l'intention de la réchauffer contre lui, mais il faisait trop froid dans la pièce à son goût. Il se tourna vers elle et commença à défaire ses vêtements, délaçant d'abord ses manches puis sa tunique, ne lui laissant que sa chemise et ses bas de laine, après quoi il ouvrit le lit et l'aida à s'y glisser.

Elle se troubla.

— Je... je ne comprends pas.

— Tant qu'Enyd ne m'aura pas garanti qu'il n'y a aucun risque, expliqua-t-il en arrachant ses vêtements comme à son habitude, je resterai chaste avec vous.

Mais son corps démentait ses paroles et elle ne tarda pas à s'en apercevoir. En vérité, il aurait pu se contenter de la serrer dans ses bras, car il voulait réapprendre son corps, après tout ce temps passé loin d'elle. Elle se serrait si fort contre lui que la tentation le dévastait.

— Chaste, mon doux sire ?

— Oui, Emalie, nous ne nous unirons point. Je ne veux pas mettre votre santé en péril.

— Je vais bien, Christian. Au couvent, la sœur a dit que tout allait pour le mieux.

— Sans doute, mais elle ne pensait pas aux choses de la chair quand elle vous a dit cela, répondit-il en lui faisant face. Je veux seulement vous tenir dans mes bras.

— Cette position n'est pas très confortable.

Stupéfait, il la regarda s'asseoir dans le lit et repousser la courtepointe avant d'ôter sa chemise d'un seul mouvement et de la jeter sur le sol. Puis elle s'allongea contre lui sur le dos, offrant ingénument son corps à son regard. Quand elle sentit enfler son désir contre sa cuisse, elle réalisa qu'elle le mettait à la torture. Il tira les draps de nouveau sur eux et tenta de s'imprégner de sa chaleur.

— Savez-vous qu'une femme peut satisfaire un homme sans lui ouvrir ses jambes, mon doux seigneur ?

— Comment savez-vous cela ? balbutia-t-il.

— Fatim m'a dit qu'elle pouvait utiliser ses mains...

Elle joignit le geste à la parole pour lui montrer toute l'étendue de ce qu'elle avait appris ces derniers mois, et, quand elle le toucha, il en eut le souffle coupé. Sous l'effet de sa caresse, il gagnait de l'ampleur et de la fermeté mais elle s'arrêta bientôt, aussi soudainement qu'elle avait commencé.

— Emalie, gémit-il, avez-vous appris autre chose ?

— Fatim m'a beaucoup intriguée, car elle m'a expliqué que la bouche d'une femme pouvait servir à bien autre chose que de simples baisers, et que les hommes en tiraient beaucoup de plaisir.

Repoussant la courtepointe, elle examina Christian, s'attardant longuement sur lui comme si elle l'eût caressé du regard, puis approcha doucement son visage de l'objet palpitant. Christian se retint de gémir, attendant qu'elle le touche, au bord de l'agonie. Sans pitié, elle darda sa langue sur lui pour le torturer un peu plus et, quand elle eut décidé qu'elle avait assez abusé de son avantage, ouvrit ses lèvres à son désir. Il soupira de soulagement quand elle le délivra.

Il lui fallut un long moment pour se remettre de ses émotions. Sa jeune femme était encore ingénue et ne connaissait pas toute l'étendue de son pouvoir, et si elle continuait ainsi ses investigations, son cœur n'y résisterait pas.

— Christian ? murmura-t-elle.
— Oui, Emalie ?
— Fatim m'a dit aussi...
— Allons, l'interrompit-il, je vois qu'il va me falloir discuter moi-même avec Fatim. Il me semble que vous avez eu de bien singulières conversations, dans ce donjon !
— N'avez-vous point aimé...
— Si fait, Emalie, énormément.
— Elle a dit que les lèvres d'un homme...
Avant qu'elle pût achever sa phrase, il se jeta sur elle et entreprit de parfaire son éducation à ce sujet.

Elle attendait qu'il se réveille, blottie contre lui. Son souffle caressait doucement sa nuque et elle devinait qu'il n'allait pas tarder à ouvrir l'œil.
— Comment vous sentez-vous ce matin ? s'enquit-il d'une voix qui lui donna le frisson.
— Je pensais à William.
— Ce n'est pas le genre de pensées que j'aime à vous voir caresser quand vous êtes au lit avec moi, Emalie, mais je vous comprends. Que pensiez-vous ?
Elle sourit, émue. Son mari la comprenait. C'était ce qu'elle aimait le plus en lui.
— Je me demandais pourquoi il était devenu la créature de Jean. Quelles étaient ses raisons ?
Il ne répondit pas, mais eut le sentiment gênant de lui cacher quelque chose. Il fallait le lui dire, sans doute l'écouterait-elle avec patience.
— Saviez-vous qu'il avait une sœur ?
— Oui, mais je ne l'ai point vue depuis des années. Comment avez-vous appris son existence ?

— J'ai fait enquêter sur lui avant le procès, pour en apprendre le plus possible sur son compte. Il vaut mieux tout savoir de ses ennemis plutôt que de ses amis.

— Qu'avez-vous découvert ? Catherine doit avoir…

— Elle a seize ans.

— Et… ?

— Et… quoi donc ?

— Je sens bien que vous ne me dites pas tout ! insista-t-elle en se demandant si elle avait raison de le faire.

— Le prince la garde sous sa… protection depuis un an.

— Oh, Christian ! Est-elle en vie ? Est-elle… ?

— Luc a retrouvé sa trace et nos gens l'ont arrachée des griffes de Jean. Elle est vivante, mais très faible.

Elle hocha la tête en silence, songeant qu'elle aurait pu connaître le même sort. Si Christian avait été défait, elle serait devenue la femme de William et aurait été livrée à la cruauté du prince sans que nul ne puisse la secourir.

— Qu'avez-vous fait d'elle ?

— La mère supérieure qui vous a hébergée a accepté de s'occuper d'elle et de veiller à ce qu'elle se rétablisse, avec l'aide de Dieu. Elle me tiendra informée de son état.

Emalie tourna les yeux vers lui, éplorée, et effleura son visage.

— Vous êtes bon, Christian. Je suis bénie de vous avoir pour époux.

— C'est elle qui m'a suggéré d'en appeler au jugement de Dieu.

— La mère supérieure ? Elle ne m'avait pas semblé si assoiffée de sang, pourtant !

Il rit de cette saillie.

— Elle m'a dit de m'opposer au mal, et m'a rappelé les premières strophes d'une prière que nous récitions sur les champs de bataille. J'essayais désespérément de trouver un moyen de prouver que cette promesse de mariage n'avait jamais existé lorsque je me suis mis à réciter cette oraison, encore et encore, et c'est alors que j'ai compris que, si j'affrontais William en combat singulier, nous serions enfin d'égal à égal, car Jean ne pourrait nous suivre dans l'arène.

— Croyez-vous qu'elle l'ait fait dans ce but ?

La religieuse était décidément une femme singulière.

— Qui saura jamais ce qui se passe dans l'esprit d'une femme ? A plus forte raison une sainte femme !

Elle lui signifia d'une bourrade que cette insulte ne lui avait pas échappé.

— Une chose me préoccupe, Emalie. Me gardez-vous rancune de ce que j'ai fait aujourd'hui ?

— Comment vous en vouloir, mon doux sire ? répondit-elle, soucieuse d'effacer sur son front cette ride que l'inquiétude avait creusée. Je regrette qu'il ait dû mourir, mais je sais qu'il ne pouvait en être autrement. Et de penser que, en quelque sorte, il s'est battu dans un but honorable, puisque aussi bien il voulait m'épouser, me console un peu.

Christian émit un murmure approbateur et ils restèrent silencieux quelques instants avant de s'endormir de nouveau dans les bras l'un de l'autre.

25.

L'hiver avait pris possession de Greystone. La neige recouvrait les champs alentour, à perte de vue, et les ruisseaux gelés déployaient leurs rubans immaculés sur la campagne. Le froid était en avance, comme le comte l'avait prévu, mais tous sur les terres de Harbridge étaient en sécurité et il y avait du bois et du grain pour tenir jusqu'au printemps.

Christian aurait voulu qu'Emalie pût contempler ses terres depuis les remparts et jouir du spectacle, mais elle était sur le point d'accoucher et son pas n'était plus assez sûr pour se risquer à y monter. Enyd avait prévu l'événement pour la Chandeleur, et comme on n'était qu'à deux semaines de la fête, tout Greystone attendait.

Il avait profité du repos que la sage-femme avait suggéré qu'elle prît pour entreprendre une tâche qu'il souhaitait mener à bien à son insu.

Accompagné de son fidèle ami, Christian quitta Greystone et traversa le village à bride abattue. Arrivés à la route, ils prirent vers le sud et firent quelques lieues en direction de Lincoln. Ils virent bientôt apparaître au bord de la route un petit calvaire de pierre auprès duquel se tenait un homme.

Luc resta en arrière, pour laisser le comte et l'inconnu se parler seul à seul. Christian savait qu'il garderait le silence et ne dirait mot de tout cela à quiconque, pas même à sa chère Fatim.

Il descendit de son cheval et s'approcha lentement de la croix de pierre. La neige crissait sous ses pas. L'homme se retourna.

— Milord, dit en s'inclinant celui qui autrefois s'était appelé William de Séverin.

Christian nota combien sa voix était rauque. La cicatrice était encore fraîche et les médecins avaient dit qu'elle ne se refermerait jamais complètement.

— Comment va votre sœur ?

— La mère supérieure dit que, pour ce qui est de son corps, elle est rétablie, mais quant à son esprit... elle ne veut pas se prononcer, répondit-il en essuyant une larme. Ce sera sans doute très long.

— Elle est en de bonnes mains, affirma Christian, avisant deux chevaux derrière William. Etes-vous sur le départ ?

— La Chandeleur approche, j'ai jugé le moment opportun.

Ils s'observèrent un moment en silence puis regardèrent au loin.

— Je pars vers le nord. Je vous enverrai de l'argent dès que je pourrai pour les soins de Catherine.

— Inutile, nous sommes quittes.

Il ne voulait pas accepter d'argent de cet homme.

— Pourriez-vous me faire prévenir lorsque Emalie...

— Non !

— Ah ! J'aurais dû m'y attendre ! C'était trop demander.

Il hésita.

— Emalie sait-elle ce que vous avez fait ?

— Non. Elle sait seulement que vos motifs pour vous battre n'étaient pas totalement indignes, et regrette que vous ayez dû y laisser votre vie. Elle a compris que votre supposé trépas lui avait sauvé la vie ainsi que celle de votre sœur, même si c'est moi qui ai dû vous frapper.

William hocha la tête et fit quelques pas puis, enfourchant un de ses chevaux et prenant dans sa main les rênes de l'autre, regarda longuement son rival en silence, comme s'il attendait quelque chose.

Christian savait que ce serait la dernière occasion qui lui serait donnée de poser enfin la question qui le torturait depuis si longtemps, et que jamais il ne poserait à sa femme.

— Jean… le prince… a-t-il… ?

Il avait beau faire, les mots restaient bloqués dans sa gorge.

— Non ! répondit Séverin en secouant la tête. Il n'y a eu que moi. Je suis le père de l'enfant.

— Vous ne l'êtes plus. Votre présence dans sa vie a pris fin comme tout le reste, au moment où William de Séverin a mordu la poussière dans l'enclos de Lincoln. Ils sont à moi désormais. A moi seul.

Il mesurait la dureté de ses paroles, mais l'heure n'était plus à la compassion. Il pensa que, écrasé par le poids de sa pauvre faute, William n'avait peut-être pas dit toute la vérité, et cette pensée le perturba. Remontant à cheval, il le regarda s'éloigner à travers champs sans se retourner. Luc s'approcha.

— C'est fait ?

— Oui. Il part avant que l'enfant ne naisse.

— C'est mieux ainsi, Christian. Tu ne risqueras plus de le trouver un jour à épier Emalie, ou ton fils. Je ne comprends toujours pas pourquoi tu as fait cela. Il aurait mieux valu qu'il meure une bonne fois pour toutes.

— Ah ! s'exclama Christian, tu es encore plus barbare que ton infidèle de femme ! N'as-tu jamais entendu parler des valeurs chrétiennes ? La foi, l'espoir et la compassion, mon ami, la compassion !

Là-dessus, il enfourcha sa monture et attendit que Luc l'imite, puis, piquant des deux, il prit la direction du château. Il allait rejoindre Emalie, et commencer à vivre.

Le comte de Harbridge rentrait chez lui.

Épilogue

Greystone Castle
Lincolnshire, Angleterre
Avril 1195

Le soleil jouait dans ses boucles blondes qu'on aurait dit tissées de fils d'or. Ses cheveux, ses lèvres de rose et ses traits délicats, tout en elle portait la marque des Montgomery. Elle dormait doucement dans les bras de sa maman. Il lui avait donné le nom de sa mère, Isabelle.

Il était tombé amoureux dès le premier regard, comme pour Emalie. Il lui avait fallu des mois pour admettre son amour pour sa femme, mais il s'était juré de ne pas commettre la même faute avec sa fille.

Les nuages s'étaient dissipés au-dessus de leurs têtes et il regardait l'avenir avec confiance. Emalie l'avait assuré que la petite pourrait voyager dès la fin de l'été, car il voulait retourner sur ses terres — leurs terres — dans son Poitou natal en compagnie de ses deux femmes, comme il disait maintenant.

— Vous devriez la remettre dans son lit, monseigneur, conseilla Emalie.

— Mais je ne puis la voir dormir si je l'y mets ! objecta-t-il en désignant de la tête le berceau ouvragé qui trônait au pied du lit.

— Ne vous inquiétez pas, mon doux sire, elle se porte bien. Elle grossit à vue d'œil comme un porcelet et devient plus exigeante chaque jour.

— Exigeante ? Comme son père ?

Elle n'hésita pas à le rassurer.

— Exactement, mon doux seigneur, elle a déjà votre arrogance !

Il rit et embrassa Isabelle sur le front avant de la reposer doucement dans son lit. La petite gigota un peu puis se lova dans un coin du berceau et se mit doucement à ronronner.

— Voici encore un trait qu'elle tient de son père !

— Allez-vous me blâmer pour tout, maintenant ?

— Seulement pour ses défauts, mon doux sire.

Il regarda sa femme occupée à natter ses cheveux. Elle les défaisait toujours dans l'intimité de leur chambre mais les tenait sagement coiffés quand elle devait vaquer à ses occupations de maîtresse de maison. Ses doigts le démangeaient et il aurait bien voulu les défaire de nouveau mais il savait qu'elle en serait contrariée. Comme si elle avait lu dans ses pensées, elle chercha son regard dans la surface polie du miroir et lui sourit.

— Enyd a dit que suffisamment de temps avait passé, mon doux sire.

Il se troubla, incapable d'ignorer la réaction de son corps. Ces mots avaient éveillé en lui un désir irrépressible dont il constatait douloureusement l'impérieuse présence.

— Ce soir, alors, Emalie ?

— Il sera fait selon votre bon plaisir, mon doux seigneur.

Il ne s'y trompa point, car si elle s'était adonnée avec lui au plaisir sans pouvoir connaître l'apothéose depuis de nombreuses semaines, il savait bien qu'elle avait ressenti elle aussi la frustration de ne pouvoir se donner à lui jusqu'au bout, jusqu'à ce qu'elle se soit remise de la naissance de l'enfant.

Il fut près d'elle en un instant et l'attira à lui. Il avait envie de ses baisers et de ses promesses pour la nuit, mais il ne pouvait que répéter les mêmes mots, encore et encore.

— A moi seul, Emalie ! Vous n'êtes qu'à moi seul !

— Qu'il soit fait selon votre bon plaisir, mon doux seigneur. Vous aussi n'êtes qu'à moi seule.

La passion les emporta et ils ne purent attendre la nuit. Ils s'unirent sans attendre, près du berceau où dormait l'enfant innocent. Il ne leur fut pas aisé de garder le silence mais leur désir était plus fort que tout.

Et c'est ainsi qu'en ce bel après-midi fut conçu celui qui serait un jour l'héritier de Greystone.

HARLEQUIN

PROCHAINS RENDEZ-VOUS LE 1er

avril 2004

Collection Les Historiques

LE PACTE DU DRAGON, ***de Catherine Archer* • *n°272***
1re partie de la saga du Dragon.
Angleterre, 1200. Au retour d'une croisade en Terre Sainte, sir Simon Warleigh découvre que son ennemi juré, le duc de Kelsey, l'a calomnié auprès du roi Jean afin de s'emparer de ses biens. Pour rentrer en grâce, sir Simon se voit contraint par Sa Majesté d'épouser incontinent Isabelle, la fille du duc. Cette dernière, une beauté froide, consent sans broncher à cette union forcée. Une apparente docilité qui dissimule en réalité des ambitions secrètes…

PRUDENCE ET LE DÉBAUCHÉ, ***de Pat Tracy* • *n°273***
Texas, 1880. Sloan Coltrane aime l'excellent whisky, les étalons fougueux et les femmes légères. Trois passions faciles à assouvir qui suffisent à son bonheur. Aussi est-il certain que sa rencontre avec miss Prudence Abercrombie sera sans lendemain. Que diable ferait-il d'une vieille fille farouche qui recueille les orphelins comme d'autres collectionnent les chiens errants ? Toutefois, la demoiselle n'étant pas laide, il sera plaisant de l'ajouter à son tableau de chasse. Un défi qu'il s'empresse de relever — à ses dépens !

LE FEU ET LE DIAMANT, ***de Katy Cooper* • *n°274***
Angleterre, 1521. A la veille de son mariage, sir Sebastian Benbury apprend avec stupeur qu'un contrat indissoluble le lie toujours à son premier amour, lady Beatrice Manners. Il n'avait pas cherché à revoir la jeune femme depuis leur rupture, pensant — à tort — que cette séparation houleuse entraînerait de fait la dissolution de leurs fiançailles. Et voilà que, des années plus tard, tous deux se voyaient contraints d'unir leurs destins. Un mariage forcé qui s'annonçait bien mal, tant les blessures d'antan demeuraient à vif…

L'AMANT IRLANDAIS, ***de Julia Justiss* • *n°275***
Angleterre, 1820. Teagan Fitzwilliams, séduisant aventurier né des amours scandaleuses d'une aristocrate anglaise et d'un palefrenier irlandais, se croit rompu aux artifices féminins. Aussi est-il fort surpris quand, lors d'un séjour champêtre, il fait l'objet d'une requête aussi candide qu'inconvenante: une inconnue, qu'il présume issue de la noblesse désargentée, l'implore de l'initier à l'amour dans une grange à foin ! Amusé, il lui complaît — et disparaît aussitôt. Mais quelques mois plus tard, un bal à Londres le remet en présence de Lady Mystère, qui se révèle être une riche héritière en vue…

L'HÉRITIÈRE SCANDALEUSE, ***de Gail Ranstromb* • *n°276***
Londres, 1816. Lady Annica Sayles n'est assurément pas banale : adversaire déclarée du mariage, elle se plaît à porter des pantalons, joue aux cartes et revendique l'égalité des sexes. Mieux, elle a créé un cercle de dames qui, sous couvert d'activités innocentes, s'emploie, lors de périlleuses expéditions nocturnes, à démanteler un réseau de prostitution dirigé en toute impunité par de hauts membres de l'aristocratie. Une traque clandestine dont Tristan Sinclair, comte d'Auberville, ignore tout quand, séduit par la réputation sulfureuse de la belle, il se met en tête de l'épouser…

Rendez-vous exceptionnel

Grands Romans Historiques

Le 1er mars,
découvrez 2 romans inédits.

L'IMPUDIQUE, de Nan Ryan • n°11

Pour lui, elle ira jusqu'au bout du scandale…

Alabama, 1844-1881
Le monde enchanté de Laurette Dasheroon, fillette choyée, puis adolescente insouciante, s'écroule un après-midi d'été 1864, quand elle apprend que Ladd Dasheroon, son amour d'enfance et depuis peu son fiancé, vient d'être tué pendant la guerre de Sécession. Dès lors se produit en elle une longue, lente, irréparable déchirure: après un mariage raté, elle mène une existence morne et vertueuse — jusqu'au jour où arrive en ville un certain Sutton Vane, riche et mystérieux mécène, qui lui fait d'emblée une cour assidue. Entre eux, la passion flambe, dévastatrice. Subjuguée, vaincue, Laurette se soumet à ce vertige sensuel dont elle pressent déjà, pourtant, qu'il causera sa chute…

Et la première partie
de la trilogie Candace Camp…

Grands Romans Historiques

LE MANOIR DES SECRETS, de Candace Camp • n°12

(1ère partie)
Une malédiction séculaire plane sur le manoir des Eaux-Noires, propriété des comtes de Ravenscar : aucun de ses propriétaires n'y connaîtra jamais le bonheur…

Angleterre, 1834
Devin Aincourt, sixième comte de Ravenscar, est, malgré sa prestigieuse ascendance, honni de ses pairs en raison de sa vie dissolue et de sa tapageuse liaison avec une femme mariée. Criblé de dettes, il n'a d'autre choix, pour sauver le manoir familial, que d'épouser une riche bourgeoise, puisque aucune demoiselle de noble extraction ne saurait l'agréer. Une candidate potentielle se présente en la personne d'une pétulante Américaine, Miranda Upshaw, dont le père, qui a fait fortune dans le commerce des fourrures, rêve d'intégrer l'aristocratie britannique. Mais la relation des deux jeunes gens est pour le moins houleuse et, au fil de leurs rencontres, ils ne se découvrent guère qu'un seul point commun : tous deux sont victimes d'étranges tentatives d'assassinat…

COMMANDE... COMMANDE... COMMANDE...

COMPLÉTEZ VOTRE COLLECTION !

Pour prolonger le tourbillon de l'Histoire et le souffle de la passion...
...découvrez les romans de votre collection
Les Historiques
que vous n'avez pas encore lus !

5,13 € par roman.

- ❐ *N°152 LE PACTE BRISÉ, de Jacqueline Navin*
- ❐ *N°153 LE DÉBAUCHÉ, de Catherine Archer*
- ❐ *N°157 VENGEANCE ET SÉDUCTION, de Candace Camp*
- ❐ *N°159 NUIT DE JASMIN, de Sandra Chastain*
- ❐ *N°160 LA DAME GALANTE, de Lyn Stone*
- ❐ *N°162 LE BAL DE L'OUBLI, de Susan Spencer Paul*
- ❐ *N°163 L'ÉTÉ DES SORTILÈGES, de Sally Chaney*
- ❐ *N°167 LES CŒURS MASQUÉS, de Ana Seymour*
- ❐ *N°172 UNE QUESTION D'AMOUR, de Ruth Langan*
- ❐ *N°173 LA VALLÉE DE L'ESPOIR, de Carolyn Davidson*
- ❐ *N°175 LA CITADELLE DES PASSIONS, de Catherine Archer*
- ❐ *N°178 LE GLAIVE ET LA SOIE, de Ruth Langan*
- ❐ *N°179 TERRE PROMISE, de Maura Seger*
- ❐ *N°193 L'ANGE DE MINUIT, de Diana Hall*
- ❐ *N°195 UN PARFUM DE SCANDALE, de Judith McWilliams*
- ❐ *N°214 L'EDEN SAUVAGE, de Judith Stacy*

COMMANDE... COMMANDE... COMMANDE...

Ces volumes sont disponibles auprès du Service Lectrices dans la limite des stocks. Si vous souhaitez commander certains titres, cochez les livres choisis et indiquez vos coordonnées dans le bon de commande ci-joint.

Chaque volume est vendu au prix de 5,13 €, auquel s'ajoutent 2,05 € par colis pour la participation aux frais de port et d'emballage.

N'envoyez pas d'argent aujourd'hui, une facture accompagnera votre colis.

Renvoyez ce bon à : Service Lectrices HARLEQUIN CÉDAP / BP 77 - 94232 CACHAN CEDEX.

Mme ☐ Mlle ☐ Si abonnée, n° : ☐☐☐☐☐☐☐

NOM ____________________

Prénom ____________________

Adresse ____________________

Code Postal ☐☐☐☐☐ Ville ____________________

____________________ Tél. : ☐☐☐☐☐☐☐☐☐☐

Adresse e-mail ____________________

Date d'anniversaire ☐☐☐☐☐☐☐☐

Signature indispensable

Le **Service Lectrices** est à votre écoute au **01.45.82.47.47**
du lundi au jeudi de 9h à 17h et le vendredi de 9h à 15h.

Conformément à la loi Informatique et Libertés du 6 janvier 1978, vous disposez d'un droit d'accès et de rectification aux données personnelles vous concernant. Vos réponses sont indispensables pour mieux vous servir. Par notre intermédiaire, vous pouvez être amené à recevoir des propositions d'autres entreprises. Si vous ne le souhaitez pas, il vous suffit de nous écrire en nous indiquant vos nom, prénom, adresse et si possible votre référence client. Vous recevrez votre commande environ 20 jours après réception de ce bon.

Offre réservée à la France métropolitaine et soumise à acceptation.